Pierre Raufast

LE CERBÈRE BLANC

ROMAN

DU MÊME AUTEUR

La Fractale des raviolis,
(Alma Éditeur, 2014 ; Folio, 2015)

La Variante chilienne,
(Alma Éditeur, 2015 ; Folio, 2017)

La Baleine thébaïde,
(Alma Éditeur, 2017 ; Folio, 2018)

Habemus piratam,
(Alma Éditeur, 2018)

Pierre Raufast

LE CERBÈRE BLANC

ROMAN

Stock
arpège

ARPÈGE *n. m.* En musique, succession de notes distinctes formant un accord. Par extension, collection littéraire dédiée aux harmonies romanesques.

Couverture : Hokus Pokus

ISBN : 978-2-234-08849-8

Pour Alexandra

C'était l'âge où coulaient à flots le lait et le nectar
Et où le miel doré tombait goutte à goutte
de l'yeuse verdoyante.

OVIDE, *Les Métamorphoses*, livre premier

Quand le temps s'arrêtera, je t'aimerai encore.

SERGE REGGIANI

PROLOGUE

Qu'il m'est difficile de choisir sans l'aide d'une femme aimante.

Si je remonte le chemin, je la rejoins tout là-haut, là où elle ne m'attend pas encore.

Si je descends vers la maison en contrebas, je retrouve celle qui ne m'attend plus.

Pourtant, avec ma première mort et mes deux vies, je devrais avoir l'expérience du monde. Mais en vérité, on n'apprend jamais de ses erreurs.

Si le cerbère blanc était avec moi, il me guiderait. Une tête pour chaque option et la troisième pour la solution. Mais voilà. Le cerbère est resté là-bas.

Il est dix-huit heures, le jour décline et la lumière transforme tout en or.

Mon compagnon de voyage s'est arrêté à quelques mètres de moi. Il m'attend. Dans son regard, je vois qu'il comprend mon hésitation. Dans ses yeux, je lis beaucoup de choses. Je sais d'où nous revenons.

J'attrape une branche de noisetier, il me semble que le contact avec la matière m'aide à réfléchir.

J'ai encore jusqu'aux hêtres pour me décider. Parfois, quand les choix sont très importants, ils se mesurent en mètres.

1

Nos familles étaient amies dans ce village de la vallée de Chantebrie. Nos parents avaient grandi ensemble dans ce cocon montagnard et se considéraient plus cousins qu'autre chose. Aussi personne ne fut surpris de nous voir naître à un jour d'intervalle au mois de juin. Deux Gémeaux à défaut d'être jumeaux.

Jusqu'à cinq ans, Mathieu et moi fûmes élevés ensemble. Nos mères partageaient plaisirs, corvées et papotage du matin au soir.

Nous passâmes notre première nuit ensemble à l'âge de trois semaines. Nous faisions des siestes interminables, tête-bêche, dans nos couffins, bien avant de comprendre la connotation érotique de cette position. C'est à cette époque que nos cerveaux associèrent irrémédiablement l'odeur de l'autre. Ce parfum rassurant, apaisant, reconnaissable entre mille. L'odeur mère, celle de la source première que l'on n'oublie jamais. L'autre comme un doudou vivant.

Nos deux premières années, nous dormions très souvent ensemble. La présence de l'un, paraît-il, calmait l'autre. Ma mère me racontait que quand j'étais trop énervée par une dent ou par une soudaine colère vespérale, elle ramenait Mathieu, ce qui m'apaisait instantanément. Nous nous regardions de nos grands yeux étonnés et nous nous endormions dans n'importe quelle position, bras contre bras, corps emmêlés, le nez dans sa chevelure naissante. Notre génétique se programma progressivement pour réagir à nos phéromones, comme deux blocs de construction destinés un jour à s'emboîter. J'étais l'alpha, lui l'oméga.

J'appris Mathieu en même temps que la marche et la parole. Il était indissociable de cette vie que je découvrais, au même titre que le ciel, les herbes, la nourriture et l'espace. Mathieu, ma mère, mon père, ma chambre, mes jouets; tout cela formait un tout indivisible et cohérent : mon univers.

Nous étions inséparables — imitant la solide amitié qui unissait nos deux familles. Nous partions en vacances ensemble et vivions en symbiose, au même rythme. La vie n'était alors que jeu, passion et frustration.

Jusqu'à nos onze ans, nous participâmes à de nombreux mariages. Chacun d'eux serait une répétition du nôtre. Lui, la raie sur le côté, en costume bleu marine, chemise blanche, cravate à élastique et souliers vernis. Moi, en jolie robe blanche de demoiselle d'honneur, des nattes bien ajustées. Avec la gravité nécessaire à notre destin, nous paradions derrière les futurs mariés comme si nous étions les protagonistes principaux de l'événement. Sérieux, confiants et inébranlables, nous attendions notre tour. Pendant la cérémonie, nous fermions les yeux et anticipions à voix basse les mots du prêtre que nous connaissions déjà par cœur.

— Amandine, veux-tu être ma femme ?

— Oui, et toi, veux-tu être mon mari ?

— Oui, je le veux.

À l'école primaire, à l'âge où normalement les garçons s'éloignent des filles, nous restions collés l'un à l'autre. La maîtresse nous prenait pour des jumeaux, ce qui nous faisait pouffer de rire. Il me défendait à cor et à cri contre ses camarades qui essayaient de soulever ma robe. Je douchais brutalement les espoirs des autres amoureuses qui osaient le taquiner. Les copains nous appelaient les « inséparables » et on s'en foutait. Mieux, on s'en réjouissait.

Nos parents étaient de vrais amis. Je me souviens de dimanches où nous les entendions de ma chambre. Après le repas, ils jouaient à la belote. C'étaient des cris et des rires à n'en plus finir. Serge, le père de Mathieu, était un tricheur invétéré, mais un tricheur joyeux, qui ne communiquait secrètement avec ma mère que pour pimenter ces parties endiablées. Mon père et Christine, sa mère, prenaient alors des airs de vierges outragées et criaient au scandale, à l'abomination. Cela faisait partie du folklore et pour rien au monde ils n'auraient changé les équipes.

Il faut dire que les parents de Mathieu étaient extraordinaires : toujours gais, dynamiques et attentifs. Serge était prof de math. Christine, prof de français. Ils avaient une douceur incroyable quand ils s'adressaient à nous. Je les aimais beaucoup.

Régulièrement, Christine me prenait à part et me cajolait comme sa fille. Mathieu était fils unique et je pense qu'elle aurait bien aimé avoir une fille. Mais j'étais là, alors elle me coiffait, m'achetait des petites robes à volants et recherchait mes confidences que je lui livrais bien volontiers. C'était aussi ma marraine et pour moi, une sorte de fée, car toute petite, j'avais assimilé les deux termes en écoutant l'histoire de *La Belle au bois dormant*.

Au CM2, avec le soutien de Serge, nous créâmes « l'atelier du doudou ». Il s'agissait de réparer les poupées et les doudous de nos camarades de classe.

C'était parti du nounours de Mathieu, borgne et tout flasque après des années de bons et loyaux services. Mathieu, déjà docteur dans sa tête, m'avait proposé de lui recoudre un œil et de « l'opérer » pour le rembourrer. Nous fîmes cela un dimanche après-midi et le résultat impressionna toute la famille. Son père nous proposa de créer la première clinique des doudous de la vallée. Il nous mit à disposition un bout de son atelier, nous acheta tout le matériel nécessaire : fil, coton à rembourrer, yeux de verre, boutons, tissus, etc. Christine nous apprit à coudre.

Pendant trois ans, nous fîmes sensation avec notre petite entreprise. Nos amis venaient timidement nous demander de réparer un doudou, un nounours qui appartenait — comme par hasard — toujours à leur petite sœur ou leur petit frère. Nous riions sous cape, mais respections cette pudeur qui fit la réputation de notre clinique. Les peluches arrivaient de tout le voisinage et de toutes les sixièmes du collège : notre carnet de commandes était bien rempli.

Le dimanche après-midi, nous nous retrouvions dans l'atelier et, très sérieusement, nous nous répartissions les tâches. Lui était spécialisé dans la chirurgie : pratiquer l'incision, remplumer, recoudre la cicatrice. Moi, dans les réparations d'habits et les remplacements d'œil. Le soir, ses parents venaient inspecter le travail, nous donnaient quelques conseils et cela finissait avec deux tartines de chocolat en guise de félicitations.

Un jour, un petit voisin, il devait avoir cinq ou six ans, sonna chez Mathieu. Il avait dans sa main un moineau trouvé mort dans son jardin. Il avait entendu parler de notre clinique des doudous et voulait que l'on « répare » l'oisillon.

Malgré ses douze ans, Mathieu s'agenouilla pour être à la hauteur de l'enfant et lui expliqua doucement que c'était impossible. Que la vie s'était envolée du moineau et que la mort était un phénomène irréversible. L'enfant avait hoché la tête et était parti sans rien dire, l'oiseau toujours dans sa main. Tout l'après-midi, Mathieu, affecté par cette visite, me répéta que, plus tard, il serait un grand médecin et qu'il soignerait les gens pour ne plus qu'ils meurent. C'était une belle vocation et je ne répondis rien.

La clinique des doudous de la vallée de Chantebrie me permit aussi de faire la connaissance de Sarah, qui deviendrait mon amie et ma confidente. Elle était venue me voir un matin de décembre avec deux doudous et trois poupées en assez bon état. « Tiens, je donne tout ça à l'association. Si ça peut faire plaisir à des enfants pour Noël... »

Je lui expliquai que nous nous contentions de réparer les doudous, pas de les distribuer. Sa fossette droite se dessina et je sus à ce moment précis que Sarah deviendrait mon amie pour toujours. Nous décidâmes de les apporter ensemble le samedi matin au Secours populaire et notre belle histoire commença ici.

À la puberté, les choses s'affinèrent. Nous prîmes conscience de nos différences. Mathieu jouait davantage au football avec ses amis, je passais plus de temps à discuter avec mes copines. Nous faisions toujours quotidiennement l'aller-retour au collège ensemble, mais une étrange force nous maintenait éloignés de quelques pas. Nous discutions librement de nos professeurs, de nos amis, mais nous ne disions plus l'essentiel. Nous parlions pour combler un vide et cela m'attristait. Quand je marchais à côté de lui, Mathieu me manquait.

Puis il y a ce 26 décembre en classe de troisième, chez lui.

Nous abandonnons nos parents au dessert et montons dans ma chambre. Il me montre ses cadeaux reçus la veille. Nous nous regardons dans un silence embarrassé. Je mets mes mains derrière mon dos, comme pour cacher quelque chose, et lui dis : « J'ai encore un cadeau pour toi ! »

Je penche mon buste, il ne peut s'empêcher de loucher vers ma jeune poitrine. Cela me plaît. Je viens alors coller mes lèvres contre les siennes. Notre premier baiser d'adolescents, le millième avec lui, mais avant dix ans, cela ne comptait pas.

Je le regarde, tout étonnée que ce jour arrive enfin. Il me sourit. C'est comme si la brume disparaissait soudainement. Il me fixe intensément. Son œil droit brille d'une lueur nouvelle. À son tour de s'avancer et de m'embrasser.

Je m'éloigne de son visage pour y lire le même étonnement magique. C'est donc cela ; ce petit rien qui est tout. Nous venons de découvrir un moyen de communiquer notre amour bien plus complet que les mots. Avec la langue, c'est comme si l'être tout entier insufflait à l'autre un poème impénétrable au lexique des hommes. Un abouchement entier que nos corps interprètent parfaitement, sans explication ni ambiguïté.

Il me serre dans ses bras. Nos mains ne s'égarent pas encore, nous nous contentons de cette nouvelle sensation. Nous la dégustons. Aller doucement l'un vers l'autre. Nous avons quinze ans et la vie entière devant nous. Pourquoi se presser ?

2

Le destin est souvent farceur et se moque des plans. Notre histoire était trop belle et les dieux jaloux nous observaient depuis le mont Olympe. On les croit généreux et bons. Il n'y a qu'à relire les métamorphoses d'Ovide pour comprendre que la mythologie est truffée de leurs bassesses destinées à asseoir leur pauvre supériorité. Ils n'ont besoin des hommes que pour les honorer, mais leur désir profond est de nous anéantir.

Quelques semaines après ce baiser, mes parents et moi partîmes en vacances au ski, chose inhabituelle, sans nos amis.

C'était mi-février et je quittais Amandine pour la première fois pendant toute une semaine. Je fis la tête durant tout le trajet. Mon père râlait « tu ne mesures pas la chance que tu as ».

Le séjour se passait plutôt bien. Le vendredi après-midi, un grand soleil inondait la station et je décidai de lire à la terrasse d'un café, en bas des pistes. Mes parents insistèrent pour que je fasse une dernière descente avec eux; «tu auras bien le temps de lire à la maison». Mais non, j'avais besoin de ce temps à moi pour rêvasser à Amandine. Après quelques minutes de négociations, mon flegme d'adolescent eut le dessus.

Mes parents haussèrent les épaules et montèrent dans la cabine. J'observai leur ascension. Ces cabines en forme de gros œuf blanc espacées d'une vingtaine de mètres oscillaient au démarrage pour se stabiliser puis suivre docilement le câble qui les tirait vers le sommet de la station. Tout à coup, je crus voir des flammes à l'intérieur. Je me levai, interdit. Autour de moi, un murmure se propagea, les gens s'interpellaient, montraient du doigt. Les flammes étaient désormais bien visibles et léchaient déjà les parois de la cabine. Je restai debout, paralysé par la peur. Un je-ne-sais-quoi en moi espérait encore malgré les sirènes tonitruantes des pompiers. Les secondes étaient des minutes et les minutes des heures. L'hélicoptère entra en jeu, une voiture de police se gara en bas de la télécabine. Je m'approchai d'un agent et lui dis que mes parents étaient là-haut. Il me regarda sans répondre, me demanda de ne pas bouger et baragouina dans son talkie-walkie. Je devais être livide, car il me proposa une chaise sortie de nulle part, m'assit et me revêtit d'une couverture de survie dorée. Je ne me souviens pas d'avoir eu froid, mais de ces crissements désagréables à chaque fois que je bougeais.

Ils étaient six dans la cabine. Malgré l'interdiction, un des vacanciers avait fumé. Au passage d'un pylône, il avait trébuché et sa cigarette était tombée sur sa combinaison en tissu synthétique qui s'était enflammée instantanément. Aucun moyen d'ouvrir les fenêtres, de sortir ou d'arrêter la remontée mécanique;

le feu s'était propagé rapidement dans ce huis clos. Au bout de quatre minutes, la cabine arriva à destination et la porte s'ouvrit, délivrant les six cadavres calcinés.

Une femme s'accroupit devant moi et me parla. Je ne la voyais pas, tellement mes larmes occultaient ma vision. Je ne l'entendais pas tellement je pleurais. Je voulais savoir, les voir tout de suite, mais aucun mot ne pouvait sortir. Je m'évanouis.

Je me réveillai au poste de secours. La même dame me prit la main, m'annonça des choses et me demanda si j'avais compris. Je ne répondis rien, car j'étais vide. Elle me donna un cachet qui me fit dormir vingt heures d'affilée.

Je fus rapatrié dans la vallée et mon oncle s'occupa des papiers. Mes parents furent inhumés. Je n'eus pas le droit de les voir une dernière fois, leurs corps calcinés n'étaient plus présentables. Je garde d'eux l'image en combinaisons de ski, vivants et souriants. C'est à la fois bien et terrible. Longtemps, cette vision me hanta. Je m'attendais sans cesse à les voir franchir le seuil de la porte et épousseter la neige d'un revers de main. Un craquement de parquet me rappelait la démarche de mon père. Au printemps, le parfum des violettes me ramenait vers ma mère. J'étais bien seul, mais ils virevoltaient dans mes pensées. Ce n'est que des années plus tard, après avoir perdu d'autres êtres chers, que je compris cette vérité : le deuil ne peut pas se faire tant que l'on ne colle pas l'image de mort sur des morts.

De toute façon, tout était ma faute : si je n'avais pas fait mon caprice, nous serions montés tous les trois dans une cabine cinq minutes plus tôt et rien de tout cela ne serait arrivé. J'étais responsable de la mort de mes parents.

J'avais quinze ans et développai alors une véritable psychose. Cette mort jusqu'ici virtuelle, qui ne frappait que les insectes de mon entourage, des anonymes au journal télévisé, des vieillards ou mes héros de jeux vidéo, devint une invitée bien réelle.

Cette mort brutale qui ne prévient pas, irréversible, froide et porteuse de questions insolubles. Et si je les avais écoutés ? Pourquoi eux ? Et moi ? Quand irai-je les rejoindre de l'autre côté ? Comment faire sans eux ? Mais j'avais beau me retourner et les chercher du regard, ils n'étaient plus là pour me répondre. Plusieurs semaines après mon retour, leur chambre resta intacte, leurs habits traînant sur le valet, le dressing plein de chemises, de robes et de pantalons, victime d'une inutilité désormais monstrueuse. Je fus incapable de déménager tout cela, mon oncle s'en occupa.

Petit, quand j'avais une question, mon père s'accroupissait systématiquement pour être à mon niveau. Il me regardait droit dans les yeux et prenait le temps de bien me répondre. « C'est une question intéressante que tu poses là, mon fils. Je vais t'expliquer. » Qui va aujourd'hui s'accroupir devant moi ?

Pire, j'avais l'amère impression que cette fois-ci, c'était moi qui mettais genou à terre. Cette désolation renforça l'idée que j'avais depuis tout petit : devenir médecin et sauver des vies.

Je consultai un pédopsychiatre.

Il avait la face ronde, monsieur Brunaud, des lunettes carrées et une petite moustache. Il était gentil, mais son aide ne compensait pas grand-chose. Tout au plus, elle expliquait et posait des mots savants sur des sentiments bien tangibles. Hélas. La relation avec nos morts n'est pas du domaine de la raison; il avait beau me parler doucement, ses mots ricochaient sur mon chagrin. Je n'étais qu'armure qui chaque jour se fortifiait davantage.

Nous débattions de la responsabilité, d'immortalité, de la mort de la mort, de notre destin, de la foi, de l'au-delà, de l'humanité, du sens à donner à tout cela.

D'abord il me fit raconter l'accident. Je lui décrivis l'horreur de cette cabine en flammes, il me parla de la purification par le feu. Devant ma moue dubitative, il me raconta alors le rite funéraire des Vikings, l'utilisation de bateaux-tombes sous la forme de drakkars enflammés. La noire et épaisse fumée qui montait vers les cieux était le symbole des retrouvailles avec Odin. Il recalait régulièrement ses lunettes carrées avec son index, comme un tic, quand il me racontait ses histoires. Le feu semblait le fasciner. Pour lui, c'était l'élément noble et inconnu par excellence, celui qui cautérise les âmes et ensorcelle les hommes depuis l'Antiquité.

Quand je lui parlais de ma responsabilité, il faisait un geste de sa grosse main. «Tu n'es responsable de rien du tout. Ce n'est la faute à personne. Tu ne pouvais pas prévoir, tu ne l'as pas fait sciemment.»

Je sortais toujours avec Amandine. Mais comme j'avais déménagé chez mon oncle à l'autre bout du village, nous allions désormais séparément au collège. Je la retrouvais là-bas.

Elle me comprenait. Parfois, elle m'accompagnait même au cimetière, mais je sentais bien qu'elle n'était pas très à l'aise. Elle aurait aimé que je lui parle davantage de vie, de notre vie, de choses concrètes, de notre futur, plutôt que de la mort. «La mort fait partie de la vie, mais pas l'inverse», me disait-elle. Assis sur la tombe, je l'écoutais silencieusement en pelant ma pomme. Les épluchures tombaient une à une au sol. Mon mal était incontrôlable; mon deuil n'était pas encore fait. Je n'acceptais pas cette mort stupide et m'enterrais petit à petit. Je fusillais du regard tous ces crétins qui fumaient en se donnant l'air important. Je me consumais à petit feu et notre amour en souffrait.

Nous rentrâmes au lycée. Entre la seconde et la terminale, nous eûmes une relation chaotique, rompant une bonne vingtaine de fois, pour nous remettre ensemble systématiquement. Périodiquement, elle allait voir ailleurs. Jamais longtemps, juste pour se rassurer dans son choix. Je fis de même. Je sortis avec quelques camarades de classe. Jamais avec Sarah, sa meilleure amie. Mais tout ça, c'était pour de faux. Dans leurs bras, je pensais à Amandine et son odeur me manquait. Nous étions génétiquement programmés pour fusionner et les pauvres slows dansés avec les autres n'avaient pas cette puissance instinctive. Tout ça n'était que la nécessaire découverte du monde. Tel le marin, je revenais à chaque fois à bon port où nous nous aimions de plus en plus fort. À chaque cycle, nos convictions se raffermissaient et nos jeunes cœurs se rapprochaient comme au temps de notre enfance. Nous étions deux vignes vierges dont les lianes s'enlacent et s'entrelacent progressivement jusqu'à constituer un ensemble inextricable.

En fin de première, notre histoire d'amour était déjà longue et riche. La nostalgie nous prenait par bouffées; tel un engrais, elle consolidait nos racines.

— Tu te rappelles notre cabane dans les Pyrénées ?
— On devait avoir huit-neuf ans…
— Tu plaisantes ! On n'avait pas plus de six ans. On ne savait pas encore lire. C'est ta mère qui se tordait dans tous les sens pour venir nous lire ce gros livre rouge de contes !
— Et la clinique des doudous ?
— Notre clinique…

Les mercredis après-midi, je retrouvais le docteur Brunaud. Je me souviens de ces drôles de photos funéraires. Il m'expliqua qu'en Angleterre, à la fin du XIXe siècle, pendant l'époque victorienne, la mortalité infantile était encore très élevée. Mais grâce au daguerréotype, l'ancêtre de l'appareil photo qui venait d'être inventé, les familles gardaient un souvenir de leurs défunts.

Le docteur me montra de bien étranges mises en scène où le mort pose au milieu des vivants, vêtu et maintenu dans une position factice. Sur ces clichés en noir et blanc, une petite fille tient la main de sa sœur morte, debout à côté d'elle, les yeux grands ouverts. Ici, un garçon est entouré de ses parents et fait semblant de dormir. Dans cette photo de famille attablée, un des convives est un cadavre. Difficile de trouver lequel, car le mort est maquillé, maintenu artificiellement debout ou dans une position naturelle par une machinerie cachée. Là, une petite fille a les yeux blancs : j'imagine que la pupille avait été grattée pour lui donner un semblant de vie, mais le résultat était terrifiant.

J'observai des dizaines de photos semblables. Qu'est-ce qui poussait des parents à faire de telles choses morbides ? Pourquoi simuler l'allaitement avec un nourrisson mort ?

Ces photos me mirent mal à l'aise. Quelle attitude avoir face au deuil ?

Poser des heures à côté d'un corps froid, faire participer tout le monde — y compris les plus jeunes — pour faire accepter l'inacceptable. Sur ces photographies, ils garderont le souvenir d'un enfant à la fois vivant et mort. Une représentation duale d'une personne qui relie son passé et son futur. Un instantané prit entre deux eaux : une façon d'accepter plus facilement la traversée du Styx et l'entrée dans les ombres brumeuses d'Hadès.

Il prenait un ton doux et professoral. Il connaissait ma peine, mais n'avait que les mots pour la lustrer. Je le laissais quand même faire. Quelque part, cela faisait du bien. Mon âme était ce galet qui épouse les formes du torrent. « Crois-tu que d'avoir les cendres du défunt dans une urne posée sur la cheminée ne choque pas d'autres civilisations ? »

J'évoquai cette dernière repartie à Amandine qui pouffa. Son recul et sa fraîcheur étaient salvateurs. « Un jour, je serai le plus grand des médecins. J'inventerai un vaccin contre le cancer pour que les gens ne meurent plus. »

Elle me caressait les cheveux. « Les gens mourront quand même. » Je serrais les dents. « Oui, mais ils mourront de vieillesse. Ce n'est pas pareil... »

Les séances se succédèrent.

Le docteur Brunaud me parla des livres, ces phares de la nuit qui me guideraient. Victor Frankenstein devint mon héros, celui qui inverse la flèche du temps.

J'enviais le comte Dracula et l'immortalité des vampires. Je dévorais les récits de science-fiction et de voyages dans le temps qui m'auraient permis d'éviter l'irréparable.

Je racontais mes lectures à Philippe, le père d'Amandine, lors de nos balades en forêt. Avec le recul, je me dis que ces promenades étaient bien plus efficaces que mes séances chez le pédopsychiatre. Nous avions une routine tacite : à l'aller, c'est moi qui tenais le crachoir. Sur le chemin du retour, il me parlait de mes parents et de leur amitié qui avait commencé au service militaire. Philippe serait un jour mon beau-père et j'aimais cette idée. Il ne remplacerait jamais mon père, mais il m'était quand même d'un grand réconfort.

Un après-midi, alors que nous faisions le grand tour de la vallée par le chemin de l'ancienne manufacture d'armement, il me dit.

— Au fond, que deviendrait l'homme, si la médecine repoussait les limites de la science et s'il devenait éternel ?

— Il serait soulagé de cette angoisse permanente.

Là, il s'arrêta et me regarda dans les yeux.

— Je ne pense pas. Moi, si j'étais insensible aux maladies et à la vieillesse, je ne voudrais plus jamais sortir de chez moi, de peur d'avoir un accident. Je réfléchirais à tous mes actes. Ça serait terriblement anxiogène, car j'aurais infiniment plus à perdre qu'aujourd'hui.

Je n'avais jamais vu les choses sous cet angle. Il se remit en marche : « Tu sais, en tant que gendarme, en tant que militaire, nous savons que la mort est une possibilité et nous l'acceptons, sinon notre métier serait invivable. »

J'allais souvent repenser à cette réflexion. Aussi, progressivement, mon souhait d'immortalité muta. J'avais cette intuition que mes parents m'attendaient quelque part, non pas en chair et en os, mais sous une forme qui restait à déterminer. J'allais souvent sur leur tombe et leur promettais qu'un jour nous serions à nouveau tous les trois réunis.

De temps en temps, de vieilles dames sèches comme des ceps s'arrêtaient émues devant la tombe et cherchaient à consoler l'orphelin. Je me relevais et les défiais du regard. Elles étaient bien trop vieilles ; de quel droit étaient-elles toujours vivantes alors que mes parents gisaient dans cette froide terre ?

Je m'enfuyais sans leur répondre.

3

Mathieu a toujours été fasciné par mon père. Je me souviens des soirs quand il rentrait à la maison en tenue de gendarme. Mathieu le guettait par la fenêtre et l'accueillait sous des cris de joie. Il était son héros, celui qui met les vilains en prison. Il était son Zorro, le masque en moins, le revolver en plus. Avant de vouloir devenir médecin, il devait alors avoir trois ou quatre ans, Mathieu voulait être gendarme comme « tonton fifi ».

J'adorais les voir partir ensemble, mes deux hommes. J'étais fière de mon père, j'étais amoureuse de l'autre.

Je crois que mon père a beaucoup fait pour soulager la culpabilité de Mathieu. Il ressassait l'accident en changeant le cours de l'histoire. « Et si j'avais accepté la dernière descente sans râler ? Et si j'avais terminé mon livre la veille plutôt que de regarder la télévision ? Et si nous étions partis cinq minutes plus tard du restaurant ? » Mon père le laissait parler puis lui montrait l'absurdité de ces conjectures : « Et si à

Austerlitz un de mes ancêtres était mort plutôt que son camarade, la moitié du village ne serait pas là aujourd'hui. »

Quelques jours avant le baccalauréat, ils revinrent furieux de leur promenade. Depuis quelque temps déjà, ils avaient remarqué des collets mis dans les broussailles pour capturer des lapins. C'étaient des vieux câbles de vélo montés en nœud coulant pour les étrangler dans leur course. Mon père n'aimait pas le braconnage. Il trouvait la méthode lâche et inéquitable : quelle chance avait l'animal ? Et puis c'était illégal. Alors, systématiquement, quand ils en voyaient un, ils le coupaient avec leurs couteaux.

Ce jour-là, un braconnier les avait surpris. Mon père était en civil, mais les gens le connaissaient bien. L'homme leur reprocha leur geste. Ils eurent une vive discussion. Le chasseur serra le poing et les menaça. Il argua qu'ici, on était à la campagne et que le braconnage était une tradition ancestrale. Mathieu voulut répondre, mais mon père l'en dissuada. L'autre continua son flot d'insultes et chercha à les intimider : si jamais un de ses collets venait à être coupé de nouveau, les choses pourraient très mal tourner. Il n'était pas seul, il savait où les trouver.

L'homme avait probablement bu et mon père prit cet avertissement à la légère. Le week-end suivant, il coupa avec Mathieu trois nouveaux collets.

Moi, j'aimais cette complicité et leur petite bataille antibraconnage me faisait sourire. Ils étaient ensemble, mes deux hommes se battaient pour une cause commune et j'adorais cela. Dans l'intimité, j'appelais Mathieu « mon preux justicier », il ronchonnait.

Finalement, que ce soit pour les doudous ou pour les lapins, Mathieu voulait sauver des vies. Il était ce médecin en puissance que je n'ai jamais vraiment pris au sérieux. Les passions de nos hommes les consument tôt ou tard.

4

Après la mort de mes parents, j'habitai chez mon oncle Barnabé qui vivait seul depuis des années. Je ne lui avais jamais connu de femme, mais j'avais entendu mes parents dire qu'il grattait à droite à gauche de temps en temps. C'était un solitaire, un taiseux. Il n'avait besoin de personne, mais ma présence ne sembla pas le gêner, au contraire. Pourtant, on ne se connaissait pas vraiment. Je veux dire, comme un oncle et son neveu. Il venait une fois par mois chez mes parents, boire un verre, prendre des nouvelles. Guère davantage. Il acceptait rarement de rester le dimanche midi, sauf quand ma mère avait cuisiné du lapin aux olives et que mon père, son frère, l'avait ferré avec quelques apéritifs anisés.

Les premières semaines, nous étions tous les deux gênés. On avalait notre soupe en silence, comme deux inconnus qui cherchent à s'apprivoiser. Et puis c'est venu comme cela, par petites touches, par aphorismes. Je lui racontais ma journée, le prénom de mes amis, il me posait des questions ; simples, mais sincères. Il accueillait Amandine chez lui avec plaisir. Je crois qu'il aimait notre jeune amour. Quelquefois, elle soupait avec nous et il était plus loquace. On sentait que cette fraîcheur le désaltérait.

Lui non plus n'allait pas très bien. Une sourde blessure le faisait toujours souffrir et je ressentais, derrière son semblant de bonhomie, la dichotomie d'un homme qui a vécu. Nous apprenions à vivre ensemble, comme deux moineaux blessés par la vie qui reprennent progressivement des forces. Finalement, il était heureux que je sois là avec lui et inversement.

À cette époque, il vendait des encyclopédies. Internet n'existait pas encore et le savoir absolu se trouvait dans vingt-deux volumes, reliure cuir. Barnabé faisait du porte-à-porte dans toute la vallée pour fourguer à prix d'or cette érudition papier, destinée trop souvent à rester clouée sur une étagère. Mais au moins, la sapience universelle se trouvait là, à portée de main. C'était valorisant et rassurant.

Comme tous les gens de son acabit, mon oncle avait son jardin secret ; l'endroit où il aimait s'enfermer pour se ressourcer.

Sa passion à lui c'était la gnôle. Il ne la buvait pas, mais la distillait.

Au fond de son garage, il s'était monté un atelier. Une colonne à distiller, des tuyaux, des béchers, un bec Bunsen. Il fabriquait son alcool avec tout et n'importe quoi. Alcool de patate, de lavande, tout ce qui lui passait par la main. « Toute matière organique se distille », affirmait-il doctement, l'index levé. Alors il testait, il expérimentait, il goûtait. Il avait des petites fioles d'alcool de miel, de fruits, pomme, poire, banane, framboise, mais aussi de biscotte, de racines, d'artichaut, de coquelicot. Il avait même distillé des coccinelles, des feuilles de chêne, des cèpes, de la mousse, des copeaux de cèdre pourris. J'ai même vu des flacons, bien cachés au fond, avec des prénoms féminins sur l'étiquette.

Un jour, il m'a avoué faire tout cela pour immortaliser les choses, les figer dans l'instant.

« Une fois distillé, l'alcool ne vieillit plus. C'est un composé inerte. » C'était sa façon de penser à cette femme telle qu'elle était il y a vingt ans. « Une photo jaunit, les souvenirs s'effacent. Pas mes fioles. » L'odeur est un puissant médiateur de notre mémoire. Elle vous renvoie immédiatement à une époque, à une image, à ce moment de grâce où, lentement, en vous regardant dans les yeux, elle avait fait glisser les manches de sa robe.

Quand il fermait les yeux et penchait son nez, il repensait à tout cela. Ô, pauvres humains, ne sommes-nous que mémoire ?

Le dimanche matin, je visite son temple.

Il faut voir son regard brillant quand il m'explique ses nouvelles idées : « aujourd'hui nous distillons de l'eau de rosée ». Aussitôt, il change : son allure fatiguée, son pas lourd, sa posture effacée, tout disparaît. Dans la pénombre, il devient un seigneur, un enchanteur, un druide, un magicien. Je repense aux livres d'alchimie et je souris tendrement en emboîtant le pas de ce sorcier.

Dans un lent cérémonial digne du grand Japon, il allume le bec Bunsen, verse délicatement sa récolte matinale, trifouille mille petits robinets, ajuste le flacon récepteur et m'explique lentement chaque étape comme si c'était le plus précieux des secrets. Je me prends au jeu, lui pose des questions qui l'enthousiasment. Ensemble, nous trouvons un dérivatif à cette chienne de vie. L'alcool distillé est refroidi. Le soir vient le protocole sacré de la dégustation : celui qui ne l'a jamais connu n'a pas pleinement vécu.

Debout, face à face devant le tonneau qui sert de table haute, nous prélevons deux minuscules verres pour la consommation immédiate. Le reste est soigneusement étiqueté avec la date et la nature. Ici, « rosée matinale ».

Et nous goûtons.

Il ferme les yeux, hume en faisant tourner rapidement le liquide transparent dans le minuscule verre à liqueur. « Tout est dans l'arôme, Mathieu. C'est l'âme d'une boisson. »

Évidemment, je ne sens rien de spécial. Mon oncle est un nez. Il aurait pu faire une brillante carrière chez un parfumeur si la vie en avait décidé ainsi. Il trempe ses lèvres pour les retirer aussitôt, comme s'il commettait un quelconque sacrilège. Puis, il égrène les émotions qu'il ressent. Où va-t-il chercher tout cela ?

— Mélancolie, nostalgie, spleen, espoir, solitude.

— Tu ressens tout cela en goûtant ?

— Et bien plus encore. Mais mon vocabulaire est trop limité, gamin...

Il reste encore silencieux quelques minutes. Je le regarde. Là, il est grand et beau. Loin de cette image floue que j'avais de lui ne serait-ce qu'un an plus tôt.

Nous allons devant les étagères et il range la nouvelle fiole à sa place : de bas en haut et de gauche à droite. Par ordre chronologique. Toujours. Il a là un condensé des émotions de ce monde et de sa vie. La journée, il trimballe le savoir universel dans des pages d'encyclopédie. Le soir, il contemple les passions dans ses fioles.

Un mercredi, un brin désœuvré, je me promenai dans son atelier et m'amusai à lire chaque inscription.

Juste après « mémoire d'araignée », je tombai sur le prénom de ma mère, « Christine ». Cela me tracassa. J'envisageai immédiatement mille et une perversités. Pourquoi mon oncle Barnabé avait distillé une odeur (laquelle ?) de ma mère ? Avait-elle été au courant ? Et mon père ?

Il s'aperçut de mon malaise le soir même.

— Tu fais une drôle de tête.

— J'ai vu une fiole étiquetée « Christine » sur l'étagère du fond. C'est maman ?

Mon oncle reposa sa cuillère et regarda de côté, comme pour chercher ses mots.

— Oui. Ce sont des cheveux de ta mère. Distillés en 1969.

Puis, devant mon silence :

— Tu ne le sais sans doute pas, mais à cette époque, ton père et moi étions tous les deux amoureux d'elle. C'est moi qui l'ai connue le premier. Nous avions commencé à flirter, elle et moi. C'était assez sérieux. Alors, l'été du bac, je l'ai présentée à mes parents, à mon petit frère (ton père), et là, il s'est passé quelque chose de fort entre eux deux.

— Ils sont tombés amoureux ?

— Oui. Instantanément. À croire que je n'étais que la pâle copie de son idéal. Rapidement, il a bien fallu que je me range à l'évidence ; c'était lui qu'elle avait choisi.

— Tu l'aimais toujours ?

— Comment peut-on arrêter d'aimer quelqu'un ? Ce sont des choses qui ne se décident pas. Et puis, c'était Serge, mon frère.

— Ça a dû être compliqué...

L'oncle Barnabé ignora ma remarque. Son regard porta très loin.

— Ton père et moi nous sommes disputés. On en est même venu aux poings. Je ne lui ai pas reparlé pendant des années.

— La jalousie ?

— Tout. La jalousie, l'envie, la rancœur, la culpabilité. C'était avant ta naissance. Avec le temps, j'ai pardonné. Plus ou moins. Je n'ai jamais réussi à regarder Christine dans les yeux. Cela faisait trop mal.

— Ça explique pourquoi on ne te voyait pas beaucoup à la maison.

— Oui. Probablement. Ça et le reste.

— Quel reste ?

Il soupira et se leva.

— Tout le reste. La vie. Ce chiendent. Ce cœur qui s'entête et qui bien souvent ne démarre plus au petit matin.

Je compris qu'il ne fallait pas insister. Il en avait déjà bien assez dit.

Je le regardai partir. De dos, il faisait encore plus vieux avec son débardeur en laine et sa chevelure blanche filasse. Toute une vie gâchée par une histoire d'amour. À cette époque, je trouvai son histoire un peu vieux jeu, j'avais l'assurance amoureuse des adolescents.

5

Certains soirs, après le lycée, nous allions au cimetière visiter la tombe de Serge et Christine. C'était un joli endroit parsemé d'arbres, de dalles en pierre volcanique noire, de bancs de bois de chêne, et peuplé d'écureuils roux. Chaque saison, les allées revêtaient des habillages différents, dévoilant une ambiance nouvelle, propice à l'introspection et aux souvenirs.

Ma mère me demanda un jour ce que cela me faisait d'accompagner Mathieu ici. C'était un de ces soirs où elle tapait doucement à la porte de ma chambre, une tisane fumante à la main. Elle s'asseyait sur mon lit et nous commencions à parler. Après la mort de ma marraine, j'avais commencé à lui ouvrir progressivement mon cœur. Même à mon adolescence, elle a toujours su me comprendre et me calmer, sans abuser de son autorité d'adulte, sans tomber dans les travers parentaux classiques. Finalement, elle était comme une grande sœur qui aurait joué à la maman. Elle aimait Mathieu pour sa gentillesse et, depuis la mort de ses parents, veillait discrètement sur son bien-être avec mon père.

Mathieu avait pris l'habitude de s'asseoir sur leur tombe. Il disait qu'avec les proches, il ne fallait pas se gêner. Nous continuions alors à discuter des professeurs, du lycée, de nous. Mathieu pensait que cela faisait certainement plaisir à ses parents de voir que la vie continuait malgré tout et que notre amour, qu'ils avaient tant chéri et couvé, survivait à leur départ. Comme s'ils étaient là, il leur parlait des séances avec le pédopsychiatre et de ses nouvelles lectures. C'était un peu bizarre et cela faisait écho à ses discours parfois fantaisistes sur la résurrection et la vie dans l'au-delà. J'étais mal à l'aise.

Quand nous franchissions les grilles, Hector, le gardien-jardinier du cimetière, nous lançait un « salut les amoureux » tonitruant qui tranchait avec la quiétude des lieux. Hector était un vieux monsieur placide, veuf depuis vingt ans, qui vivait à l'entrée du cimetière dans un minuscule logement de fonction. Pendant nos années lycée, il avait adopté un jeune caniche blanc, plein d'une énergie rayonnante qui contrastait avec l'allure flegmatique de son propriétaire. Nous nous amusions beaucoup de cet étrange couple, l'un courant partout, l'autre tentant désespérément de le calmer avec des « tout doux ! », des « oh là ! », tirant sur sa laisse comme un conducteur de diligence joue avec les brides de ses chevaux.

Hadès, c'était le surnom donné par Hector, n'avait qu'une obsession dans la vie, à part manger, courir, japper et lécher les mollets de son maître : s'enfuir dans le cimetière pour fureter. Naturellement, l'endroit était strictement interdit aux animaux. Aussi

Hector avait construit tout autour de sa maisonnette un grillage empêchant Hadès de quitter le domicile. Cela excitait encore plus l'ingéniosité du jeune caniche qui finissait toujours par trouver un passage, soit par ruse, soit par négligence de son maître, soit par un laborieux travail de grattage.

Quand nous entrions, Hector nous faisait alors de grands gestes au travers de la fenêtre, puis nous criait « aidez-moi ! Hadès s'est encore enfui ! ».

S'ensuivait une formidable course-poursuite dans les allées. C'étaient les rares occasions autorisées de courir entre les tombes, de s'apostropher de loin, d'approfondir la connaissance des lieux.

Rire et jouer dans un cimetière devrait être encouragé.

Je crois que ces moments de chasse ont grandement aidé Mathieu ; le cimetière devenait un lieu de vie et non de mort. Je me suis toujours demandé si Hector était de connivence. Si, finalement, il ne laissait pas Hadès s'enfuir quand il voyait l'orphelin s'approcher.

En terminale, il se passa quelque chose de fort. Ce fut le mercredi 3 février, dans ma chambre. J'avais la maison pour moi toute seule. Mes parents travaillaient toute la journée. J'avais invité Mathieu pour réviser et pour faire des madeleines. Mais j'avais ma petite idée. J'étais prête.

Je l'aimais et étais enfin décidée à faire le pas, à m'offrir à lui, ne plus résister à ses mains baladeuses qui couvraient mon corps de pressantes caresses. Par deux fois, il avait déjà bu à ma source et joué avec sa langue. Mais un je-ne-sais-quoi de retenu m'avait toujours maintenue en dehors de la scène.

Ce matin-là, je savais que j'étais prête. Je ne parle même pas de confiance ; Mathieu et moi c'était pour la vie. Une évidence mûrie depuis dix-sept années.

Il monta dans ma chambre, frappa, et fut surpris de voir les rideaux baissés, moi encore au lit.

— Ça va ?

— Oui.

Je devais avoir une petite voix. Il s'approcha lentement, souleva la couverture et découvrit ma nudité. Il s'agenouilla et posa sa tête sur mes seins. Il ne se pressa pas. Il écouta mon cœur de longues minutes. Je mis ma main dans ses cheveux et cela me calma complètement. Alors, sans rien dire, il se redressa, se déshabilla et se faufila dans mon petit lit. Son corps était chaud.

Je pourrais décrire ses baisers, ses préliminaires maladroits, notre inexpérience conjuguée à notre feu, mais n'est-ce pas négligeable ? Faire l'amour se passe de mots. Toutes ces années de tendre complicité, de baisers adolescents trouvèrent ce matin-là leur apothéose.

De cette première fois, je n'avais pas d'attente physique particulière, ce ne fut d'ailleurs ni bien ni mal. Mais le sentir dans moi, ressentir la pression de son corps sur mon ventre, mes jambes, mes épaules fut une sublimation de notre relation. Ce fut la première fois que notre amour s'incarnait de façon aussi totale dans mon corps. J'eus des tremblements toute la matinée. Mathieu s'inquiétait, mes larmes et mes rires tentèrent de le rassurer.

Ce fut un nouveau palier dans notre fusion programmée. Les émotions du premier baiser furent instantanément reléguées dans le vieux coffre à jouets. Là, nous étions dans la cour des grands.

Mon lit devint notre nid. Les mercredis soir, je m'endormais en m'enroulant dans les couvertures, humant la moindre molécule, enfonçant mon nez pour dénicher ici et là quelques phéromones égarées. Le mercredi soir, je dormais bien.

Seule Sarah savait. Et ma mère qui avait deviné. Nous étions devenues suffisamment complices pour que, sans rien lui dire, elle s'aperçût de ce changement. Le mardi soir, elle changeait mes draps, rangeait ma chambre comme pour préparer au mieux nos séances nuptiales. Elle avait même pris l'habitude de couper des fleurs et de mettre un vase sur ma commode. Jusqu'à ce que Mathieu m'avoue sa gêne. Cela lui faisait penser au cimetière, aux tombes fleuries et, dans un rire, il me confessa que ce n'était pas la meilleure image qu'il avait envie d'avoir dans mes bras.

Plus personne d'autre n'existait. Nous avions retrouvé la sphère protectrice de notre enfance. Les gens pouvaient se moquer, s'exciter, s'articuler autour de nous, nous traversions ce tumulte, remplis d'un bouillonnement amoureux.

Mathieu respirait plus facilement : on aurait dit que de nouveau les étoiles s'allumaient progressivement dans le ciel.

Je pouvais passer des heures à regarder son corps nu, allongé à mon côté. Quand la foudre s'abattait, il s'allongeait et je pouvais alors caresser son torse, ses flancs, ses cuisses d'un doigt lent et paisible. Il fermait les yeux et je comprenais à sa respiration lente et régulière qu'il s'endormait. Je me collais alors à lui et ne bougeais plus. Le temps s'arrêtait. Je me retrouvais dans notre premier couffin, nos corps et nos odeurs entremêlés avec la même insouciance d'alors. Nous ne formions réellement qu'une personne et, dans cet état de semi-conscience, cette vérité m'aveuglait.

L'avenir était radieux, mais vers Pâques, quelques nuages vinrent troubler notre félicité.

Mathieu envisageait de faire des études de médecine à Paris. Ses résultats scolaires étaient brillants et il n'avait jamais oublié sa vocation. Il se destinait à la recherche médicale, rêvait de soigner des gens, vaincre la maladie, rechercher l'immortalité cellulaire, repousser les limites de la mort. Que sais-je ? Aussi loin que je me souvienne, je revois Mathieu essayant de réparer les choses ou de guérir les gens.

Et pour cela, il fallait quitter la vallée. Ici, il n'y avait aucune université, à part un BTS de gestion administrative et commerciale.

Cette idée m'effrayait.

J'avais proposé à mes parents de l'accompagner, de faire mes études là-bas. Malheureusement, ni eux ni son oncle n'avaient les moyens de nous entretenir tous les deux à la capitale. Et puis ma tante Brigitte avait une coopérative agricole et depuis quelques années déjà, mes parents avaient imaginé un plan qui me plaisait bien.

Après le bac, je ferais un BTS de gestion commerciale dans la vallée. Puis, j'entrerais à la coopérative agricole pour exercer progressivement tous les postes. Dans quelques années, quand elle partirait à la retraite, je pourrais alors la remplacer. Mon avenir était finalement tout tracé. D'un côté le mariage avec Mathieu, de l'autre une carrière à la coopérative. Tout cela ne me motivait pas spécialement pour des études supérieures loin de la vallée. J'étais séduite par la promesse d'être rapidement autonome et d'avoir une perspective de carrière intéressante.

Je comprenais le point de vue de Mathieu, mais pourquoi ne comprenait-il pas le mien ? J'étais à la croisée de son ambition et de mon pragmatisme.

Qu'avait-il besoin de devenir médecin ? J'étais bien entendu de mauvaise foi. J'aurais été immensément fière de lui, mais la perspective de vivre loin de lui m'était insupportable. Sans compter que là-bas, à l'université, il rencontrerait inévitablement d'autres filles. J'envisageais le pire pour mieux me blottir dans ses bras.

Nous nous disputâmes à plusieurs reprises.

Pour moi, notre grand amour nous suffisait. Il aurait très bien pu passer un DUT ici et se faire embaucher à la coopérative, Brigitte aurait accepté. Nous aurions pu vivre simplement, mais heureux.

Et puis quelquefois, je me reprochais mon égoïsme. Les hommes sont des lions qu'il ne faut pas enfermer. Je me disais qu'il reviendrait régulièrement. Que dès que je serais payée, je pourrais le rejoindre à Paris chaque week-end.

J'envisageais tout, sauf ce qui allait suivre.

6

Au début, mon oncle prenait la question de Paris à la légère, comme s'il voulait l'esquiver. Il me parlait de Perséphone, nom donné à son grenadier pour m'expliquer que les départs ne sont jamais définitifs. On finit toujours par revenir : du bistrot, de Paris ou de l'au-delà.

Il faut comprendre que Barnabé était un amateur de grenades. Il aimait distiller leur jus pour en faire un alcool rouge-noir, très parfumé et sophistiqué. Il disait que ce fruit était un condensé de l'humanité. Qu'historiquement, il avait bercé toutes nos civilisations antiques et que c'était une des plus grandes injustices du monde moderne que d'avoir oublié son rôle et son histoire.

Il réservait cet alcool aux grandes occasions et aux grandes déprimes. À tous ces moments de la vie où un soutien des dieux est requis, où l'on se prend à regretter leur bienveillance à la table de l'Olympe. L'époque où ils se permettaient des intrusions charnelles parmi les humains et s'amusaient de nos petits destins.

L'oncle Barnabé était instruit. Vendre des encyclopédies incite sans doute à les ouvrir de temps en temps. Mais il distillait son savoir comme ses alcools : discrètement, pour lui et sans briller. Il ne partageait ses connaissances que lorsque c'était indispensable. Soit pour aider l'autre, soit pour se justifier.

Je ne comprenais pas pourquoi il me parlait sans arrêt de Perséphone. Un jour, il m'expliqua, mais ce n'est que des années plus tard que je compris.

Perséphone, fille de Zeus, détenue aux enfers par Hadès, ne pouvait revenir sur Terre qu'à condition de n'avoir pas été souillée par la nourriture des enfers. Hélas, avant de la laisser partir, Hadès lui donna à manger six graines de grenade. Ainsi souillée, elle fut condamnée à passer la moitié de l'année aux enfers et l'autre sur Terre.

Le grenadier de Barnabé portait bien son surnom : rachitique l'hiver, fantôme décharné, tronc malingre et souffreteux, il prenait dès le printemps ses habits de prince. L'été, il était le roi olympien, distribuant à qui voulait ses grenades majestueuses, pleines et juteuses.

Quand je parlais de Perséphone à Amandine, je voyais qu'elle n'adhérait que moyennement à cette vision d'un amour alternatif entre Paris et la vallée. Surtout, me faisait-elle remarquer, que les séjours ici ne dureraient pas six mois, mais quelques jours. La métaphore de la grenade m'explosait alors à la figure. Amandine était pragmatique. Ce n'était pas avec un conte mythologique que j'allais la convaincre.

Chez l'oncle, le sujet flottait depuis plusieurs semaines. Alors, un soir, en attendant que la soupe refroidisse, il me parla sans jamais me regarder. Comme si les cercles concentriques qu'il dessinait lentement avec sa cuillère dans le potage avaient un pouvoir hypnotique.

— Quand j'ai connu ta mère, j'étais au lycée. L'été où je l'ai présentée à ma famille, je venais de renoncer à des études de parfumeur. J'avais pourtant longtemps hésité : rester dans la vallée avec elle ou partir faire mes études loin d'elle. Nous nous aimions. C'était aussi simple que cela, le choix s'était imposé à moi naturellement.

— L'été où elle a rencontré mon père...

— Exactement. En octobre, elle me quittait. Désespéré, j'ai perdu une année à végéter dans un BTS commercial qui ne m'intéressait pas du tout. La rentrée suivante, j'avais déjà enchaîné quelques petits boulots et quitté le système scolaire.

— Tu regrettes ?

Pour la première fois, il leva les yeux de son assiette.

— Si je regrette ? Je crois que depuis cet été-là je n'ai pas passé une seule foutue journée sans regretter ma décision. On est jeune, mais on pense pourtant que c'est déjà trop tard. À vingt ans, je ne me voyais pas retourner à l'école avec des jeunots de dix-huit. C'est bien plus tard que l'on se rend compte que c'est vraiment trop tard.

— Tu lui en veux beaucoup ?

Il secoua la tête, souffla sur la cuillère et avala la première gorgée.

— Non. Aucun homme n'est propriétaire du cœur d'une femme. Je suis le seul fautif. J'aurais dû prendre mes cliques et mes claques et suivre mon destin. J'aurais dû avoir ce courage.

Je ne répondis pas.

Sa situation résonnait étrangement avec la mienne. La phrase du docteur Brunaud me revint alors en mémoire. « Les phares sont utiles tant qu'ils sont loin. » Son avis m'éclairait, mais, malgré les ressemblances, ma position était différente de la sienne.

Comme s'il entendait mes doutes, il se leva avec peine, alla fureter dans sa bibliothèque et revint avec un livre tout corné. « Tiens, lis ce poème. C'est de Blaise Cendrars. »

Quand tu aimes, il faut savoir
Chanter courir manger boire
Siffler
Et apprendre à travailler

Quand tu aimes il faut partir
Ne larmoie pas en souriant
Ne te niche pas entre deux seins
Respire marche pars va-t'en.

L'interprétation que je fis de ce poème ainsi que le récit de mon oncle m'incitaient à hisser la grand-voile. Mais j'hésitais toujours. Je ne m'imaginais pas vivre sans Amandine, mais je ne pouvais pas non plus renoncer à mes rêves universitaires.

Les discussions avec elle s'enlisaient. J'argumentais maladroitement : « Je redescendrai dans la vallée te voir » ; « Ça te coûtera trop cher. Avec tes partiels et tes nouveaux amis, tu m'oublieras » ; « Comment veux-tu que je t'oublie ? »

Mais je savais qu'elle avait raison. Avec une bourse, j'aurais tout juste le budget pour me loger. À peine pourrais-je rentrer pendant les vacances. Elle me regardait avec rage, impuissante devant mon ambition. Elle sentait le danger. « Je vais y réfléchir » disais-je pour fuir, puis je noyais mon indécision entre ses bras.

Déjà pointaient les prémices d'une grande lâcheté. La lâcheté universelle de l'homme, dont l'indécision paralysante se justifie par le tiraillement entre le cœur et l'esprit, entre le sexe et l'ambition.

Quand le désir était là, j'abandonnais mes plans et ne pouvais concevoir une vie loin d'elle. Mais dès que je sortais repu de son lit, l'ambition universitaire me reprenait de plus belle. Mon corps satisfait, mon esprit voguait déjà vers la capitale. Je visais l'excellence.

Avant l'acte, l'homme ne pense qu'à son plaisir; après, il ne pense qu'à sa réussite.

Soit il pense trop bas, soit il pense trop haut. La femme, elle, vise bien mieux : juste au milieu, le cœur.

Nous passâmes le bac dans ce climat d'incertitude. Le diplôme en poche, nous bûmes outrageusement pour oublier ce passeport vers la séparation. Les premiers jours de juillet sonnèrent affreusement faux. Je savais depuis plusieurs semaines que j'étais admis à la faculté de médecine de Paris, mais je n'osais rien lui dire. Elle l'avait sans doute pressenti, mais ne m'en parlait pas.

Le mensonge entre deux amoureux est le pire de tous. C'est une fissure tapie au fond de nous qui ne demande qu'à s'allonger, s'étendre jusqu'à gangrener l'édifice amoureux. Les non-dits sont de la même engeance, du terreau à fêlure.

Alors je repoussais ma décision. Je m'étais également inscrit en IUT de biologie à deux heures d'ici, ce qui me donnait l'illusion du choix. « D'ici là... » pensais-je, croyant à une soudaine sagesse. Mais est-on sage à dix-huit ans ?

7

Le 24 août vers dix-huit heures, Mathieu vient juste de partir. Ma mère arrive en courant à la maison. Elle était à la bibliothèque et ne devait rentrer qu'une heure plus tard.

À sa façon d'ouvrir la porte sans la refermer, de se ruer vers le téléphone, je sais qu'il vient de se passer quelque chose. Je me campe devant elle, mais elle ne me voit pas. Déjà, elle crie à son interlocuteur : « Mais que s'est-il passé ? Vous devez bien le savoir, non ? Bernard s'est rendu sur place ? Qu'a-t-il dit ? Comment va-t-il ? »

C'est alors qu'elle me voit. Elle met sa main sur le combiné et murmure : « Ton père vient d'avoir un accident dans la montée de Rambaranne. »

S'ensuit un blanc pendant lequel ma mère devient livide. Elle raccroche et se tient au guéridon : « C'est grave. Ils ont envoyé une ambulance. On y va... »

Il nous faut une heure pour arriver à l'hôpital situé de l'autre côté de la vallée. L'ambulance est déjà là, mon père est aux urgences.

Devant les portes battantes, une infirmière retient ma mère. Elle ne doit pas entrer, ils lui font un massage cardiaque. Je la force à s'asseoir et lui prends les mains. Elle me les serre, mais j'étouffe ma douleur. Elle enfouit sa tête dans mon épaule. Je sens qu'elle ne pleure pas, mais qu'elle trépigne sur place.

Un bon quart d'heure plus tard, l'interne sort et retire son calot. Il triture le tissu et s'avance lentement vers ma mère. Il regarde ses pieds et soupire.

Il montait sur les hauts de Rambaranne, la piste est souvent détrempée par là-bas. Les roues arrière ont glissé dans le bas-côté et sa voiture a fait des tonneaux sur une vingtaine de mètres en contrebas. Un paysan a alerté les secours, mais son thorax était perforé, il avait déjà perdu beaucoup de sang quand l'ambulance est arrivée. Il a fait un premier arrêt cardiaque sur le trajet. Un second en arrivant ici : « Nous avons fait tout ce qui était possible, mais il est parti. »

Je regarde ma mère qui fixe le mur blanc. Puis elle hurle, elle refuse d'y croire, elle veut à tout prix entrer dans le bloc. L'interne la dissuade un temps puis la laisse rentrer.

Je reste dans la salle d'attente, abasourdie, ne sachant quoi faire. Mon père est mort, je ne peux pas le croire. Je ne suis pas certaine d'avoir bien entendu, d'avoir tout compris. J'ai la gorge serrée, il reste certainement encore un espoir.

Il me faudra voir ma mère ressortir effondrée, soutenue par deux infirmières, pour réaliser. Immédiatement, je me retourne et pense à Mathieu, il n'est pas là. Pourquoi n'est-il pas là ? J'aimerais qu'il soit là.

Une douleur me contracte la poitrine, j'ai des vertiges et je m'aperçois que je pleure à chaudes larmes. Mes jambes tremblent, je m'assois par terre et m'allonge. Le sol est froid et sent la javel. Je ne peux plus penser, juste entendre et sentir. Une infirmière sortie de nulle part me relève et m'administre des calmants. Elle m'installe sur un fauteuil et une aide-soignante veille sur moi. Je m'endors.

Je me réveille vers minuit dans ma chambre, la maison est calme, mais je ne trouve pas le sommeil. Je vais dans la chambre de mes parents. Le lit n'est pas défait, ma mère n'est pas ici. Les médicaments font effet. Je m'allonge sur leur lit et me rendors comme une bête morte.

Le lendemain matin, mes oncles et tantes sont déjà là. Ils discutent à voix basse avec ma mère. Je les rejoins. Elle a le visage rougi et des yeux horribles. Tout cela semble irréel. Je cherche Mathieu du regard, il n'est pas là. Est-il au courant ?

Je l'appelle. Son oncle décroche, je lui apprends la mort de mon père et il me répond qu'il arrive immédiatement.

Entre-temps, Sarah nous rejoint. Elle est en larmes et nous nous serrons longtemps. Je recommence à pleurer. Elle me pose des questions, mais je suis incapable de répondre.

Ma tante est avec ma mère, elle la soutient et lui parle à voix basse.

Barnabé arrive. Il me serre à son tour dans ses bras.

— Où est Mathieu ?

Il me regarde, embarrassé.

— Mathieu ne savait pas. Il est parti ce matin pour Paris par le train de huit heures trente-neuf...

Je manque m'étouffer. Il me parle à voix basse. « Il est parti signer des papiers à la fac de médecine. La rentrée est bientôt. Il voulait t'en parler, mais n'a pas eu le courage. Je suis désolé, ce n'est pas très élégant de sa part », puis il répète : « Il est parti dans un bien mauvais moment, mais il ne pouvait pas savoir... »

Abattue, je murmure : « Alors, il faut lui dire de rentrer. » Il regarde ses chaussures. « Oui, bien sûr. Je vais essayer. Je lui ai dit de me téléphoner quand il serait installé. »

Sur le moment, je n'entends pas le verbe essayer. Pour moi, Mathieu va rappliquer d'une minute à l'autre. Ma peine est trop grande pour qu'il ne la partage pas.

8

Deux jours plus tôt, nous faisions notre balade rituelle en forêt avec Philippe. Un truc me tracassait et son instinct de gendarme ne mit pas longtemps à le remarquer.

— Quelque chose ne va pas bonhomme ? Tu me sembles préoccupé...

Je shootai dans un caillou. Les choses ne voulaient pas sortir.

— Non. Si. Enfin, ce n'est pas la peine de vous déranger pour cela.

Il s'arrêta, mit ses deux grosses mains sur mes épaules et me sourit.

— Si l'on ne se dit pas les choses entre hommes, à qui vas-tu les dire ?

Je repris la marche. Il m'était plus simple de parler sans le regarder de face.

— Mon oncle Barnabé a des soucis en ce moment. Rien de très grave, mais je pense que vous pourriez l'aider.

— Si je peux aider ce vieux sauvage, ce sera avec grand plaisir ! De quoi s'agit-il ?

Je laissai passer quelques secondes pour mûrir ma phrase.

— Il a vendu une encyclopédie à une dame âgée de Rambaranne. Dix mille francs, je crois. Son petit-fils lui reproche de lui avoir forcé la main. Selon lui, elle touche une toute petite retraite et n'avait pas besoin de ça...

Le gendarme émit un grognement d'assentiment.

— Sur le fond il a peut-être raison, mais maintenant il le menace de foutre le feu à sa baraque s'il ne la rembourse pas. Sauf que mon oncle a déjà reversé l'argent à sa société.

— C'est qui ?

— Jérémy, le fils de la Chantal.

Philippe secoua la tête et s'arrêta de nouveau. Il regarda dans le ciel comme s'il cherchait dans les nuages de quoi identifier la personne.

— Je vois, un jeune dans la vingtaine, les cheveux longs ? Qui traîne souvent à la déchetterie ?

— Oui, je crois. Il a un vieux 103 SP rouge.

— Ne t'inquiète pas, j'irai lui faire un petit coucou et lui remettre les idées en place.

Je le remerciai sans savoir que je venais de signer son arrêt de mort.

Deux jours plus tard, il monta effectivement là-haut. Il avait plu toute la veille, ses pneus étaient sans doute trop lisses et sa voiture dérapa. La chute lui fut fatale.

Je l'appris le soir même vers vingt-trois heures. Barnabé tapa doucement à la porte de ma chambre et, chose inhabituelle, il s'assit sur mon lit d'adolescent.

La chambre était dans la pénombre, une lampe de chevet dessinait au plafond un disque blafard. Il me regarda droit dans les yeux, puis baissa le regard. Il toucha mon oreiller, se frotta le nez et s'éclaircit la voix.

— Je viens de croiser les fils Randan, j'ai une bien mauvaise nouvelle.

Puis il me raconta toute l'histoire et je devins fou : j'avais tué mes parents et devenais ce jour-là responsable de la mort du père d'Amandine.

Interdit, je ne sus quoi dire pendant un long moment. La culpabilité bouffait tout mon oxygène. J'étais un poisson hors de son bocal. Je transpirais abondamment. Mon oncle s'en aperçut, rapporta de l'eau-de-vie de figue et posa la bouteille sur ma chaise en bois. Au premier verre, je me mis à débiter à toute allure ce que j'avais sur le cœur : le caprice de ne pas faire une dernière descente à skis et les cinq minutes de trop. Les cauchemars, cette mort omniprésente, l'image de mes parents en combinaison de ski. La discussion avec Philippe au sujet de l'encyclopédie et ma responsabilité dans cette expédition à Rambaranne. Ma culpabilité encore et toujours.

— Mais qu'avais-tu besoin de lui raconter tout cela ? Je suis un grand garçon, j'aurais pu me débrouiller tout seul... Tu sais, ce n'est pas la première fois que l'on me menace.

Ce reproche gentillet ne voulait pas m'accabler. Au contraire, il l'avait sûrement dit pour me raisonner.

Je fondis en larmes et me mis à déblatérer sans pouvoir m'arrêter :

— Fais attention ! Je porte malheur à tous ceux que j'aime ; tu seras le prochain et Amandine aussi. Regarde-moi ! Je suis une bête, un monstre. Il faut m'interner tout de suite.

Il me calma comme il put, c'est-à-dire maladroitement, comme une personne plus à l'aise avec les choses qu'avec les hommes. Il éclaira la chambre, mais la lumière du plafonnier nous éblouit. Il l'éteignit aussitôt et nous retrouvâmes cette pénombre conforme à notre état d'esprit.

Au troisième verre, je sus que je ne supporterais pas cette situation. Dans cette vallée, tant de morts me poursuivaient. J'eus la certitude qu'ici je ne pourrais jamais guérir. Je devais partir à Paris combattre mes démons intérieurs et enfouir ma culpabilité sous quatre cents kilomètres de voies de chemin de fer.

Cette fois, Barnabé m'incita à partir : inconsciemment, il vivait par procuration un choix qu'il n'avait jamais su faire. L'ombre de ma mère hantait la chambre.

Moi, j'étais obnubilé par Amandine : comment pourrais-je continuer à faire semblant de rien ? C'était impossible. Mais d'un autre côté, lui avouer ma culpabilité la ferait souffrir.

C'était une situation insoluble dont la seule porte de sortie était la fuite.

Tout militait pour mon départ.

« Va, me dit mon oncle, pars et ne te retourne pas. Je te couvrirai. »

Le matin, vidé et exténué, je pris le train de huit heures trente-neuf pour Paris sans même parler à Amandine, sans même justifier ma grande lâcheté. Je sentais que si j'allais la voir, sa peine me condamnerait à rester ici à jamais et que ma culpabilité anéantirait notre relation.

Ce fut une immense connerie, quelque chose d'irrationnel.

Un mois plus tard, abruti par mes petits boulots, mon angoisse avait diminué. J'eus honte de moi et voulus rentrer. Mais c'était trop tard. Je ne lui avais donné aucune nouvelle depuis mon départ. Elle devait déjà me haïr. Sa réaction allait être terrible. « J'attends qu'elle se calme », voilà l'excuse que je me donnais.

Mais plus j'attendais et plus j'enterrais la vérité et plus la probabilité d'un pardon s'amenuisait. Un fichu cercle vicieux.

Alors je détournais les yeux de cette saloperie de conscience et m'accrochais à cette nouvelle vie parisienne, cette nouvelle vie vierge. Je travaillais sans relâche pour ne pas m'avouer ma honte. Ici au moins, j'étais seul, incapable de nuire à quelqu'un.

Je n'ai aucune excuse pour légitimer une telle couardise, excepté mon atavisme masculin.

Pendant vingt ans, j'ai préféré oublier Amandine, incarnation de ma veulerie et de ma faute. Penser à elle me donnait mauvaise conscience. Je m'inventais des excuses. Mais qui trompais-je ?

Car je savais qu'un fil invisible mais puissant me reliait à elle, et qu'un jour je finirais par rentrer, par mettre un genou à terre, par tout lui avouer et fondre en larmes.

Ce n'était qu'une histoire de temps. Le temps, qui emporte les vies, les parents, les amitiés, la vanité et les remords.

Qu'il est long à venir le moment où, enfin, le temps apporte un peu de sagesse.

9

J'arrivai à Paris plein d'une rage constructive. Quelque part, j'avais un besoin impérieux de compenser ma lâcheté et ma trahison. « Te voilà à la grande ville. Montre-leur que tu as fait le bon choix ! »

J'avais accès aux quelques dizaines de milliers de francs de l'assurance vie de mes parents. Ils furent exclusivement réservés à mon logement, un minuscule studio perché sous les toits, rue Bonaparte, à quelques minutes de la faculté de médecine René-Descartes.

Pour le reste, je devais gagner ma vie. J'avais quarante jours avant le début des cours, j'en profitai pour décrocher deux intérims : la journée, je déchargeais des caisses pour un grossiste pharmaceutique ; en soirée, je travaillais dans un fast-food.

Je bossais seize heures par jour et cela me fit du bien. Au moins, je ne pensais à rien. Surtout pas à la vallée de Chantebrie, à mon oncle Barnabé, à Amandine ou à son père.

La douleur physique des premiers jours façonna ma carapace mentale : je me concentrais sur chaque tâche insignifiante, projetais tout mon être sur un geste anodin afin d'y noyer mon esprit et mon corps. J'étais exténué.

Progressivement, je traquais chaque mouvement inutile pour alléger mes douleurs et augmenter ma productivité. J'élaguais, je simplifiais. J'épurais mes mouvements pour faire de chaque instant une petite victoire. Je rééduquais mon corps par la pleine conscience de l'économie de chaque action. Concentré sur mon corps et mes douleurs j'en oubliais mes peines. C'est à cette époque que je compris l'importance de la douleur dans l'agonie. Elle empêche de trop réfléchir à sa condition, à l'après. Elle nous focalise sur l'instant présent, nous fait maudire notre confuse cénesthésie et, tout à fait sournoisement, nous incite à aimer ce grand silence à venir. La vie prépare parfois à la mort.

Mes journées étaient un ballet dont je ressortais épuisé. Le soir, la force physique requise pour déplacer des cartons de médicaments cédait la place à la résistance mentale : celle de supporter le stress du service permanent, les coups de gueule du chef de trois ans notre aîné et les clients malpropres et désagréables. Le fast-food est un microcosme. À lui seul, il concentre les passions primaires de ce monde.

Vers une heure du matin, le rideau métallique se baissait enfin et je parcourais le petit kilomètre qui me séparait de mon chez-moi, ivre d'une nouvelle journée vide de sens. Je prenais un semblant de douche, pressé de retrouver les bras de Morphée qui m'honorait à cette époque de nuits abyssales, continues, que ne venait troubler aucun rêve ni cauchemar.

Lever à sept heures. Embauche à huit. À midi, je m'octroyais une pause d'une heure pendant laquelle je mangeais un sandwich au jardin du Luxembourg. Sans doute que le vert de la vallée me manquait un peu. Assis sur un banc, je regardais passer les Parisiens, spectacle étonnant pour le provincial que j'étais. Ils me faisaient penser à des cygnes ; de très belles bêtes en apparence, mais de vraies hyènes, agressives et hautaines pour qui sait voir derrière la beauté. Je n'ai jamais compris la fascination des contes pour les cygnes. Probablement qu'Andersen n'en avait jamais approché un.

Je reprenais à treize heures et terminais à dix-sept heures. J'avais une heure devant moi avant de débuter mon service au fast-food. Je n'avais pas vraiment le temps de retourner chez moi, alors j'allais me ressourcer à l'église Saint-Sulpice, à deux pas de là.

Je n'étais pas croyant. Enfin, ni plus ni moins que la moyenne. Mais j'appréciais le silence réparateur de l'endroit. Assis sur un banc, je regardais la nef et m'assoupissais quelques instants. Les vitraux colorés filtraient la lumière tombante de septembre, ce qui donnait un aspect magique à l'instant.

Je fermais les yeux et devinais les pas hésitants de quelques vieux venus honorer la mémoire de trépassés ou de très malades. De temps en temps, le tintement de menues monnaies tombées dans le tronc des pauvres me réveillait.

Je touchais le banc poli et sentais l'odeur de l'encens, des bougies, du vieux bois et de la pierre millénaire. Je trempais mes doigts dans le bénitier juste pour le plaisir tactile de toucher le fond de cette vasque, de ressentir sous la pulpe de mes doigts les irrégularités grossières que l'eau froide anesthésiait. J'avais un besoin d'absolu que je cherchais instinctivement avec mes sens primitifs. Tandis qu'une douce mélancolie me submergeait, je me racontais qu'un soir je viendrais dormir ici. La nuit, l'église devait être encore plus belle. Comment les vitraux tamisaient-ils la clarté de la lune ? L'obscurité devait donner à ces statues des ombres terrifiantes, bien loin de l'innocente vocation qu'elles incarnent. Je m'imaginais de l'autre côté de l'autel, à la place du crucifié qui regardait ces rangées de bancs vides. Comme cela doit être grisant de voir toutes ces âmes prédisposées qui baissent la tête devant soi et recueillir leur pardon.

Je m'aperçus que parmi toutes les pistes mystiques pour accéder à la vie éternelle, jamais je n'avais envisagé la voie biblique. La voie pourtant officielle et enseignée depuis quelque deux mille ans. J'aurais tant aimé y croire. En cette vie éternelle, au paradis, à mes parents pas vraiment morts qui m'attendaient là-haut à côté d'un Dieu le père barbu dans sa pèlerine blanche.

Bizarrement, le simple fait de penser à tout cela me redonnait des forces. Finalement, c'est peut-être aussi simple que cela, la foi. Retrouver la quiétude l'espace d'une prière profane. Croire et guérir.

Je quittais à regret cette place revigorante et retournais dans l'enfer citadin. Mon service débutait à dix-huit heures, mais j'y allais quelques minutes avant afin d'enfiler ma tenue réglementaire et de me préparer psychologiquement au bouillonnement à venir.

En octobre, les cours débutèrent. C'était encore l'époque où les étudiants de première année de médecine pouvaient se permettre un petit boulot, quelques heures par semaine. Par un concours de circonstances extraordinaires, je trouvai un job moins fatigant et mieux payé. Un jour, devant la grande librairie médicale du 6e arrondissement, je heurtai par inadvertance un monsieur prostré devant la vitrine, un carnet à la main. Je m'excusai platement et ramassai prestement son carnet tombé à terre pendant la bousculade. Je m'étonnai devant son croquis admirablement bien recopié, illustrant la patte d'un renard. Coïncidence, notre cours portait précisément sur la difficile identification de l'ulna et du radius.

— Faites bien attention, monsieur. L'humérus s'appuie largement sur l'ulna, même si ce dessin ne le montre pas explicitement.

Il approuva de la tête et se rapprocha de moi, comme pour m'examiner.

— Vous faites médecine, jeune homme?

— Je viens de débuter.

— Et vous vous y connaissez en animaux?

— Disons que je viens de la campagne. De la vallée de Chantebrie. Alors, oui, en tout cas, beaucoup plus que mes camarades, répondis-je en souriant.

Il me tendit sa carte professionnelle. Il était taxidermiste et cherchait un apprenti, ou plutôt un factotum. Nous prîmes un café et il me raconta son admirable métier. Il s'appelait Claude et parlait avec un tel enthousiasme, une telle passion, que je ne pus refuser son invitation à visiter son atelier dans la semaine.

Je découvris un univers inconnu et fascinant.

Dans sa boutique voûtée, un magnifique cerbère blanc, un mètre au garrot, façonné avec trois têtes de bergers allemands, accueillait le visiteur. Je restai médusé devant cette bête splendide.

— Voilà l'unique cerbère blanc. Contrairement à son frère noir, gardien des enfers d'Hadès, celui-ci protège la porte des champs élyséens.

— Il a vraiment existé ?

Claude haussa les épaules.

— C'est une légende comme une autre. Mais tu sais, les mythes sont dans toute chose, à nous de les découvrir. Ce cerbère blanc par exemple a un rôle bien défini. Sa première tête t'observe, la deuxième t'écoute et la troisième prononce ton jugement. Dans cet ordre. C'est la clef de la sagesse.

— Pas comme celui d'Hadès ?

— En effet. Le cerbère noir a une tête qui te repère de loin, une qui aboie et une dernière qui te mord. Son rôle était d'empêcher les morts de s'enfuir des enfers ou de dissuader les vivants de récupérer les leurs.

Une telle entrée en matière ne pouvait que me plaire. Je le suivis dans l'arrière-boutique, caverne d'Ali Baba animale, où il m'expliqua son violon d'Ingres.

Contrairement à son unique et grand confrère parisien du 7e arrondissement, son échoppe n'était pas un musée référencé dans les guides touristiques. Sa boutique était quasi-invisible de la rue et sa clientèle exclusivement composée de connaisseurs qui se refilaient l'adresse entre deux confidences.

Il s'était spécialisé dans une niche : l'empaillage de luxe d'animaux de compagnie. Il s'adressait à une clientèle triée sur le volet qui voulait immortaliser ses fidèles compagnons. Des chiens, des chats, mais aussi des perruches, des tortues, des perroquets, des furets, des serpents, des lézards, des lapins, et même une fois, une chèvre naine. Il acceptait aussi des trophées de chasse. C'était tout un art.

Séduit par cet univers et par le personnage, j'acceptai ce boulot bien payé et compatible avec mes études.

Preuve de la grande confiance qu'il me témoigna immédiatement, Claude me donna une clef du laboratoire où j'allais à n'importe quelle heure du jour ou de la nuit pour faire mon travail. Cette confiance n'était que le reflet de la douce humanité qui imprégnait ce bonhomme. Après cinquante années de vicissitudes, il était devenu ce que Giono appelle « un homme complet ».

Je compris à demi-mot qu'il avait eu une jeunesse trouble, ponctuée de séjours à l'ombre, et que ce métier avait été comme une seconde naissance. Sa générosité à mon égard était probablement une sorte de *mea culpa* de sa jeunesse, une projection inconsciente qui pousse les hommes au passé délictueux vers l'excellence et la bonté. Un Jean Valjean taxidermiste qui chercherait dans l'immortalité des bêtes le repentir de son passé et le bonheur de ses semblables.

« Observe, écoute et juge. Toujours dans cet ordre, cela te permettra de connaître l'âme de ton interlocuteur. »

Fidèle aux commandements du Cerbère, j'observais en attendant qu'il me raconte. Il me raconta d'ailleurs bien des choses, mais rien d'antérieur à sa vie parisienne.

J'étais au dépouillage. La première étape peu ragoûtante qui consiste à retirer délicatement la peau de l'animal mort. Il faut y aller très doucement, faire des incisions parfaites afin de ne pas abîmer la précieuse peau. Cela m'aiderait beaucoup lors de mes premiers travaux pratiques de chirurgie. Ensuite, il faut gratter l'intérieur, bien la nettoyer pour qu'aucun morceau de chair ou de graisse ne fasse pourrir l'ouvrage.

Je travaillais au scalpel.

Au début, c'est écœurant, on en prend plein les narines et les doigts. Puis on se dit que ce n'est finalement pas pire que de vider un poisson ou d'éviscérer une volaille.

Pendant ce temps, mon patron s'occupait du mannequin, la partie noble : l'ossature en résine qui deviendrait le squelette sur lequel on collerait la peau. Dans ce métier, il faut bien connaître l'anatomie des bêtes pour reproduire fidèlement les muscles, les postures et les émotions animales. C'est pour cela que Claude était un fidèle client de la librairie de l'université où je l'avais rencontré. Malheureusement, il avait appris sur le tas et, malgré une forme d'intuition géniale, il lui arrivait parfois de modeler une anatomie approximative. Mes connaissances ostéomusculaires l'aidèrent sur quelques cas complexes, comme cette fouine *Martes foina kozlovi*, commandée par une fugitive de Pripiat, nostalgique de son enfance en Ukraine.

Une fois que la peau est détachée, on la tanne. Il s'agit de l'assouplir tout en la rendant imputrescible. On la trempe dans des bains de produits chimiques et l'odeur est vite insoutenable. Nous faisions cela dans une cave bien ventilée. N'empêche. Même après avoir retiré ma combinaison, l'odeur était durablement imprégnée dans ma peau et dans mes cheveux. Quelquefois, je me relevais la nuit pour reprendre une douche.

Heureusement que les clients ne voient pas tout cela. La magie opère pour eux : leur toutou revient quelques jours après sa mort. Ils retrouvent leur compagnon immortalisé, ignorant tout des sévices *post mortem* que nous lui avons infligés.

Pourtant, cette carcasse en résine n'est qu'une âme vide recouverte superficiellement de sa cape originelle, mais rendue inerte chimiquement. Finalement, ils passeront des années à vénérer des poils. Et puis, à leur propre mort, cette marionnette sentimentale passera à la poubelle ou encombrera l'échoppe d'un marchand de curiosités qui se plaira à inventer une folle histoire autour de la relation fusionnelle entre ce vieil anarchiste du Marais et sa chèvre naine rescapée de ses pérégrinations soixante-huitardes sur le plateau de Millevaches.

De son côté, le client crédule se souviendra de l'amitié entre John Thornton et son chien Buck dans *L'Appel de la forêt*, livre de Jack London que lui avait offert sa si belle tante rousse qu'il aimait en secret et à cause de qui il tacha pour la première fois ses draps. Il achètera la bête comme on achète un souvenir.

Les choses ne sont que des condensés d'histoires. De la matière brute avec laquelle on façonne les souvenirs, véritables piliers soutenant nos misérables vies.

Je rencontrai des gens étonnants chez Claude. Comme cet industriel richissime, grand adepte de safaris. Il avait décoré son loft du 8e arrondissement de drôles de petits animaux empaillés : des castors, des lapins, des rats-taupes, des bébés morses. Pour un grand chasseur de fauves comme lui, ces menues bestioles prêtaient à sourire. Autour d'une bière, Claude me donna la clef de l'énigme.

— Monsieur K. chasse l'éléphant au Kenya.

— Mais c'est interdit !

— Tout à fait. Alors il ne peut pas récupérer son trophée. Ni l'animal ni l'ivoire des défenses dont le trafic est prohibé.

— Et alors ? En quoi un castor remplace un éléphant dans une salle des trophées ?

— L'ivoire, gamin. L'ivoire. Si tu observes bien tous ces animaux, ils ont tous de longues dents. Tout est faux chez eux : monsieur K. ignore leur origine, mais il s'en contrefiche du moment que leurs dents sont faites avec l'ivoire de ses éléphants chassés.

— Tu veux dire que...

— Oui. Il suffit que monsieur K. caresse les dents du rat-taupe pour se souvenir de cet éléphant tué au Mozambique en 1987 et de la belle indigène qu'il s'offrit ce soir-là à l'hôtel pour fêter cette prise. Il a une filière diplomatique pour ramener l'ivoire en douce. Du coup, il peut jouir de son forfait en plein jour. Qui se douterait de cette supercherie ? Jean Giono disait : « Quand les mystères sont très malins, ils se cachent dans la lumière. »

— C'est génial ! Enfin je veux dire, sur le principe. Mais c'est illégal... Tu es au courant et tu cautionnes malgré tout ?

Claude sourit. Il en avait tant vu, et des choses bien plus immorales que celle-ci.

— Disons que ce n'est pas tous les jours que je facture un lapin de garenne au prix d'un ours blanc. Je ferme les yeux. Je ne suis pas censé connaître la provenance de la matière première. De toute façon, si je ne le fais pas, quelqu'un d'autre le fera. Je ne suis qu'en bout de chaîne, tu sais, je ne peux pas empêcher la barbarie en Afrique. Et puis, généralement, je ne pose pas de questions. Dans mon métier, il vaut mieux.

Je me rangeai rapidement à son point de vue. Certaines commandes étaient fort étranges. Des clients nous demandaient des chimères : des croisements de races animales différentes. Qui diantre se plaît à contempler une tête de hibou sur un corps de chien? Ou ce poisson-vache étonnant? Ces drôles de commandes venaient pourtant du Samaritano Institute of Research, une véritable institution au Brésil.

Il y avait un peu de sorcellerie derrière tout cela, ou de la folie. Nous nous contentions de réaliser sans chercher à comprendre les arcanes d'un monde souterrain dont nous ne voyions que la folie. Je suis persuadé que, quoi qu'on en dise, le culte de certains dieux païens subsiste encore.

Je gardai ce job jusqu'à la fin de l'externat, soit six années. Claude me proposa plusieurs fois de m'embaucher, mais je visais plus haut. Ici, on n'immortalisait que des souvenirs. Un chat empaillé n'est guère qu'un Polaroïd en trois dimensions. J'avais pour ambition de repousser la mort, pas de la faire poser sur son trente et un, comme le trophée vaniteux de la camarde. Finalement, la taxidermie n'était que la version intemporelle des photos mortuaires victoriennes. Et je ne pouvais m'en satisfaire.

Mais j'étais reconnaissant envers Claude. Son travail me nourrit pendant toutes ces années et, surtout, me permit d'assister aux cours magistraux l'après-midi et de potasser en soirée.

Voilà comment, quelques mois à peine après avoir fui la vallée de Chantebrie, je commençai cette première année en cumulant cours de fac et métier de taxidermiste.

Je m'étais habitué à mes seize heures d'activités par jour : la dose qu'il me fallait pour m'empêcher de trop penser à ma fuite. J'ingurgitais le savoir d'Hippocrate pour estomper mon hypocrisie. Ma lâcheté se noyait dans la masse des polycopiés. J'appris les six cents muscles du corps humain pour oublier le seul auquel je tenais : le cœur d'Amandine. J'appris les symptômes cliniques de la mort, moi qui l'avais tant côtoyée. Je me remplis de choses inutiles pour me vider de mes souvenirs.

De temps en temps, j'écrivais quelques mots à l'oncle Barnabé pour ne pas qu'il s'inquiète. « Je vais bien, les cours sont passionnants. Je suis autonome financièrement. Je reviendrai sans doute aux grandes vacances. » Promesse que je ne tins jamais.

J'avais pourtant sincèrement envie de le revoir. Derrière une apparence bourrue, mon oncle cachait une cicatrice qui me parlait. Mais la vallée de Chantebrie était un lot indivisible ; revoir l'oncle impliquait de revoir Amandine et de me confronter à ma veulerie. J'empilais alors lâcheté sur lâcheté et repoussais ma visite.

Deux ou trois fois, il voulut monter sur Paris pour me « visiter ». Je l'en dissuadai. Il ne connaissait même pas mon adresse et cela était très bien ainsi. Je tenais à maintenir distincts ces deux univers comme les deux hommes que j'avais été.

À cette époque, j'aurais tant aimé changer de nom et de visage.

En fin de première année, je fus reçu quatre-vingt-neuvième au concours. C'était une belle victoire que je savourai seul, dans ma petite chambre de bonne, avec pour seule compagnie une bouteille de mauvais whisky et ma conscience tourbée.

La cigarette au bec, j'ouvris le vasistas et contemplai le reflet de la lune sur les toits parisiens. La fumée ou quelque autre raison fit pleurer mes yeux.

Depuis quelque temps, je fumais.

Je me disais en moi-même que je « guérissais le mal par le mal ». Fier de ce slogan inspiré du principe vaccinal, j'osais porter à la bouche l'instrument de torture de mes parents. Tandis que la fumée m'envoûtait, je renouvelais ce parricide dix fois par jour. Dans chaque bouffée, je croyais voler un peu de cet oxygène de vie qui leur avait tant manqué. Je portais en moi la tragédie grecque, j'étais Oreste débarrassé des Euménides, celui qui tue sa mère, et cette brutale revendication me valorisait. Le malheur est un manteau bien pratique pour se forger une identité. Je me prenais pour l'orphelin de Nerval.

Je suis le ténébreux, — l'orphelin, — l'inconsolé
Le prince de Chantebrie *à la tour abolie*
Ma seule étoile est morte, — et mon luth constellé
Porte le soleil noir de la mélancolie.

Ma raison compensait ma lâcheté. Le souvenir d'Amandine était bien trop lourd à porter.

Aussi, de crise en crise, j'appris à l'oublier et à me convaincre qu'elle était mieux sans moi. Que j'étais un individu égoïste, toxique et que de revenir là-bas ne ferait qu'aggraver la situation. De toute façon, elle aurait vite fait de refaire sa vie avec un autre homme bien meilleur que moi. Elle le méritait. Je devais assumer mes actes et elle m'avait probablement déjà oublié.

Pourquoi continuer à penser à cet amour ? Je me faisais probablement des idées. Notre histoire n'était-elle pas finalement banale ? Un premier amour de jeunesse qui finit en eau de boudin ; la belle affaire. Pas de quoi provoquer le jeune Werther en duel pour savoir qui pleurerait le plus loin. J'enterrai ainsi pêle-mêle Amandine, le souvenir de notre amour, ma culpabilité, mes remords et mes regrets.

Un jour, j'appris en cours de biologie que l'ensemble de nos cellules se régénèrent au bout de quelques mois. Quelle plaisante découverte ! J'avais la preuve que nous étions désormais des êtres complètement différents. Chaque cellule de mon corps était née ici, à Paris, loin de la vallée. Aucun pore de ma peau n'avait touché Amandine, aucune cellule rétinienne ne l'avait vue, aucune fibre de mon cœur n'avait vibré en sa présence. N'étant physiquement plus la même personne, j'aspirais légitimement à tourner la page. Logique.

L'homme est ainsi fait ; il croit que sa raison est plus puissante que les forces telluriques de la nature. Il prétend combattre les éléments, mais ne reste que le charmant bouffon des dieux hilares.

Avec cette première année, j'avais le sentiment d'avoir terminé un cycle et de débuter une seconde vie. Une force de répulsion me tenait éloigné de la vallée et m'enracinait de plus en plus dans la capitale. Le temps s'égrenait, jour après jour, cours après cours, animal après animal. Mon âme, grossièrement pansée, et mon esprit toujours bandé vers mes rêves d'immortalité.

10

En une journée, ma vie et mon avenir basculèrent. Comme un ballon de baudruche qui éclate. L'instant d'avant, ma vie était pleine et douce; la seconde suivante, j'avais tout perdu.

Après l'enterrement, le temps s'arrêta. Quand je compris que Mathieu avait disparu, j'eus envie de m'enfuir, de me volatiliser, d'arrêter cette vie désormais vide de sens. Moi la battante, la jeune femme qui savait toujours où aller et que faire, moi qui avais déjà en tête mes vingt prochaines années, je me retrouvais soudainement désemparée.

Ma mère me protégea de mes plus folles crises. Elle était cette modeste lumière dans l'obscurité, celle qui empêche tant bien que mal la connerie irréparable.

Pourtant, elle aussi avait ses démons à combattre. Perdre un mari de façon si brutale et si stupide ébranle sérieusement les fondations. Mais je devais découvrir bien plus tard le pouvoir étonnant de l'instinct de protection maternel. Une force que les femmes puisent au plus profond de leurs entrailles.

Ma mère avait les deux pieds bien ancrés, c'est ce qui nous a sauvées.

Elle tissa entre le monde et moi un cocon gorgé d'amour. Je garde très peu d'images des semaines qui suivirent le drame. J'ai le souvenir d'une convalescence fiévreuse et nébuleuse. Une de ces dépressions sourdes, adoubée par les commérages dus à cette tragédie visible et compréhensible.

J'avais peur de sortir de chez nous. La plupart des voisines me fuyaient, comme si ma perte était contagieuse. Une minorité, au contraire, recherchait ma présence pour alimenter leurs babillages quotidiens. Elles flattaient inconsciemment leur ego en m'inondant de leur bienveillance sirupeuse. Je n'avais nul besoin de leur sollicitude, j'avais besoin de mon père et de mon amoureux.

À la mort des parents de Mathieu, j'avais eu de la peine, pour eux et pour lui. Mais j'avais su transcender ce chagrin, le transmuter en amour-béquille pour Mathieu. J'acceptais ses pleurs, je l'écoutais se lamenter, je le serrais dans mes bras. J'avais pour objectif de le reconstruire. Mais après le départ de mes hommes, qui me consolait ? Qui m'écoutait et me serrait dans ses bras ? Personne.

Ma mère, certes. Mais le réconfort d'une mère est acquis et ne suffit pas toujours.

Après l'enterrement, je me rendis chez l'oncle Barnabé. La disparition subite de Mathieu m'inquiétait. Ce n'était pas normal. D'abord, il nous avait parlé d'une rentrée prochaine, puis il nous avait servi une histoire d'inscription urgente à faire sur Paris. Mais cinq jours plus tard, à l'enterrement, il n'était toujours pas revenu. Soi-disant qu'il ne l'avait jamais appelé. Il nous cachait quelque chose. Commença alors une véritable chasse à l'oncle. Avec ma mère, nous le traquions chaque jour, en ville, au marché, jusque chez lui pour savoir s'il avait des nouvelles de Mathieu.

Le facteur passait vers onze heures. Une demi-heure plus tard, je montais chez Barnabé pour vérifier s'il n'avait pas reçu de lettres. Progressivement, il commença à nous éviter. Ses réponses n'étaient plus aussi affirmatives. Lui non plus n'avait pas d'information et s'inquiétait. Il avait vu les gendarmes : Mathieu était majeur, on ne pouvait rien faire. Ils lui avaient aussi dit qu'en cas de malheur, les services compétents remontaient toujours à la famille; il ne fallait donc pas s'inquiéter.

Pourtant, Barnabé n'avait aucune adresse, aucun numéro de téléphone. J'étais folle de rage, il était dépité. « Mais que puis-je te dire d'autre, Amandine? Je NE SAIS PAS où il est! Promis, dès que j'ai des informations, je cours chez vous... » Ma mère se méfiait de lui. Elle ne le croyait pas, mais ne voulait rien laisser paraître, de peur de me démoraliser davantage.

À la lune suivant le drame, je mis l'absence de saignements sur le compte du choc.

À celle d'après, ma mère m'interrogea du regard. Se pourrait-il que...?

Elle m'acheta un test de grossesse. Il vira nettement au bleu, j'étais enceinte de Mathieu. C'est à ce moment-là, alors que je palpais ce bout de plastique, que son absence fut le plus douloureuse.

Cette nouvelle, sans doute la plus belle qu'une femme ait à annoncer, devait être partagée. Je craignais la réaction de ma mère tandis que j'implorais la présence du futur père. Où étais-tu Mathieu, à ce moment ? N'as-tu pas ressenti une secousse souterraine mue par cette chaîne invisible et indéfectible qui nous liait depuis le berceau ?

Je devais voir l'oncle Barnabé. Lui savait sûrement où se cachait mon homme. Jusqu'à présent, il ne nous avait jamais rien avoué, mais maintenant tout allait changer. Puisque j'étais enceinte, il reviendrait rapidement. Au prochain week-end, à la fin du trimestre ou même après les examens. Il reviendrait pour la naissance de notre enfant. J'étais cette louve qui part rassembler la meute. Quelque part en moi, une savante chimie d'hormones puisait dans mon animalité. J'avais de nouveau faim.

Ce bleu était comme l'éclaircie dans un ciel couvert. Ce coin d'azur qui apparaît enfin et décoche au marin fatigué son premier sourire, sa première espérance. Le bleu que je rebaptisai symbole de l'espoir.

Barnabé m'aimait bien. Mon père et lui s'étaient paraît-il fréquentés plus jeunes. Mathieu me l'avait dit : « Mon oncle t'adore. » J'avais ri. « Il nous adore », l'avais-je corrigé.

L'oncle était assis sur une chaise, surplombant la petite côte qui menait à sa maison. Il aimait à contempler ainsi la vallée, portant sur les hommes et sur le monde un regard chargé de vide et d'interrogations. Il faut toujours se méfier des contemplatifs ; ils portent en eux une sourde vérité, terreau fertile à la misanthropie.

Je montais la côte, pleine d'une énergie nouvelle. Nous marchions, mon enfant et moi, comme cent, animés par une évidence absolue. Je transpirais.

À deux cents mètres environ, je le vis se lever et rentrer chez lui. Ce fut comme si un corbeau traversait ce petit coin de ciel bleu, un fichu mauvais présage.

Je tambourinai à la porte.

— Il faut absolument que je parle à Mathieu.

— Je ne sais pas où il est.

— Je suis enceinte.

L'oncle entrouvrit la porte, me considéra un temps, regarda furtivement le voisinage et me fit entrer dans un soupir.

— Depuis quand ?

— Deux mois. Juste avant son départ.

L'oncle secoua la tête.

— Ma pauvre fille. Comme si tu avais besoin de ça...

Je n'avais surtout pas besoin de leçon de morale ni de pitié. Je devais juste retrouver Mathieu.

— Dites-lui. Je vous en prie. Je ne sais pas pourquoi il est parti, mais maintenant, j'ai besoin de lui. Son enfant a besoin de lui. Il faut qu'il rentre !

L'oncle avait le regard fuyant. Il s'appuya contre le mur en pierre, fixa la chaise vide et dit d'une voix blanche :

— Qui me dit que cet enfant est bien de lui ?

Le coup fut aussi rude qu'inattendu. Je bredouillai.

— Comment ça ? Vous croyez que je couche avec tout le village ?

— Je n'ai pas dit cela. Mais comment puis-je savoir ? Je sais que Mathieu t'aimait bien, mais...

— M'aimait bien ? Comment osez-vous dire cela ? Il m'aimait comme personne n'a jamais aimé.

— Tout ce que je vois, c'est qu'il est parti.

Un uppercut. Effectivement, s'il m'aimait autant, pourquoi était-il parti ? Cette évidence me déstabilisa.

En une seconde toute mon espérance s'envola. Barnabé jouait à présent avec ses doigts, comme s'il cherchait une solution à un casse-tête.

— En tout cas, moi je n'ai jamais aimé que lui. Il est le père de cet enfant.

Le vieil homme plissa les yeux, son regard se fit vipère.

— Ces derniers temps, j'ai pas mal vu le fils Mathevet venir chez vous.

— Il venait prendre de mes nouvelles. On était en classe ensemble. J'ai perdu mon père au cas où vous l'auriez oublié.

Il ne répondit rien, mais je sentis glisser sur mes épaules ce silence froid chargé de soupçons et de calomnies. Une bouffée de rage et de larmes m'envahit. J'avais envie de le griffer, de le mordre, de faire taire à jamais ce silence accusateur. Je fondis en larmes, non sans le menacer du haut de mes dix-huit ans.

— Vous avez intérêt à passer le message à Mathieu espèce de vieux salaud. Sinon je reviens ici et je fous le feu à votre baraque !

Il me regarda avec des yeux indéfinissables, comme si cette menace le réveillait soudainement. Je tremblais, il me fit asseoir sur la chaise.

— Les mots ont dépassé ma pensée. Je te prie de m'excuser. Bien sûr que Mathieu est le père de cet enfant.

Il prit une seconde chaise et s'installa en face de moi. Il pencha sa grande carcasse voûtée et prit mes deux mains. Tandis que je reniflais dans mon mouchoir, l'oncle, visiblement ému, regarda très loin à travers moi.

Puis il se tourna vers le buffet, ouvrit la porte et attrapa une minuscule fiole d'alcool de grenade.

— Tu en veux ? me proposa-t-il.

Je déclinai en montrant mon ventre.

— Oui, bien sûr, suis-je bête...

Et il but un verre à liqueur cul sec.

Quand je fus calmée, il me murmura : « Je vais faire mon possible. »

Ces cinq mots suffirent à me redonner espoir.

J'essuyai mes larmes et il me sourit. « Surtout, prends bien soin de toi et de ta mère. »

Sur le chemin du retour, je repensai à la scène. Pourquoi avait-il douté de moi ? Était-il vraiment possible qu'il ne sache pas où se cachait Mathieu ? Mais pourquoi s'était-il enfui ?

Ma mère m'attendait, en tablier de cuisine, sur le pas de la porte. Elle dut remarquer mes yeux rougis, mais sa pudeur n'ajouta pas d'humiliation à ma peine.

— Il ne sait pas où il est. Il m'a dit qu'il allait faire son possible pour lui apprendre la nouvelle.

— Il était content ?

Mon silence et sa connaissance des hommes esquissèrent la réponse. Elle rentra dans la cuisine, attrapa un balai pour se donner une contenance et frotta un carrelage déjà propre. Elle serrait les dents. Moi, j'avais envie d'y croire. Ce n'était pas pareil.

Au septième mois, n'y tenant plus, je pris le train pour Paris. J'avais peu à peu repris confiance en moi. Nous étions en mars, il pleuvait abondamment quand j'arrivai à la gare de Lyon. À cette époque, Internet n'existait pas et Mathieu n'avait visiblement pas de téléphone chez lui. Ma seule piste était la faculté de médecine Paris-Descartes, dans le 5e arrondissement, où je pensais qu'il était inscrit.

Je trouvai un hôtel miteux dans le Quartier latin pour y déposer ma modeste valise. Mon ventre était déjà bien pesant et marcher plus de deux heures me fatiguait. Avec la pluie incessante, ces quelques jours furent un véritable enfer.

Je ne sais pas par quelle magie, mais Mathieu n'était inscrit nulle part. La secrétaire de l'université, une femme épaisse au chignon gris et aux lunettes oblongues, semblait davantage intéressée par mon histoire que par retrouver la trace de mon fiancé. Elle observait ma silhouette à la dérobée, prêchait le faux pour savoir le vrai, se gorgeant d'hypothèses qu'elle cracherait sitôt mon départ à ses collègues du pavillon. Le premier jour, elle s'affaira sur un tiroir rempli de fiches bristol avant de se plaindre de ce système d'un autre temps. Elle me pria de revenir le lendemain. Là, une autre dame m'accueillit et me répondit sèchement qu'on ne donnait pas d'informations personnelles sur les élèves ni sur les enseignants. Je fis comprendre l'urgence de ma requête par la rotondité de mon ventre, mais cet argument glissa dessus. « Si un jeune homme refuse de vous donner ses coordonnées, je ne vois pas pourquoi nous le ferions, mademoiselle. » Je sentis que cette petite phrase résumait tout un système de valeurs mis à mal par mon futur statut de fille mère.

Le surlendemain, la vieille dame au chignon gris était de retour, mais je vis à son empressement à me répondre qu'elle avait reçu des consignes très strictes. Elle me chuchota presque : « Personne ici avec ce nom, mais vous savez, nous avons près de dix mille étudiants. Nos registres ne sont pas toujours bien à jour. »

Elle m'offrit un thé, mais devant mon refus, elle ajouta avec une once de fierté : « Essayez l'université Paris-Diderot et aussi Pierre-et-Marie-Curie ; elles n'ont que huit mille étudiants chacune. »

Je changeai d'arrondissement, mais ici comme là-bas, Mathieu restait introuvable. À croire qu'il s'était inscrit sous un pseudonyme. J'errai entre les trois quartiers, m'installant dans un café, tantôt face à la Pitié-Salpêtrière, tantôt place de l'Odéon, dans l'espoir de l'apercevoir dans ce flux continu d'étudiants.

Hélas. Au bout d'une semaine, je dus me rendre à l'évidence. Je recherchais un homme au milieu de dix millions de Parisiens. Il avait pu abandonner ses études, déménager en province ou être renversé par une voiture. Qui pouvait savoir ?

Je me sentais lasse, fatiguée de traquer un fantôme. Une sourde colère m'envahissait chaque fois que je pensais à lui.

Le vendredi, je n'étais même plus certaine de vouloir le retrouver. Il était parti sans mot d'explication, sans donner d'adresse, comme un voleur. Je décidai de rentrer dans la vallée de Chantebrie et repoussai mes recherches à la naissance de mon fils.

Le dernier jour, sur le chemin de la gare, je tombai par hasard sur la minuscule vitrine d'un taxidermiste. Une renarde pleine était représentée debout, le ventre alourdi par les renardeaux à naître. Je m'arrêtai un instant, intriguée par ce modèle peu commun. Une voix me fit sursauter. C'était le propriétaire qui venait ouvrir la boutique.

— C'est un renard rouge, dit renard vulgaire, renard roux ou renard d'Europe, une femelle.

— Elle est pleine.

— Exact. C'était une commande originale d'un chasseur mort brutalement avant la livraison. Sa veuve n'a pas voulu de la bête, du coup, je la laisse en vitrine.

— Elle est belle.

Le monsieur regarda mon ventre arrondi et sourit.

— Le renard est une espèce intéressante. Il est d'habitude bigame, mais le mâle n'abandonne jamais une compagne pleine. Il reste dans le terrier jusqu'à la naissance des renardeaux.

Sans doute ce vieux monsieur avait-il voulu me faire plaisir en me narrant cette anecdote. Devant ma mine effarée, il ajouta : « J'ai d'autres modèles curieux à l'intérieur. Voulez-vous entrer ? Mon assistant ne va pas tarder, il pourra vous les commenter... »

Savoir qu'une renarde était mieux lotie que moi ne me donna aucune envie de voir d'autres animaux empaillés. Je m'excusai, j'avais un train à prendre. Je m'enfuis aussi vite que possible.

11

Un jour, à vingt-deux ans, alors que je me rasais dans le miroir de ma minuscule salle de bains, je découvris mon premier cheveu blanc. Je l'arrachai dans un accès de rage, l'observai de longues minutes avant de le faire griller au bout de ma cigarette. Est-il possible de vieillir si jeune ?

Je voulus purifier par le feu ce stigmate du temps, mais l'odeur du cochon grillé empuantit mon studio comme un avertissement divin ; on ne bafoue pas impunément l'œuvre de Chronos.

J'étais alors en stage à l'hôpital Cochin. J'en parlai dès le lendemain aux infirmières, quadragénaires ou quinquagénaires accueillantes, qui maternaient l'orphelin et encourageaient le futur médecin. Autour d'une tasse de café, elles se moquèrent gentiment de moi. Chacune y alla de sa vérité philosophique, de sa leçon de vie acquise au prix de petites peines, de minuscules mésaventures qui creusent jour après jour, année après année, les sillons d'un visage et les plaies à l'âme. Les femmes sont vêtues de cicatrices. Celle de la césarienne est paradoxalement la plus visible, mais aussi la plus belle. Les plus terribles sont invisibles, celles que les hommes ignorent ou refusent de voir.

Les cicatrices me hantent.

Depuis mon départ de la vallée, je fis de nombreuses fois un rêve similaire. Je suis dans un manoir du XIXe siècle, une femme élégante me demande si je veux voir sa créature. Je reconnais Mary Shelley mais ne le lui avoue pas, de peur de gâcher la surprise qu'elle veut me faire. Je la suis gentiment, nous descendons à la cave par l'escalier en pierre volcanique noire qui tourne longtemps. Devant la porte ancestrale barrée de gros clous, Mary s'efface. J'entre dans une pièce voûtée. Au centre, une personne est allongée sur une table épaisse, recouverte d'un drap blanc. Ça sent la terre sèche, les champignons et une vague odeur de formol ou d'éther. Mon cœur s'accélère. J'ai peur de trembler en découvrant le monstre de Frankenstein. C'est alors que le drap se soulève, et je vois Amandine nue, entièrement recouverte de cicatrices. Des longues, des courtes, des discrètes, des maux suturés qui boursouflent son corps. Elle me sourit et je suis paralysé, figé dans ma verticalité, refusant d'accepter cette réalité incommodante.

Mary Shelley remarque mon hésitation et m'incite à avancer. « Allez-y, c'est votre créature, vous pouvez en être fier. » Je me réveille à ce moment, un refus d'obstacle qui me laisse hagard, au fond de mon lit, dans mon studio parisien sous les toits.

Avec cette histoire de cheveu blanc, je découvris des névroses existentielles bien plus importantes que la mienne. Mme M. voyant ses seins s'affaisser songeait à des implants mammaires. Mme S. ne supportant plus sa culotte de cheval voulait une liposuccion. Mlle N. ayant toujours détesté son nez rêvait de bistouri. Mme C. n'aimant pas ses rides désirait des injections de Botox. Mme O. ne tolérant aucune racine blanche se rendait chez son coiffeur tous les mardis.

Toutes avaient pour ennemi Chronos et sa néfaste influence sur leur corps. Toutes étaient victimes de ce prisme qui noircit la perception de son propre physique et nous projette trop tôt dans un futur sombre. La peau flasque, la culotte de cheval, les varices, les vergetures, la poitrine qui tombe, les fesses qui se ramollissent, les ridules qui se creusent. Voilà leurs cauchemars. Les véritables questions étaient : « Jusqu'à quand pourrais-je encore faire bonne figure ? Suis-je encore désirable ? »

Chacun à notre façon, nous partagions cette vaine lutte contre la mort. Avec mon unique cheveu blanc, j'étais le benjamin de l'équipe. Mais j'étais désormais comme elles, comme nous tous. J'avais brûlé mon cheveu comme elles rêvaient aux opérations de chirurgie esthétique, dans l'espoir de tromper la camarde par de futiles artifices. Quel serait mon prochain coup ? Des implants capillaires ?

Les hommes pensent berner les dieux, mais ne parviennent qu'à tromper le regard d'amis complaisants. Le cours du temps est inexorable ; nous savons que le mal qui nous ronge est irréversible, un corollaire de la vie qui nous conduira un jour prochain entre quatre planches. Et ici, dans ce service d'oncologie, nous étions bien placés pour le savoir.

Ces femmes s'agitaient pour de vains combats égoïstes. Mais c'est cela aussi, la vie. Rendre coup pour coup à l'incivilité du temps et se berner dans l'illusion de maîtriser notre destin, notre apparence et la flèche de la temporalité.

Je n'avais pas beaucoup d'amis. J'avais passé trop de temps sur mes cahiers ou sur des peaux mortes pour m'être bien intégré à la vie estudiantine.

Et puis, avec le temps, j'avais développé un complexe olfactif. Je savais que les effluves du tannage s'étaient immiscés au plus profond de moi. J'avais beau frotter, dès que je transpirais, de fines particules de mort odorantes suintaient de tous mes pores.

Un soir, je lus un article sur un problème similaire touchant les mineurs de fond. Douchés, ils s'endormaient dans des draps propres pour se réveiller au milieu d'une tache grisâtre. Les fines particules de charbon, incrustées dans les pores, se libéraient pendant leur sommeil et encrassaient le drap. Même plusieurs jours après leur dernière descente, impossible de s'en défaire, une vraie malédiction.

Aussi, tel un pestiféré autodéclaré, je me tenais éloigné de mes camarades, persuadé qu'un nuage mortifère et odorant flottait au-dessus de mon crâne.

Quelques mois avant mon stage à Cochin, une jeune femme élégante entre dans la boutique. Je la reconnais aussitôt, elle est dans le même cours d'oncologie que moi. Je ne lui ai jamais parlé. Je sais vaguement qu'elle appartient à la bourgeoisie parisienne et cela suffit à me la rendre antipathique.

Le genre de fille à n'avoir franchi le périphérique qu'en avion pour se rendre aux Bahamas ou à Los Angeles. Robe noire griffée, talons hauts à semelles rouges, serviette en cuir, elle a plus le look d'une femme d'affaires que d'une étudiante en médecine.

Elle a un visage fin, des cheveux châtains coupés au carré, des yeux marron très clair, un brin boulotte. Elle serait sans doute jolie avec moins d'artifices.

Si elle se rapproche davantage, elle va sentir mon odeur de mort. Être humilié par quelqu'un de condition supérieure est pour moi la pire honte. Je sens mes épaules se contracter et je la déteste d'être venue ici. Jusqu'à présent, personne ne sait que je travaille là.

Je fais semblant de ne pas la reconnaître et penche ma tête sur un quelconque catalogue d'accessoires. Elle furète dans le magasin, semble s'intéresser aux modèles empaillés exposés puis tombe en admiration devant le cerbère blanc. Elle le scrute pendant deux grosses minutes puis s'approche de moi.

— Excusez-moi, je travaille pour...

Elle s'interrompt et me dévisage. A-t-elle senti quelque chose?

— Hey! Mais nous sommes à la fac ensemble!

Bien embêté, le visage fermé, je marmonne :

— C'est possible.

— Si! Dans les cours d'oncologie du professeur Giral! J'adore ce prof. Je le trouve excellent pédagogue!

Sur le coup, elle n'a pas tort. Je ne réponds rien et scrute le catalogue, comme si j'étais à la recherche d'un important secret.

— Que fais-tu ici? Tu travailles là?

En quoi le fait de partager le même cours lui donne le droit de me tutoyer?

— On dirait bien.

— Tu fais quoi exactement?

— Des choses. Je dois bosser pour payer mes études.

En disant cela, je la regarde droit dans les yeux afin de lui montrer qu'on n'est pas tous des privilégiés. Mais elle me répond d'un large sourire.

— Ça doit être super intéressant de bosser ici! J'adore ce cerbère blanc! Il est juste extraordinaire. J'aimerais bien connaître son histoire.

Puis, voyant mon absence de réaction, elle ajoute : «Moi aussi j'ai un job à côté.»

Pourquoi diantre s'embête-t-elle à travailler? Son père doit gagner davantage en un mois que mon oncle dans toute sa vie.

— Tu fais quoi? je demande incrédule.

— J'ai monté il y a deux ans une association pour la dignité des animaux. L'idée est de leur offrir la mort la plus douce possible. Nous travaillons sur l'accueil du bétail à l'abattoir, comment rassurer les animaux après un voyage souvent traumatisant. Puis comment les conduire vers la mort sans les stresser ni les blesser. C'est du gagnant-gagnant pour la bête et pour le boucher. Du coup, le monde se porte un tout petit peu mieux.

Je n'aurais pas parié un kopeck sur cette activité-là. Elle n'a pas du tout le physique de l'emploi. Je fais une moue dubitative.

— Mais tu es déjà allée dans un abattoir?

— Plein de fois! rit-elle. Ce n'est pas l'endroit que je préfère, mais j'ai un bon contact avec les animaux et la mort ne me dérange pas. Bien sûr que je préfère voir une vache dans un champ, mais quitte à la tuer, je préfère la voir mourir dans de bonnes conditions. La chaîne alimentaire est quelque chose de cruel, mais cela ne justifie pas que l'homme le soit.

Je ne sais pas quoi dire. Elle continue très naturellement.

— Ce n'est pas moi qui ai inventé tout ça... C'est Temple Grandin, une Américaine. Grâce à elle, les conditions des abattoirs se sont vraiment améliorées.

Aucune vanité ne teinte ses propos, elle semble croire sincèrement à ce qu'elle dit. Voilà qui change bien des choses.

— Et toi alors ? Que fais-tu ici ?

Je ne pense même plus à bouder.

— J'aide monsieur Claude. Surtout au dépouillage. J'éviscère les bêtes avant de nettoyer la peau. Je lui donne aussi quelques conseils sur l'anatomie des squelettes en résine qu'il fabrique.

— Ouah, fait-elle réellement admirative, ça doit être passionnant.

Je souris malgré moi.

— Tu me fais visiter ?

Incroyable comme un préjugé peut s'effacer rapidement. Il y a à peine quelques minutes, je la trouvais hautaine. Voilà que j'ai devant moi une jeune fille humaine, tout à fait accessible, voire sympathique. Ses habits ne me choquent plus et je trouve qu'elle les porte bien.

Court-circuitant mes pensées, elle contourne le comptoir et se campe devant la porte qui mène à l'atelier.

— Allons-y, fait-elle.

Claude est là, affairé sur un furet néo-zélandais de toute beauté.

Au moment de les présenter, je me rends compte que je ne connais pas son prénom.

— Claude, je te présente...

Elle lui serre la main.

— Sophie. Enchantée. J'aime beaucoup les animaux.

— Vous allez être déçue alors, car ceux-là sont tous un peu morts.

— Tant mieux, ils sont moins bruyants !

Claude et elle éclatent de rire. Je les regarde indécis.

— Vous êtes amis de la fac ?

Je rectifie.

— Nous sommes dans le même cours d'oncologie.

Il hoche la tête et elle se penche vers le furet.

— Il est très beau. C'est un haret ?

Claude siffle.

— Mademoiselle est connaisseuse.

Elle sourit mystérieusement.

Volubile, Claude passe une bonne demi-heure à lui expliquer toutes les subtilités de son art. Elle le suit partout, captivée. À onze heures, je dois les interrompre.

— Je m'en vais, j'ai cours dans trente minutes.

— Moi aussi, attends-moi, s'il te plaît ! dit Sophie.

Claude me fait un clin d'œil.

Nous faisons le court trajet ensemble. Embarrassé, je ne sais que dire. Mais elle meuble le silence en commentant cette visite impromptue. Elle me parle de Claude, le trouve original et fascinant. Puis, elle revient sur le cerbère blanc, qui nous occupe sur au moins trois rues. Je lui avoue que je partage son admiration. Satisfaite de ce premier point commun, elle se tait, serre sa sacoche contre elle et marche en souriant. Nous nous séparons sur les marches d'entrée d'un vague signe de la main. Elle est incroyablement gaie et dégage une énergie, une chaleur qui fait vraiment du bien.

C'était, je crois, sa principale force. Je constatai bien plus tard que même après une journée passée au chevet de malades, elle gardait son optimisme spontané et généreux. Cette fille était un vrai miracle.

Le soir, dans ma chambre, je me remémorai cette première rencontre. Je ressentis une drôle de sensation, un état dual dans lequel je tournais en rond. D'un côté, j'éprouvais de l'étonnement, voire de la déception d'avoir abandonné si facilement mes convictions. Mais de l'autre, au fond de moi, j'étais content et rassuré d'avoir discuté avec une camarade de classe. Cela prouvait que je n'étais pas le pestiféré universel. Même si mon isolement n'était pas pour moi un problème majeur, il restait une flammèche d'espoir de normalité, un possible rassurant.

Mais ce n'était pas aussi simple.

Ma solitude était une sorte de blason, un étendard sous lequel je ralliais ma peine et ma culpabilité. Rompre celle-ci signifiait beaucoup de choses. En particulier, trahir mon passé en brisant mes vœux de silence. Ma pénitence envers Amandine et toute la vallée n'avait de sens que si elle m'était imposée, comme un cilice qui s'enfonce dans les chairs, rappelant à chaque pas la faute commise et la difficile rédemption de mes péchés.

Avoir un ou une amie, participer normalement à la vie estudiantine revenait à ignorer les souffrances causées et accepter ma nature maudite.

Cette nuit-là, impossible de fermer l'œil. En quelques minutes, Sophie avait bousculé les fondations de ma vie parisienne. J'étais tiraillé entre la promesse d'une amitié et l'abandon de ma mélancolie dans laquelle je me complaisais pernicieusement.

Que les choses soient claires : j'étais encore loin de penser à une quelconque romance avec cette fille. Même si elle n'était pas la pimbêche que j'avais imaginée, son milieu social et sa prestance en faisaient une demi-déesse inatteignable. Je n'avais rien d'un Georges Duroy ou d'un Julien Sorel ; l'ascension sociale n'était pas mon objectif. Je ne convoitais ni sa fortune ni sa moralité. Bien modestement, sa sollicitude me suffisait.

Le lendemain, Claude remarqua ma petite mine et m'accueillit avec un large sourire.

— Elle est gentille ton amie.

— Ce n'est pas vraiment mon amie.

Il fit la moue, la même que quand une vieille lui demandait d'empailler un vulgaire caniche.

— Dis-moi, Mathieu, quand tu as déjà vu un film, dévoiles-tu la fin à ton collègue ?

— Bien sûr que non !

— Pourquoi ?

— Parce que ça lui gâcherait le plaisir ! L'effet de surprise...

Claude plissa les yeux comme un vieux sage chinois, ou plutôt comme le ragondin qui trônait sur la troisième étagère à gauche.

— Dans la vie, vois-tu, il n'y a pas que l'espoir qui fait vivre... Il y a aussi l'ignorance.

Après ma nuit, je n'étais pas vraiment en état de parler philosophie.

— Tu parles de l'heure de sa mort ? dis-je, pensant qu'il souhaitait aborder une mythologie ukrainienne qui lui tenait à cœur.

— Non, pas du tout. Je vous ai bien observés tous les deux, et j'ai été jeune avant vous.

Et il me fit un large sourire identique à celui du phoque qui se pavanait à l'entrée du magasin.

La nuit suivante, dans mes rêves je retournai chez Mary Shelley. Cette fois-ci, Amandine arborait une nouvelle cicatrice et ne souriait plus.

12

Après cet épisode, Sophie repassa quelquefois à la boutique de Claude pour acheter des modèles d'oiseaux. Il l'accueillit chaque fois avec bonne humeur. Nous devînmes amis. Dans l'amphithéâtre, c'était la seule personne à qui je parlais.

Ce fut l'occasion de discuter des cours, de l'ambiance à la fac et de la souffrance des animaux abattus. Elle en parlait avec une empathie dénuée de sensiblerie, un ton juste. On sentait qu'elle avait longuement retourné le sujet, loin des stéréotypes larmoyants. Elle fit des rapprochements intéressants avec des pratiques funéraires que je ne connaissais pas.

Elle m'apprit par exemple le *famadihana*, rite de « retournement des morts » à Madagascar qui consiste à déterrer les os des ancêtres tous les sept ans, à les promener lors d'une cérémonie dansante bien codifiée pour les enterrer de nouveau. Tandis qu'elle me racontait cela, j'observais, fasciné, ses yeux marron clair qui brillaient de mille feux. Cette fille était étonnante.

Nous prîmes petit à petit l'habitude de faire les trajets ensemble. Elle habitait un peu plus loin et m'attendait en bas de l'immeuble. Avec elle, tout semblait simple et fluide. J'aimais parler de nos stages, de nos professeurs, de toutes ces nouvelles expériences que nous vivions : la souffrance, la solitude de ces patients abandonnés, mais aussi la joie d'une rémission et l'espoir dans les yeux des familles.

Je ne parlais que des choses visibles, n'osant pas encore aborder les choses enfouies, mais, même sans cela, sa compagnie me faisait un bien fou.

Après quelques semaines d'une douce complicité, la vraie et unique question me tarauda. Mais je la repoussai rapidement : elle était trop bien pour moi et je n'avais pas décelé chez elle une quelconque stratégie de séduction.

J'avais toujours à l'esprit ma lâcheté. Moi qui puais la mort, elle qui irradiait de vie. Moi le pauvre orphelin de la vallée de Chantebrie, elle la riche héritière solaire. Nous étions les deux faces d'une pièce qui jamais ne s'unissent. Complémentaires, indispensables, mais chacun de son côté. J'avais trouvé une amie véritable. C'était déjà inespéré et je m'en contentais.

Un soir, elle eut besoin d'un polycopié et insista pour venir le récupérer dans ma chambre. J'étais gêné. Ses parents possédaient un hôtel particulier, rue de Lille, et je n'osais l'accueillir dans mon bordel miniature. Elle resta sur le pas de la porte, son classeur collé contre sa poitrine comme un bouclier, et observa sans rien dire.

Je vis ses yeux fureter dans les quatre coins de mon antre, sans doute à la recherche d'un indice auquel raccrocher sa curiosité. Mon lit n'était pas fait, mon armoire grande ouverte et la vaisselle s'empilait modérément dans l'évier. Elle regarda *Automat*, une large reproduction d'Edward Hopper, la seule décoration.

Je fouillai dans ma pile de feuilles volantes et lui tendit celle demandée. Elle me remercia et repartit prestement. Ce cours était-il un alibi ? Voulait-elle percer le mystère du garçon solitaire ? Déceler la présence d'une petite amie ? Ou tout simplement avait-elle réellement besoin de cette feuille ?

Longtemps je me suis interrogé. Quand, bien des années plus tard, je lui demandai la raison de cette visite, elle affirma ne plus s'en souvenir.

Je ne la revis pas de la semaine, puis un soir, elle toqua à l'improviste à ma porte. J'étais en pyjama en train de réviser un cours ennuyeux de génie génétique. J'entrouvris la porte.

Elle prétexta les premiers jours de soleil, son absence prolongée ou une quelconque envie de vivre et m'invita à prendre un verre au café du coin.

Devant un thé, nous discutâmes de sujets divers et variés qui nous entraînèrent sur nos thèmes de prédilection : la vie, la mort et le temps qui passe.

Nous étions deux jeunes adultes qui découvrent la complexité du monde. Je ne faisais pas la roue, elle ne minaudait pas. Pourtant, ce soir-là, je sentis quelque chose de différent, dans son regard, dans la vibration de sa voix. Nous avancions dans la séduction sans fard ni filet, avec cette intime conviction de nous connaître déjà et d'accorder ainsi toute confiance à l'autre.

Autour de cette théière, quelque chose se passa. Comme si d'un coup je me parlais à moi-même, comme si tout ce qu'elle me murmurait faisait déjà partie de moi. Terminées les discussions métaphysiques et impersonnelles sur les cours et nos professeurs. Dans la complicité de la pénombre grandissante, nous nous racontâmes nos vies, sans savoir que nous recherchions implicitement l'approbation de l'autre pour avancer ensemble.

Elle était issue de la grande bourgeoisie parisienne. Une lignée de promoteurs immobiliers. Son grand-père avait fait fortune à la création du quartier de la Défense dans les années soixante. Elle avait deux frères. L'aîné travaillait avec son père qui avait repris la société dans les années quatre-vingt. Ils étaient à la tête d'une holding immobilière impressionnante qui s'étendait désormais bien au-delà de Puteaux, même si leurs bureaux étaient restés là, adjacents au superbe cimetière de cette ville. Le puîné était à New York, en train de faire ses classes dans une banque d'affaires.

Le parcours de Sophie, la benjamine, n'intéressait pas vraiment son père. Pour lui, le monde des affaires était masculin et il lui laissa les coudées franches pour se consacrer à sa vocation, la médecine. Sophie ne se plaignait pas d'être mise à l'écart des discussions, des grandes stratégies des hommes de la maison. Quand ils partaient au fumoir, elle restait avec sa mère, à discuter de son association ou de ses études. Ce monde ne l'intéressait pas. Elle ne réclamait pas d'être l'égale des hommes, car elle visait bien plus haut. Sa cause était juste, noble et tangible. Elle n'avait que faire des millions engendrés par les expropriations et la spéculation immobilière.

Nous reprîmes un thé à la bergamote.

Je lui parlai alors de mes parents, de mon enfance dans la vallée. J'évoquai mon adolescence perturbée, ma passion pour les rites funéraires et mes démons moqueurs qui me tiraient régulièrement les pieds la nuit. Je fis cela rapidement, sans m'étaler.

Je mentionnai une bonne amie que j'avais quittée en montant à Paris. Elle me demanda son prénom, puis si je la revoyais. Je répondis que c'était terminé entre nous, que je ne l'avais pas revue depuis l'été du bac. Curieusement, en prononçant ces mots, une sorte de soulagement m'envahit. Je ressentis comme un apaisement, une décrue très significative de ma culpabilité.

Longtemps, je me suis souvenu de cet instant, cherchant à expliquer ce phénomène. Mettre des mots banals sur mon geste avait-il suffi à le normaliser ? Cette demi-vérité confessée avait-elle joué le rôle de catharsis ? Ou alors, en mentant par omission, en ne dévoilant rien sur ma fuite ni sur sa raison, avais-je réussi à me tromper moi-même ? À tordre le champ de la réalité ?

Quand j'eus fini de parler, je la regardai, ses deux mains collées sur sa tasse, les yeux grands ouverts, à m'écouter. Je la trouvai subitement très belle et pour la première fois l'idée de l'aimer m'effleura.

Je la quittai à regret. Elle avait un rendez-vous, j'avais encore des cours à réviser. Dans ma chambre, je relus vingt fois, cent fois la même phrase. Inutile d'insister.

Le lendemain, elle m'offrit un nouveau poster. C'était une autre peinture de Hopper : *Chop Suey*. « Ça se passe toujours dans un café, mais la jeune fille n'est plus seule », me murmura-t-elle. « J'aimerais bien que tu remplaces *Automat* par celui-ci. » Elle me demanda cela avec une infinie douceur dans le regard.

En rentrant chez moi, je comparai les deux toiles. *Automat* représentait une jeune femme en veste verte, buvant seule un café dans un bar. *Chop Suey* montrait la même jeune femme, cette fois-ci en pull vert, attablée en face d'une amie. Je n'avais jamais remarqué la similitude des personnages. La même mélancolie chez cette femme, sauf que dans *Chop Suey*, elle ne baissait plus le regard.

Les choses se firent ensuite naturellement.

Dès que notre emploi du temps le permettait, nous nous retrouvions. Nous nous promenions au jardin du Luxembourg et je partageais avec elle les divines pauses à l'église Saint-Sulpice. Nous nous asseyons côte à côte sur un banc et contemplions les vitraux. Les couleurs jouaient avec les ombres et donnaient aux statues des teintes arc-en-ciel. Des grains de poussière brillaient en lévitation. J'appris que le silence est encore plus délicieux à deux.

Et puis, un matin de mai, dans ma modeste chambre, elle devint ma déesse.

Souvent je me suis demandé ce qu'elle avait trouvé en moi. On m'avait dit qu'une femme tombe amoureuse d'un homme par admiration ou par compassion. Soit elle lui trouve une qualité extraordinaire qui le met sur un piédestal, soit elle veut le protéger, le guérir ou le couver. Soit elle voit le glorieux père, soit elle joue à la mère.

Au début, je pensais que Sophie avait été émue par mon histoire personnelle, mais de temps en temps, je la surprenais en train de m'observer à la dérobée, l'œil brillant de celles qui admirent leur roi.

Mais que pouvait-elle me trouver? À moins que son intuition féminine n'eût déjà décelé cette assurance que moi-même ne découvrirais que bien plus tard, à la tête de notre puissant empire.

Sophie faisait quelques centimètres de moins que moi, ce qui est une différence optimale pour les fréquents ébats sexuels que nous ne manquâmes pas d'avoir les premiers mois de notre relation. Le soir, dans son appartement privatif au dernier étage de l'hôtel particulier de son père, nous pratiquions enfin nos savoirs théoriques. Nous testions les différentes variantes de la reproduction sexuée, y compris celles qui n'ont aucune chance d'aboutir à une fécondation d'ovules. Mais en tant que scientifiques, nous les expérimentions quand même avec délice et débordants d'un amour respectueux.

En bons carabins, nous nous moquions volontiers de nos hormones qui gouvernent nos passions, débattions de leur durée de vie (certains parlent de trois ans). Nous essayions de sentir les puissantes phéromones invisibles qui nous relient. Je tâtais à pleine main ses seins, ses lobules, suçais ses canaux galactophores et noyais mes schémas estudiantins dans de nouvelles réalités bien plus plaisantes.

Je mordais ses lèvres jusqu'à boire de minuscules gouttes de sang qui contenaient son précieux ADN et son ARN messager. Je faisais en chaque chose le lien entre les cours et son corps, redécouvrant la beauté du monde vivant. Elle incarnait la vie; chaque nouvelle leçon me parlait d'elle.

Je visualisais très bien la reproduction cellulaire effrénée qui résulterait de la rencontre de son plus bel ovule et du plus rapide de mes spermatozoïdes.

L'univers entier s'ordonnait autour d'elle et notre amour donnait enfin un sens à ce bordel ambiant. J'eus rapidement l'intuition d'avoir trouvé la femme de ma vie, celle qui nourrirait mes enfants, la chair de nos chairs.

Mes démons disparurent comme par une puissante magie blanche ; j'arrêtai de fumer en quelques jours et ne rendis plus de visite nocturne à Mary Shelley. Ma culpabilité s'enterrait sous des kilos d'amour, comme une vieille strate géologique du quaternaire.

Quand je repense à cette époque, je me vois comme un tronc d'arbre. Semaine après semaine, mois après mois, je créais de nouveaux cernes à mon tronc. Des couches concentriques, toujours plus épaisses, constituées de passions qui me redonnaient confiance, me rendaient plus fort et plus grand. C'était oublier que tout cela reposait sur une couche primaire pourrie et que la matière, elle, n'oublie jamais.

Sophie avait mille attentions pour moi et me couvrait de cadeaux symboliques.

Par exemple, connaissant ma passion pour le sujet, elle revint un soir des bouquinistes avec la célèbre et rare anthologie universelle des aliments antivieillissement de Carlos Jose-Miguel Pilar-Pilar Gonzalez de Benitez de sept cent cinquante pages.

Ce grimoire expliquait de façon très pédagogique le mécanisme du vieillissement des cellules, l'immortalité létale des cellules cancéreuses, l'oxydation toxique de l'air, les bienfaits contrastés des bactéries et le rôle des antioxydants. J'expérimentais les délirantes recettes du livre. Je nous confectionnais des mixtures d'ail, de curcuma, de jus de citron, de sève de bouleau et de vin rouge totalement imbuvables, que Sophie recrachait dans l'évier en riant aux éclats.

Je lui badigeonnais le corps d'une pâte infâme faite d'huile d'olive, de soja, de feuilles de platane et de thé vert pour la lécher ensuite intégralement et voluptueusement, pensant trouver là un élixir de vie aussi délicieux qu'efficace.

Ce livre raviva mes anciennes lubies. Il souffla sur les braises d'une passion qui couvait intérieurement. Je retrouvai alors foi en l'immortalité, remontai ma fidèle Rossinante et repris ma folle croisade contre la faucheuse. Mais cette fois-ci, nous étions deux. Et forts de notre amour, ce bouclier invincible, la mort n'avait qu'à bien se tenir.

Sophie prenait la vie pour ce qu'elle était, rien de plus; elle me suivait dans tous mes délires, même les plus incongrus ou les plus malsains. C'est sans doute ça, la preuve d'un amour véritable. La vie filait ainsi, entre les animaux empaillés, les bancs de la faculté et le lit de ma bien-aimée. Ce fut la période la plus exaltante de ma vie parisienne.

Un samedi soir, Sophie me présenta à ses parents.

Inutile de préciser que j'appréhendais cette rencontre. Plusieurs fois déjà, j'avais trouvé des excuses pour repousser cette échéance, mais notre relation prenait une telle envergure qu'il devenait malaisé, pour elle et pour moi, d'esquiver éternellement la chose.

Ses parents m'invitèrent à un dîner dans leur hôtel particulier. Ils avaient prévenu leur fille que cela serait très simple, sans formalités, et qu'il fallait venir « comme j'étais ». Je me suis toujours méfié des rencontres « sans formalités ». C'est généralement un entretien déguisé où, sous des apparences anodines, les questions qui comptent sont posées négligemment sur la table. Une façon sournoise de cerner l'autre dans un élément soi-disant naturel.

Sophie souligna ma perspicacité. « C'est ce que j'appelle le naturel sophistiqué. Dans ma famille, rien n'est simple. Leur empire financier est tellement tordu qu'ils ont tendance à voir le monde avec un prisme déformant. Mais ne t'inquiète pas, tout va bien se passer, je leur ai déjà tellement parlé de toi... »

L'exercice était périlleux. Mes sentiments pour leur fille étaient sincères. J'aimais Sophie. Mais j'avais peur qu'ils découvrent, au détour d'une phrase, au détour d'un silence, une vulnérabilité passablement enfouie. Que ma lâcheté d'autrefois, patiemment enterrée par les kilomètres et les jours, ne resurgisse par mégarde. Je redoutais que son père, cette figure patriarcale maintes fois citée, me juge indigne de sa fille et que son verdict cassant ne soit qu'une perte de plus à mon actif.

J'achetai un costume sombre. Claude m'aida péniblement à nouer le nœud de cravate avant de décider que, finalement, cela faisait trop cérémonieux. Je lui posai mille questions qu'il esquivait d'une habileté féline. « On dirait une pucelle la veille de sa nuit de noces ! Détends-toi ! »

Puis, il me montra le cerbère blanc.

« Mathieu, n'oublie jamais le cerbère. Une tête qui observe, une tête qui écoute, une tête qui parle. Si tu respectes cette trinité, tu passeras pour un sage. »

Ce soir-là, tout de noir vêtu, je me fis cerbère blanc.

Nous étions six à table. Ses parents, son frère, sa femme, Sophie et moi. La mère passait les plats, le frère buvait en regardant son épouse et le père, assis en face de moi, alimentait la discussion. Il me parla de l'empire familial, des énormes responsabilités qui pesaient sur ses épaules. Il m'expliqua le rôle important de son fils à la tête d'une des holdings les plus grosses. Le frère ne disait toujours rien.

J'écoutais et acquiesçais.

Puis il me demanda mes projets de carrière. J'expliquai mon désir de devenir médecin-chercheur. Je dus être convaincant, car, à ce moment-là, la belle-sœur sourit et un je-ne-sais-quoi se libéra autour de la table. On se resservit du vin et la mère enchaîna sur les vocations admirables des médecins comme si elle découvrait pour la première fois ce métier, comme si elle oubliait que sa fille était déjà interne.

Le poisson arriva et la mère prit le relais de cet interrogatoire. Elle me posa des questions sur les églises de la vallée de Chantebrie et sur quelques villages qu'elle connaissait pour faire partie du chemin de Compostelle.

Au fromage, tout le monde alimenta la discussion avec des sujets divers. Le repas était une danse orchestrée autour des six convives. Chacun parlait à son tour, comme s'il était l'acteur d'une scène, comme s'il fallait constamment rappeler sa présence pour mériter le plat suivant. L'ambiance était feutrée, aucune opinion personnelle ne dépassait le stade des banalités urbaines. Seuls les faits d'armes de la famille étaient systématiquement soulignés par des hochements de menton unanimes. J'eus plusieurs fois l'impression que l'entretien tant redouté était inversé. Qu'ils attendaient de moi un adoubement, la validation que cette famille était bien la plus méritante de tout Paris. Je me fis cerbère et distillai ma parole.

Au dessert, après une tarte « faite avec les pommes de notre propriété en Normandie », le père me lança cette terrible proposition.

« Mon cher ami, pourquoi ne pas être des nôtres aux vacances de février ? Nous partons tous dans notre chalet de Courchevel. Un peu de ski, beaucoup de repos ! Qu'en dites-vous ? »

Sophie regarda sa serviette puis me dévisagea de côté en masquant un sourire. Ses pommettes étaient rouges de plaisir et d'ivresse. Cette invitation surprise était une bénédiction paternelle implicite.

Un vertige soudain me prit. Je revis Courchevel, la station de ski, les cabines du téléphérique et les flammes. L'hélicoptère, le camion de pompiers, la foule qui pointe du doigt. Je restai coi, la bouche ouverte, tétanisé par mes démons. Sophie ne se rendit compte de rien.

« C'est une super idée mon chéri ! Qu'en penses-tu ? »

Elle posa sa main sur mon avant-bras. Ce contact me sortit de ma torpeur. Cinq paires d'yeux étaient rivées sur moi, suspendues à ma réponse. Refuser aurait été maladroit. J'avais bien perçu la signification réelle de cette invitation. La veille encore, j'aurais tout donné pour être admis dans cette famille. Mais accepter cette proposition était au-delà de mes forces. Je revis le visage de cette femme en blouse blanche, accroupie devant moi, m'annonçant une vérité horrible. Et si je la recroisais ?

Je ne sais pas combien de temps dura mon indécision ; j'ai l'impression que je restai plusieurs minutes sans rien dire. Parfois, la notion du temps se dilate pour permettre à notre âme de souffrir correctement. J'eus envie de déboutonner le dernier bouton, de sortir prendre un grand bol d'air, l'impression d'étouffer, de demander une pause, un quart-temps, et de détourner ces regards. Je bus un verre d'eau pour reprendre contenance.

« C'est vraiment une proposition adorable. Je vous remercie infiniment. »

Puis, me tournant vers Sophie.

« Je suis tenté d'accepter, mais je dois, avant tout, vérifier le planning avec monsieur Claude, le taxidermiste chez qui je travaille. Je sais qu'il a toujours d'importantes commandes au premier trimestre. Vous savez, c'est la période des retours des safaris d'Afrique. »

Je fis une grimace pour marquer ma désapprobation envers ces pratiques barbares.

« Je vous dis cela au plus tôt. »

Son père acquiesça poliment, mais je vis, à sa manière d'essuyer sa bouche parfaitement propre avec sa serviette, qu'il masquait une certaine contrariété. Sa mère me posa quelques questions sur mon activité de taxidermiste, s'émerveillant de « la précision admirable de ces animaux empaillés ». Elle raconta alors avec moult détails les déconvenues de sa partenaire de bridge avec son caniche nain. Le frère et son épouse sortirent de table avant la fin de l'histoire et les cafés arrivèrent.

Le père me proposa un cognac, que j'acceptai avec un peu trop d'empressement. Les femmes partirent en cuisine et je me retrouvai seul avec lui. Je pensai qu'il allait aborder les sujets importants, mais il me détailla les plans d'un futur investissement dans l'Essonne sur lequel il travaillait. Il insista beaucoup sur le concept et l'architecture. « De nos jours, le principal problème n'est pas l'argent, mais les idées. L'argent, les banques en ont plein les coffres. Mais les bonnes idées, celles qui font réellement la différence, là est le véritable problème… »

Je bus une gorgée en même temps que lui, comme pour méditer cette puissante réflexion.

Encore perturbé par son invitation, je ne compris que plusieurs mois plus tard la portée de cette petite phrase lancée négligemment.

Ce soir-là, Sophie me félicita de la plus belle des manières.

— Tu as été parfait. Maman ne tarissait pas d'éloges sur toi dans la cuisine.

— Je n'ai pourtant pas beaucoup parlé…

Elle haussa les épaules.

— Cela fait quelques années déjà que j'ai renoncé à comprendre leur logique. Mais l'essentiel est là. Ils t'ont invité à Courchevel ! Je crois que tu ne te rends pas bien compte de ce que cela veut dire.

Je dus la regarder d'un drôle d'air, car elle réagit.

— Quoi ? Qu'est-ce qu'il y a ?

— Sophie, il est hors de question que je remette les pieds dans une station de ski. Mes parents…

Elle mit ses mains devant sa bouche. « Oh merde ! Je n'avais pas fait le rapprochement. » Elle se frotta la nuque puis elle parla comme à elle-même : « Ne t'inquiète pas, je vais arranger ça… »

L'épisode fut oublié et nous partîmes tous à Pâques aux Maldives. Ce fut un séjour merveilleux et j'appris à mieux connaître les parents de Sophie. Son père était finalement un homme charmant. Il s'absentait une bonne partie de la journée pour traiter ses affaires, mais une fois avec nous, il se consacrait pleinement à nos activités. Ensemble, nous avons plongé dans des eaux turquoise, chanté du karaoké et bu quelques verres de rhum arrangé homériques.

C'est vers la fin du séjour que nous évoquâmes le projet. Il nous fallait un reversoir à ce trop-plein de bonheur et le mariage nous sembla être une solution tout à fait appropriée. Bien sûr que rien ne pressait, mais notre soif d'idéal passait par la symbolique d'une union sacrée. Parfois, les symboles n'existent que pour légitimer notre déraison. Cette idée enthousiasma la mère de Sophie, et son père m'offrit un cigare pour l'occasion. Cette fois-ci, je l'acceptai spontanément et ensemble, nous fumâmes en silence, face à l'océan. La confiance se passe de mots. La beauté est finalement le meilleur ciment entre les hommes.

La cérémonie eut lieu pratiquement une année avant la création de notre société, Reborn Corpus. Je m'y présentai orphelin et sans famille. Claude, mon ami et mentor, m'accompagna. Derrière lui suivait la cohorte de mes fantômes : mon père, ma mère et Philippe.

Au moment de réciter ma promesse, j'eus un flash. Sophie venait de dire : « Je te reçois comme époux et je me donne à toi. » Je restai alors muet, coincé quelque part ; très loin dans le passé, une petite fille me tenait la main. Le curé me sortit de ma torpeur : « Et vous ? »

Parfois, un souvenir revient à la surface comme pour mieux disparaître, comme une ultime bravade.

— Je te reçois comme épouse et je me donne à toi.

— (Ensemble) Pour nous aimer fidèlement, dans le bonheur ou dans les épreuves, et nous soutenir l'un l'autre, tout au long de notre vie.

Comme cadeau de mariage, Claude nous offrit son cerbère blanc, un présent extraordinaire. Dès cette nuit-là, l'animal trôna en bonne place dans notre chambre, fidèle gardien de nos nuits, de notre amour et de notre Éden.

— Explique-moi le cerbère, me demanda Sophie.

Je me blottis alors contre elle et lui susurrai au creux de l'oreille :

— Je suis ton cerbère blanc. Ma première tête te regarde, ma deuxième te murmure des mots d'amour, et la troisième t'embrasse.

Elle gloussa de plaisir et se fit chatte : « Je suis ton cerbère blanc. Ma première tête t'admire, ma deuxième te susurre des mots d'amour et la troisième te prend dans ma bouche... » Ainsi commença notre nuit de noces.

Je n'informai mon oncle qu'une semaine après le mariage.

Sans doute aurait-il souhaité venir. Il aurait probablement été heureux de partager ce moment important avec la seule famille qui lui restait. J'imagine qu'il aurait été honoré de rencontrer ma femme et les siens. Mais aujourd'hui, j'avoue honteusement avoir balayé cette option. Cela faisait tellement d'années que je ne l'avais plus vu. J'étais concentré sur la réussite de mon bonheur et considérais tout vestige de mon passé comme un vague grigri maudit. Comme si ce jour représentait un portail magique entre l'avant et l'après ; une trappe irréversible entre ma vie d'orphelin et celle de médecin comblé. À bien y réfléchir, c'était un mélange d'égoïsme et de superstition. Mais le résultat était là : j'avais tourné une page et jusqu'à présent ma malédiction semblait avoir disparu.

Mon mariage fut un baptême et un enterrement. Chantebrie n'existait plus et ma vie était désormais ici. Elle n'était qu'espérance, apprentissage et félicité : un excellent terreau pour d'excellentes idées.

13

Léo naquit le 6 mai, jour de la Sainte-Prudence.

Sa naissance nous transforma. Elle fut, pour ma mère et moi, le grain qui alimente le moulin à vent. Nos gesticulations, jadis vaines et stériles, trouvaient autour de ce nourrisson un sens indubitable, presque divin.

Je compris alors la portée de nos vies. Pourquoi les femmes forment cette longue chaîne de vie depuis l'aube des temps et pourquoi, malgré l'asservissement de notre condition, nous en tirons une fierté que peu d'hommes soupçonnent.

Le liniment oléo-calcaire imprégnait la maison d'un parfum d'huile d'olive et mes habits gardaient fièrement l'odeur de mon lait maternel. Je découvrais des instincts primaires qui me comblaient. Mon univers était rempli de Léo, ma journée gravitait autour de lui et le moindre chuchotement nocturne activait chez moi un étonnant circuit d'alerte.

Ma mère s'occupait de sa fille et moi de mon fils. Léo, avec ses grands yeux ouverts, s'occupait de l'univers.

Chacun avait retrouvé sa place et toute cette belle mécanique ronronnait en parfaite symbiose.

Malgré la fatigue, le malheur et la solitude d'un lit froid, ma vie présentait une éclaircie. Toute ma journée était tournée vers mon soleil, ce petit être qui captait chaque gramme de sourire et de bonheur.

L'amour des hommes est une lumière crue, fougueuse et aveuglante. L'amour maternel est une lumière diffuse, pastel, qui nous baigne entièrement. Mathieu, lui, aurait trouvé les verbes pour nuancer tout cela.

L'absence de nos hommes était reléguée dans un coin, au profit de ce petit être qui emplissait nos esprits, comme il avait empli mon ventre. Si nous regrettions quelquefois leur absence, ce n'était qu'égoïsme ; ce besoin impérieux de déverser ce trop-plein de bonheur, de le partager avec quelqu'un d'autre pour ne pas qu'il nous submerge.

À cette époque, j'avoue m'être interrogée sur le rôle réel des hommes dans une vie de femme. La mère lionne a uniquement besoin d'un lion protecteur, car son petit suffit à son amour. Les mantes religieuses croquent le mâle afin de nourrir l'enfant à venir. Les abeilles s'en sortent très bien avec très peu de faux-bourdons. La nature parle, les humains font semblant. L'amour serait-il une vaste comédie destinée à nous occuper ?

L'attitude des hommes, leurs guerres, leurs perpétuelles compétitions, leur lâcheté nous pousseront inéluctablement vers une société matriarcale, comme toutes les espèces vivantes anciennes et évoluées. Je suis juste née un million d'années trop tôt pour vivre cela.

Malheureusement, cet état euphorique, cette douce confusion des sens, ne dura pas. Au fur et à mesure que Léo grandissait, qu'il s'intégrait au monde et aux choses, que le bébé se transformait en petit bonhomme, ce halo céleste perdit de sa superbe. La fatigue est un voile occultant et les miracles de l'enfance cèdent la place aux caprices de jeunes princes. Et puis les humains s'habituent à tout, même aux moments de grâce. C'est moche.

Régulièrement, je m'offrais une parenthèse, une longue promenade en forêt. J'aimais cette solitude magique. L'occasion de se recentrer et de prendre le temps de la réflexion. De se blottir contre cette nature grandiloquente et de réclamer sa complice indulgence. J'avais besoin de ressentir la forêt, de mettre mes pas dans ceux des chênes séculaires, de toucher l'écorce, de malaxer les feuilles.

Le jour des deux ans de Léo, je fis le grand tour par l'ancienne carrière de granit. J'interrogeai mon cœur sur Mathieu. Deux ans plus tôt, j'avais fait une croix rouge dessus, mais même la peinture s'efface avec le temps.

Mes sentiments étaient ambigus. Bien entendu que j'aurais préféré que Léo ait un père. Mais pas un fugitif, pas un lâche qui avait abandonné sa fiancée au moment où elle avait le plus besoin de lui. Le Mathieu d'avant me tirait des larmes de tendresse tandis que le Mathieu d'aujourd'hui m'était indifférent. Il n'avait pas jugé bon de répondre à mes appels. Il n'avait pas participé à la féerie des premiers mois. La distance qui nous séparait me paraissait irrattrapable.

Je n'avais plus ce désir de le retrouver. Si l'oncle Barnabé avait fait preuve de plus d'empathie, s'il était venu voir Léo, s'il avait continué à chercher sérieusement son neveu, alors oui, je crois que je me serais accroché à cette branche ; j'aurais envisagé son retour, pour le bien de notre fils.

Mais le vieil homme m'évitait quand il me voyait au loin, fille mère à demi orpheline, traînant ma poussette comme une lourde croix. À l'époque, je ne savais pas si cela était de l'indifférence, de la méchanceté ou du ressentiment. Peut-être bien les trois. Mais parfois, j'avais presque pitié de lui. Sans doute aurait-il préféré jouer le rôle du grand-père par intérim. Il avait certainement imaginé cent fois la scène de l'annonce et de nos retrouvailles. Mais Mathieu l'avait abandonné, lui aussi. Il l'avait pourtant accueilli chez lui au moment où il en avait le plus besoin. Comment comprendre l'attitude de Mathieu ?

Finalement, Léo grandit sans qu'un autre homme joue un rôle sérieux dans ma vie. De temps en temps, j'allais voir Sarah, qui habitait désormais à la Voulze-sur-Brie, à une quarantaine de kilomètres dans la vallée. Je passais le week-end chez elle, ma mère gardait Léo.

Sarah était célibataire. Après de longues études d'histoire, elle était devenue professeur au collège et enchaînait les rencontres amoureuses sans vraiment se fixer. Cela ne semblait pas l'affecter, Sarah était une personne simple, toujours gaie. J'aimais beaucoup sa philosophie de vie, vivre au jour le jour, jouir de l'instant présent. Ne pas s'inquiéter pour demain, ne rien regretter d'hier. Les dimanches soir, je rentrais ragaillardie par sa bonne humeur.

Nous sortions le samedi soir et j'en profitais pour purger mon esprit de mes désirs primaires avec de parfaits inconnus. Accompagnées d'un verre de vin blanc, nous nous maquillions consciencieusement dans sa salle de bains, avant de vêtir des costumes honteusement aguicheurs. Nous portions le masque de l'amour sans jamais en ressentir les frissons ni les émois. Nous nous déguisions pour faciliter cette triste danse universelle.

Les hommes de tout âge succombaient bien trop facilement à nos charmes, comme les papillons de nuit qui s'agglutinent mortellement aux lampes-tempête. Hommes et femmes, nous étions tous mus par des instincts primitifs cachés par l'obscurité complice des boîtes de nuit et exacerbés par nos solitudes.

La tête qui tourne, il est facile de se déshabiller le soir dans un lit. Il est beaucoup plus difficile de se réveiller le matin et de constater que le cœur ne vibre pas à l'unisson du corps. De sentir le froid laissé par un inconnu, parti au beau milieu de la nuit. Se demander si tout cela s'est réellement passé et jeter un regard désabusé sur les sous-vêtements semés au pied du lit, à côté d'un emballage déchiré de préservatif. Ces matins-là, je n'avais rien d'une princesse. J'avais cette vilaine sensation de ne pas me respecter. De me brader.

Pour quoi ? Pour qui ?

Alors je prenais une douche chaude, je frottais longuement ma peau et noyais quelques pleurs. Je restais sous le pommeau jusqu'à ce que l'eau froide tombe sur mes épaules. C'était ma pénitence. Rien qu'une minute.

Pourtant, à bien y réfléchir, je ne regrettais rien. J'étais entré dans cette boîte de nuit avec cet unique objectif. Mais quand le corps est apaisé, la raison trouve toujours mille reproches à lui faire. Le corps et l'esprit jouent perpétuellement à cache-cache, à qui sera le plus malin. C'est épuisant.

Je rejoignais Sarah qui déjeunait. Elle ouvrait alors la fenêtre et fumait sa première cigarette de la journée. Nous ne commentions pas les exploits nocturnes de nos amants de passage. Entre deux sourires gênés, nous beurrions des tartines, sachant pertinemment que la scène se reproduirait à ma prochaine visite. Ensuite, nous allions nous promener le long de la Brie, enchaînant quelques vérités sur le monde et les hommes.

Il suffisait alors de pas grand-chose pour que la joie de Sarah renaisse. Un écureuil téméraire, un enfant sur un vélo rouge, une publicité amusante sur une fourgonnette. La conversation devenait plus légère et bientôt nos rires résonnaient. La honte s'était évaporée et ne restait que le souvenir d'une soirée entre deux folles, deux amies véritables.

Le dimanche soir, je reprenais le train, heureuse de cette amitié. La vie n'est pas toujours ingrate ; une seule personne suffit bien souvent à adoucir nos peines.

Nous avons perpétué ce manège pendant une ou deux années, même si, sur la fin, nos visites en boîte de nuit devenaient extrêmement rares. L'excitation de la nouveauté s'émoussait. On se déshabitue des hommes comme on apprend à ne plus manger gras ni sucré. C'est difficile au début. Mais une fois que le pli est pris, ça roule tout seul. Je préférais rester tranquillement chez Sarah, à discuter de choses et d'autres dans une ambiance cocooning que seules les célibataires endurcies savent instiller.

Nous parlions des hommes, essayions de les comprendre avant de jeter l'éponge. Nous regrettions de ne pas être homosexuelles avant de nous resservir un verre. Puis la conversation revenait inévitablement sur les hommes et sur le mariage. Nous jugions cette pratique désuète, incompréhensible et forcément vouée à l'échec. Nous rejetions abusivement la faute sur les hommes et leur inconstance. Nous mangions de la glace caramel au beurre salé en silence. Nous proposions d'aller nous coucher. Mais nous regardions un autre film pour nous changer les idées. Nous nous endormions sur le canapé, pour nous réveiller endolories en pleine nuit. Je savourais ces moments simples de liberté, mais je rentrais toujours avant le dernier train, impatiente de retrouver mon fils.

Léo était un enfant sage, affectueux. Il avait très tôt développé un goût pour le beau et l'observation. Les phénomènes complexes l'émerveillaient au plus haut point. Il passait des heures à surveiller une fourmilière ou à dessiner des labyrinthes sophistiqués. Loin de mes préoccupations d'adulte, je redécouvrais le monde par ses yeux. Un monde où l'on trouve les papillons magnifiques et les chenilles hideuses. Un monde où l'on s'inquiète du devenir des nuages et où l'on se demande pourquoi les coccinelles ont peur de nous.

Léo aimait particulièrement les jeux de construction en bois. Il fabriquait des garages à voitures, des maisons et des enclos à chevaux. Il restait des heures, immergé dans son univers, à marmonner des formules magiques qui transformaient des autos en fusées et des chevaux en dragons à trois têtes.

Je l'observais. Il était si concentré. Mais il suffisait que je l'appelle pour le goûter pour qu'il abandonne immédiatement tout son univers. L'appel du ventre était plus important que le bonheur de ses jouets. En se levant, il renversait ses constructions et abandonnait ses chevaux. Mon petit homme.

Entouré par sa mère et sa grand-mère, je crois qu'il a eu une enfance heureuse. Il me plaît en tout cas de l'imaginer.

14

Jeunes mariés dans ce loft parisien, je crois que Sophie et moi avons vécu quelques belles années. Il me plaît en tout cas de l'imaginer.

C'est dans ce cocon que nous eûmes une idée qui transforma nos vies.

Un matin, assise sur le canapé du salon, un thé à la main, Sophie feuillette un magazine people où des actrices botoxées exposent fesses et seins siliconés. La veille au soir, nous avons regardé un film de science-fiction où l'hibernation permet de longs voyages dans l'espace. Les passagers s'allongent dans des sortes de baignoires high-tech remplies d'un liquide nourrissant fluorescent et un ordinateur à la voix suave les endort d'un sommeil profond, tout en promettant de les réveiller au bout de huit années-lumière.

Je suis assis à la table, finissant mon café et absorbé dans le souvenir de ce film. En plaisantant à moitié, je lui demande :

— C'est en quelle année qu'on étudie l'hibernation ?

— Ne rigole pas. C'est un champ de recherche très actif dans l'aérospatiale, mais nous n'arrivons pas encore à ralentir le vieillissement des cellules.

— Comment cela ?

— Nous sommes capables d'endormir un corps – le coma artificiel est un état de semi-conscience –, la personne est nourrie et maintenue en vie, mais continue de vieillir, car la reproduction cellulaire continue.

— Pas pratique pour les trajets de plusieurs années-lumière.

— Je confirme. Ou alors il faut s'attendre à réceptionner des momies.

Je revois le visage desséché de cette momie de l'époque ptolémaïque vue au Louvre et j'ai comme un flash.

— La personne qui est dans le coma artificiel n'a pas la perception du temps qui passe, n'est-ce pas ?

— Exact. C'est comme un rêve. Les électroencéphalogrammes montrent d'ailleurs une activité cérébrale très similaire.

— Comme lors d'une anesthésie générale.

— Oui. Pourquoi me demandes-tu cela ?

Je tourne la cuillère dans ma tasse. J'ai cette intuition géniale qui ne veut pourtant pas sortir. Curieusement, je fais le parallèle entre la peau flétrie de la momie et celle de Mme C. de l'hôpital Cochin.

— Tous ces gens qui veulent ralentir le cours du temps. Ne pas vieillir, la jeunesse éternelle, se refaire un corps...

Je réfléchis tout haut.

— Ne pourrait-on pas remodeler le corps pendant un sommeil artificiel ?

Elle me répond sans lever les yeux de son magazine.

— C'est ce que l'on fait déjà pour les opérations de chirurgie esthétique. Avec une anesthésie générale.

— Non, je ne parle pas de cela.

Elle pose sa tasse de thé, sa revue et se tourne vers moi.

— Que veux-tu dire ?

Je bois lentement une gorgée. Je commence à cerner l'idée :

— Imagine une femme, la quarantaine, elle vient de se faire larguer. Elle se trouve trop grosse, trop plate, trop de rides, le nez trop empâté. Complètement déprimée, elle veut repartir de zéro, se refaire une nouvelle vie.

— Ce n'est pas gagné ! plaisante Sophie.

Je l'interromps d'un geste de la main. Le concept décante et mon idée prend forme.

— On endort cette femme-là pendant trois mois, et...

— Trois mois, mais tu es fou ! Sa masse musculaire va fondre !

— Attends. Justement ! C'est l'idée. Tu commences par les opérations de chirurgie esthétique : remodelage du visage, augmentation mammaire. Puis, pendant trois mois, tu l'alimentes avec un cocktail de vitamines et de protéines savamment dosé. Elle perd du poids. En parallèle, tu lui poses des électro-stimulateurs sur tout le corps. Tu sollicites ses muscles douze heures par jour.

Le visage de Sophie s'éclaire.

— Pour qu'elle se réveille au bout de trois mois, entièrement refaite, finement musclée et au poids idéal ?

— Oui ! Pour un homme, pareil. Il veut perdre sa bedaine, retrouver ses cheveux ?

— ... et il se réveille trois mois après musclé comme un dieu avec des implants soyeux et un nez affiné.

Elle me regarde, émerveillée.

— Je crois que tu tiens une super idée !

Il fait un grand beau temps. Nous avons initialement prévu de nous promener au bois de Vincennes, mais nous restons en pyjama dans l'appartement jusqu'au soir à noircir frénétiquement des feuilles et des feuilles de « business plan ». Ce jour-là, nous ne pensons même pas à nous envoyer en l'air.

Ainsi naquit Reborn Corpus, la clinique de chirurgie esthétique la plus prisée du XXIe siècle. Notre projet commun, notre bébé, la convergence de nos fantasmes et de nos passions. Un an après notre mariage, cette entreprise scella de nouveau nos destins.

Le projet ne mit pas longtemps à pousser. Son père flaira immédiatement le jackpot. Enthousiaste à l'idée d'aider sa fille, il finança aussitôt l'opération. Magie des puissants, nous avions, à coups de millions et en une vingtaine de mois, une clinique flambant neuve, une équipe de chirurgiens esthétiques, des experts nutritionnistes, des médecins sportifs, une armada d'infirmières et une équipe administrative. Une quarantaine de personnes réparties sur deux mille mètres carrés.

Les chambres des patients furent particulièrement soignées. Nous avions demandé à un célèbre designer la conception des lits-baignoires futuristes où les patients dormiraient confortablement pendant trois mois. Une spécialiste Feng Shui, maître new-yorkaise dans l'art de la circulation des énergies positives, imagina le reste de la décoration.

Car au-delà de la performance clinique, les enjeux financiers étaient avant tout marketing : il fallait attirer du gros poisson, du genre à pouvoir payer les quelque trois cent cinquante mille euros de la formule haut de gamme « Marilyn ».

La visite valait le coup d'œil. Au centre de la chambre, une coque-baignoire blanche nacrée ornée de larges stries bleues rétro-illuminées et équipée d'une console de pilotage en aluminium brossé pour régler les paramètres médicaux : débit du liquide nutritif, composition des principales vitamines, oligo-éléments, protéines, glucides, lipides, fréquence et intensité des impulsions électriques destinées à stimuler chaque muscle du corps.

Les patients reposaient là, nus, sous une lumière tamisée, seul un linge changé chaque jour masquait les parties intimes. La musique d'ambiance était une option facturée six mille euros pour trois mois, mais néanmoins très prisée. Un moniteur cardiaque permettait de contrôler à distance la bonne santé de chacun des patients.

La clinique démarra avec trois formules :

— « Éva » (Basic Reborn) à cent cinquante mille euros.

— « Audrey » (Premium Reborn) à deux cent cinquante mille euros.

— « Marylin » (Executive Reborn) à trois cent cinquante mille euros.

Chaque formule permettait de choisir un nombre défini de prestations dans une longue liste imprimée sur papier glacé.

Chaque prestation était déclinée en options, intégrées ou payantes en fonction du standing de la formule. Bien entendu, certaines prestations n'étaient accessibles que pour la formule « Marilyn », d'autres présentes également dans « Éva », mais en option pour « Audrey ». Bref, un casse-tête savamment imaginé par le marketing pour inciter le client à choisir une formule supérieure à celle initialement convoitée.

Un processus en trois étapes guidait le client dans ses choix d'options :

Étape 1 : « un corps plus séduisant ».

— Implants mammaires ou réduction mammaire (options : taille du bonnet et sept formes différentes)

— Traitement antiride du visage (options : par ondes, injection, chronogravité ou revitalisation UV de l'ARN messager)

— Suavité des lèvres de la bouche (options : trois techniques de gonflement, plusieurs modèles)

— Esthétique des lèvres du vagin

— Perte de poids (trois amplitudes)

— Liposuccion (trois options en fonction du volume)

— Remodelage du nez (parmi vingt-quatre modèles : de Cléopâtre à Jackie Kennedy)

— Remodelage des fesses

— Remodelage du ventre

— Épilation laser définitive

— Implants capillaires (dix-huit options : matière, densité et couleur)

— Tatouage (option : réalisé par Bli-Bli, tatoueur des stars, diplômé de l'Art Institute of Chicago. Disponibilité garantie)

— Suppression de tatouages au laser

— Finition : couleur des cheveux, vernis à ongles, maquillage

— Soins de la peau, lifting et soins anti-âge

Étape 2 : « un corps plus performant ».
— Allongement du pénis (plusieurs tailles)
— Hyménoplastie : retrouver une virginité
— Correction des yeux
— Renfort musculaire général (quatre niveaux : basique, tonique, sportif ou Iron Man)
— Renfort musculaire spécialisé (sur demande)
— Renfort musculaire du périnée
— Correction dentaire (blancheur des dents, ajout, suppression, correction, alignement, prothèse, etc.)

Étape 3 : « un esprit apaisé ».
— Cure de désintoxication (alcool, drogues dures, cannabis, tabac)
— Cure de désintoxication (Internet, réseaux sociaux, séries télé)
— Cure de désintoxication (sexe, amour, sucre)
— Cure de désintoxication (jeux d'argent, capateros)
— Cure de désintoxication (autres : sur avis d'un spécialiste)

Chacune de ces nombreuses options était incluse ou payante en sus dans la formule choisie. Une réduction de 5 % était offerte si le client acceptait un (discret) tatouage sur l'épaule gauche : « by Reborn Corpus ». « Parfois ça permet de se faire plaisir à moindre prix », suggérait la commerciale quand elle devinait que le coût était problématique.

Nous visions une clientèle fortunée. Aussi même le confort de la chambre était modulable et facturé en fonction des exigences des patients :

— Musique d'ambiance pour apaiser les rêves (playlist personnelle ou suggérée)

— Une visite d'une infirmière par heure (à la place des deux journalières) `

— Cache-sexe en soie véritable changé quotidiennement (choix parmi douze couleurs)

— Ambiance lumineuse changeante pour simuler le cycle jour-nuit (choix de la couleur parmi un nuancier)

— Lit-baignoire incrusté de diamants (uniquement pour la formule Executive)

— Vidéo lap-time de la transformation du corps sur une clef USB gracieusement offerte

— Ambiance olfactive : bâtonnet d'encens bio changé chaque jour à choisir parmi les trente-huit fragrances possibles

— Choix du sexe du personnel médical visitant : exclusivement féminin ou masculin

— Sérénité orientale : visite journalière supplémentaire d'une infirmière pour relâcher les tensions et détendre votre corps pendant votre sommeil (uniquement pour la formule Executive)

— Sérénité corporelle : massage du cuir chevelu et des pieds une fois par jour

— Cocktail de vitamines corporelles bio, kasher ou halal

— Lecture de romans (large choix) par un comédien professionnel, deux heures par jour

— Lecture de manuels scolaires : pour apprendre une nouvelle discipline pendant le sommeil

Nous avions songé à toutes les étapes de la transformation. Nous parlions « d'optimisation de l'expérience client ». Aussi avions-nous imaginé différentes options pour bien préparer le retour à cette nouvelle vie et créer un lien fort d'appartenance à notre communauté de clients d'élite.

— Séance shooting « five stars » par un photographe réputé en fin d'opération

— Inscription gratuite à notre agence de mise en relation d'anciens « Reborn Corpus »

— Tenue de soirée faite sur mesure par un grand couturier offerte (uniquement pour la formule Executive)

— Organisation d'une soirée privative « My Reborn Party » pour célébrer avec vos proches cette renaissance

— Un premier entretien garanti dans une agence de mannequins (uniquement pour la formule Executive)

Et, bien entendu, la visite d'un psychologue afin de bien appréhender ce changement personnel important.

Nous promettions à nos clients d'être leur Prométhée : de remodeler leur corps en fonction de leurs fantasmes, de leurs ambitions et de leurs idéaux. C'étaient pour la plupart des égocentriques ; ils se considéraient déjà comme surpuissants, mais nous les hissions encore plus haut en leur offrant les clefs de l'Olympe. La seule limite était l'argent. Mais le corps et la santé ont-ils un prix ? Finalement, pour un tarif souvent inférieur à une limousine, nous leur offrions une nouvelle vie.

Le concept était en or, au propre comme au figuré. Le commerce d'ego est sans doute le plus jouissif des négoces ; tout le monde y trouve son compte. C'est un jeu de dupes qui ne sied qu'aux âmes bien nées à l'aise dans le luxe, le mensonge et l'hypocrisie. Souvent des carriéristes amateurs s'y frottent, sans avoir le détachement moral nécessaire à cette profession et nourrissent bientôt d'âpres jalousies néfastes à leur commerce.

Dans ce monde plaqué or, Sophie fut mon guide et mon céleste mentor.

15

J'ai lu quelque part que les cellules des papilles de la langue se régénèrent toutes les deux semaines. Cela explique pourquoi il faut environ un mois pour s'habituer à un nouveau goût. Si vous diminuez progressivement votre consommation, vous ne mettrez qu'une lune à vous désaccoutumer du sel.

Malheureusement, les neurones ne sont pas des cellules comme les autres. Avant de s'éteindre, ils transfèrent leur mémoire aux nouveaux venus. L'amnésie sélective, celle qui fait oublier un souvenir en particulier, est un luxe que le cerveau n'actionne qu'en dernier recours, comme un fusible. Le reste du temps, les neurones infectés travaillent en réseau. Tout est prétexte à contagion : un souvenir mineur enfoui par les ans peut déclencher une suite incontrôlée d'images olfactives, musicales ou visuelles. La machine est mise en branle et ce flot de réminiscences improbables vous submerge encore et toujours.

Après le départ de Mathieu, je négligeai inconsciemment l'absence de mon père. J'avais tracé une ligne de démarcation des peines. Ma mère pleurait son homme, je me lamentais sur le mien. Chacune avec sa douleur, chacune avec sa béquille. J'oubliais qu'un bon père est un pilier invisible.

Enfant, son uniforme me fascinait. J'étais fière de lui, car il représentait l'autorité positive. Dans la cour de l'école, mes camarades jouaient aux gendarmes et aux voleurs. Dans la vraie vie, mon père ne jouait pas, lui, et cela me conférait une aura magique. J'étais rarement prise à partie par les autres élèves et, nantie de mon père et de Mathieu, je virevoltais, insouciante, à la récréation.

À l'adolescence, je perçus un certain éloignement de sa part. Au collège, je pris cela pour du désintérêt. Il ne s'occupait plus autant de moi pendant les week-ends. Il ne me demandait plus de l'accompagner en balade dans la forêt. Il ne me proposait plus de l'aider à couper du bois ou d'aller à la déchetterie.

J'étais dans ma phase d'opposition. Tout était motif à un conflit larvé. Je ne lui reprochais jamais rien ouvertement, mais, dans ma tête, il se fichait pas mal de mes problèmes d'adolescente. Il m'abandonnait au pire moment de ma vie : celui de la découverte d'un monde sexué, et de la difficile conscience de l'être et du paraître.

La mort des parents de Mathieu me fit relativiser la situation. Paradoxalement, mon père passa beaucoup de temps avec lui. Je me souviens que j'aimais ça, les voir partir tous les deux, les suivre du regard quand ils montaient par le chemin du grand pin. Mon homme et mon père. Je devinais que ce dernier, tout adulte maladroit qu'il était, arriverait à panser, même partiellement, les états d'âme de mon amoureux.

J'aimais les savoir ensemble dans la forêt, même si je ne sus jamais ce qu'ils se disaient. J'aurais aimé être un écureuil, virevolter d'arbre en arbre pour capter des brins de conversation. Mathieu revenait apaisé et souriant. Mon père, deux pas derrière, avançait les mains dans les poches.

C'est en seconde ou en première que je compris que ce désintérêt apparent de mon père était en fait de l'autonomie. Il avait ouvert ses deux mains pour permettre au petit moineau que j'étais de prendre son envol. Effectivement, le week-end, je ne l'accompagnais plus comme un petit chiot à la déchetterie. J'avais bien mieux à faire pour découvrir le monde.

Je devais téléphoner à mes copines pour comprendre le véritable sens de l'amitié et de la perfidie. Je devais me pencher sur mes devoirs de français pour façonner mon esprit critique. Je devais courir chez Mathieu pour ciseler un amour déjà bien affirmé. Je devais comprendre que le monde était entre mes mains et qu'il ne deviendrait que ce que j'en ferais. Que l'éducation silencieuse de mon père s'arrêtait ici et que la femme en devenir devait faire des choix, se tromper, s'armer, revenir en arrière, décider, hésiter, se défendre, s'ouvrir pour vivre pleinement. Toute seule.

À sa façon, il m'aidait.

À sa mort, je pensai que ce n'était pas mon combat, que le malheur de ma mère comblerait tout l'espace, que je pouvais mesquinement me contenter de mon drame amoureux, comme si chacun avait un quota de chagrin à ne pas dépasser. C'était mal connaître la nature des sentiments.

Peu de temps après avoir ressenti les premiers symptômes de ma grossesse, un sentiment de vide me remplit. Mathieu accaparait toute ma raison. Je tournais et retournais mille fois son départ dans ma tête, comme pour mieux inventer le scénario de son retour. Mais quelque part en moi, l'absence du père se faisait sentir de plus en plus. Il me manquait cette béquille, cette figure rassurante qui, au primaire, était venue m'apporter à la récréation mon maillot de bain sans lequel je n'aurais pu me rendre à la piscine avec ma classe.

Mon père aurait su trouver les mots, comme il l'avait fait, jadis, avec mon amoureux. Il m'aurait emmené me promener avec lui et, sous les arbres centenaires, il m'aurait dit les mots qui apaisent.

Un jour, à cinq semaines de grossesse, ma mère me demanda si je souhaitais garder l'enfant. Je n'avais jamais envisagé une autre possibilité. Pour moi, cet enfant était de Mathieu, qui allait revenir, dans un jour, une semaine, un mois, qu'importe. Il allait rentrer et ce jour-là, je porterais son enfant. Curieusement, je ne répondis pas cela, mais : « Papa est parti. Je veux le garder. »

Ma mère me regarda quelques secondes la bouche ouverte, comme si, en trois mots, j'avais cerné le sens de l'univers et de nos vies. Elle tapota son tablier, baissa le regard et fit un « bien, bien » qui ferma la parenthèse.

Bien qu'absent, mon père m'avait guidée dans cette décision. Longtemps, je me demandai la raison de ce choix : était-ce vraiment l'espoir du retour de mon bien-aimé ? Sans doute. Peut-être cette décision était-elle un tout : je le gardais pour ma mère qui restait, pour mon père qui était parti et pour moi qui hésitais entre ces deux mondes. Ce bébé était une bouée à laquelle je me raccrochais, de nouveaux souvenirs à construire, qui, un jour, feraient un halo joyeux à cette hideuse cicatrice gravée au fond de mon âme.

Ce n'est que bien des années plus tard, Léo apprenait tout juste à lire, que je compris tout cela. On n'efface pas une cicatrice. Une cicatrice, aussi profonde soit-elle, fait partie de soi et nous définit. La renier, tenter de la gommer, de la faire disparaître n'est qu'une illusion mentale. Il faut l'accepter et reconstruire par-dessus. C'est la façon la plus transparente et la plus honnête de s'ouvrir à de nouveaux souvenirs.

Je taillais cette vigne vierge qui courait sur le mur de la maison, une ombre passa. Je levai la tête et découvris quelques fissures masquées par cette plante. Ce fut comme une révélation. Moi aussi je voulais que des lierres masquent mes blessures. Pour cela je devais cultiver de nouvelles pousses de souvenirs pour qu'ils recouvrent petit à petit les ruines de mon passé.

Ce n'est que ce matin-là, alors que la maison était encore endormie et que l'odeur de l'herbe mouillée emplissait mes sens, que je me sentis prête pour une nouvelle aventure amoureuse.

Une petite renaissance.

Un grand succès.

16

Le succès fut immédiat. Notre business plan prévoyait une dizaine de clients la première année et une rentabilité atteinte au bout de trois ans. Dans les faits, nous remboursâmes nos emprunts au seizième mois et dégageâmes un bénéfice net à partir de là. Une fois les actionnaires et salariés (grassement) payés, nous investissions l'argent restant pour moderniser nos infrastructures.

Bientôt, ces investissements ne suffirent plus à dépenser tout notre bénéfice. Nous lançâmes alors sans trop y croire le concept de salles d'opération thématiques temporaires : « nuit australe », « ambiance savane », « les mille et une nuits orientales ». Une personne qui dort pendant trois mois devrait être indifférente à la décoration de sa chambre. Eh bien non ! Les esthètes fortunés y accordaient une importance particulière. La demande fut telle que les prix s'envolèrent, ce qui ne régla en rien notre trop-plein de trésorerie. Nous fîmes alors appel à des fiscalistes pointus qui nous firent visiter des paradis bien plus tangibles que les rêves que nous vendions.

La réputation se fit d'abord par le bouche-à-oreille. Notre officine faisait parler d'elle dans les salons mondains du monde entier. Les inscriptions affluèrent des quatre coins de la planète ; des Américains, des Russes, des Chinois, des Qataris, des Brésiliens. Très naturellement, nos clients devinrent nos meilleurs ambassadeurs.

Une femme de quarante-sept ans, angoissée de vieillir, traumatisée par ses rides et ses formes distendues, craignant de paraître déjà grand-mère, trouva chez nous la réponse à toutes ses angoisses. Trois mois plus tard, elle avait gagné vingt ans et s'affichait de nouveau en public. L'investissement était alors raconté à qui voulait l'entendre : « C'est admirable, ma chère, une vraie magie. Franchement, quel âge me donnes-tu ? Sais-tu que désormais je cours dix kilomètres par jour ? Et sans parler de ma taille de bonnet supplémentaire qui affole Mike... Oh, tu ne connais pas Mike ? Il faut vraiment que je te le présente, il est craquant... »

Combien d'hommes, ayant quitté leur femme pour une jeunette bien plus bandante, se retrouvaient cois, six mois plus tard, quand ils la rencontraient dans un cocktail, métamorphosée et rayonnante, au bras d'un jeune premier ?

L'adultère et la vengeance décidèrent bon nombre de nos patientes. Toutes nos clientes plébiscitaient « Reborn Corpus ». Avec un nouveau corps, c'était réellement une seconde vie qui débutait. Attirer de nouveau le regard des hommes, susciter cette perfide jalousie dans le regard des autres femmes, être enfin de nouveau courtisée, se venger de son ancien mari, de ses anciennes maîtresses, se faire de nouvelles relations, partir en voyage, faire du sport, se sentir bien dans son corps et dans sa tête, oser la vie sans refaire les erreurs de jeunesse ! Avoir un esprit lucide et mature dans un corps de jouvencelle.

À partir de quarante ans, les femmes s'autorisent enfin à dire non, leur expérience panse leurs cicatrices et elles savent où aller. Mais seules nos clientes possédaient les armes pour y arriver. Il y avait du Balzac dans cette magie et dans ces fantasmes.

N'importe quelle femme ayant croisé un jour une cliente de Reborn Corpus ne rêvait plus qu'à une chose : venir chez nous et vivre, elle aussi, cette renaissance de princesse ; cette nouvelle vie, bâtie sur les ruines adipeuses et décevantes d'un premier mariage.

Pour les hommes, les motivations étaient davantage narcissiques. Il ne s'agissait pas d'une simple question d'esthétique, mais d'aller un cran plus loin dans leur mégalomanie. La plupart de nos clients étaient déjà riches et puissants. Malgré leur calvitie et leur bedaine, les femmes leur étaient déjà acquises. Ne leur manquait que l'illusion de la beauté parfaite pour devenir le dieu vivant auquel ils aspiraient tant. Pour cela, ils voulaient croire que ces jeunes beautés s'amourachaient d'eux pour leur corps et non plus pour leur argent. Enfin, écraser tous les autres, devenir la référence absolue, celui que l'on envie. Lire l'admiration dans le regard des autres hommes. Avoir le plus long yacht, la plus belle propriété, le garage le plus garni ne suffisait plus. Ils délaissaient leur statut de maître du monde pour devenir maîtres du temps.

Les hommes étaient des princes d'orgueil là où les femmes succombaient par vanité.

J'appris énormément en quelques années sur le commerce des hommes.

Les moins riches s'endettaient pour l'opération. « Notre banque vous fait un crédit sur trois ans. Vous verrez, avec votre nouvelle apparence physique, vous rembourserez facilement ! » Et nous avions raison. Malheureusement, la discrimination positive fondée sur le physique est une réalité. Une silhouette athlétique, une chevelure soyeuse et des yeux perçants sont les signes distinctifs des leaders charismatiques courtisés par les chasseurs de têtes.

Nos formules Reborn Corpus devinrent alors des investissements financiers, au même titre qu'un MBA, une assurance-vie ou un achat immobilier. « Investissez dans votre corps et la vie vous le rendra au centuple ! » aurait pu être notre argument commercial si nous avions eu besoin de faire de la publicité. Au fil des mois, au fur et à mesure que nos demi-dieux sortaient de leur sommeil, notre réputation enflait grâce à cette armée d'élégants démiurges prêts à avaler le monde.

Au bout de trois années, nous doublâmes nos capacités et avions une liste d'attente de seize mois. Nous avions des chercheurs travaillant sur le concept d'humanité 2.0 afin d'ouvrir de nouvelles options comme l'implant de puce RFID ou des organes artificiels performants. Fidèle à nos principes capitalistes, une option « coupe-file » à cent mille euros permettait d'être opéré en priorité.

Pour les personnes aux revenus modestes, celles pour qui notre clinique était le Saint-Graal, l'attente avait une vertu thérapeutique. C'était la première étape de la transformation. « L'espoir, dernière valeur sauvée par Pandore, fait vivre. » Il faut donc mâcher lentement et longuement l'objet de sa convoitise. « Le petit prince, quand il avait soif, marchait tout doucement vers une fontaine », susurrait-on comme le plus précieux des secrets séculaires. Le cynisme est un puissant allié du monde moderne.

Imaginer l'objet de sa convoitise sous toutes ses coutures, le retourner mille fois dans ses rêves, faire et défaire les multiples futurs possibles. Se délecter de folles espérances à venir. La solution miracle était la *wish list* : « Écrivez la liste de toutes les choses que vous aimeriez faire dans votre nouvelle vie... » Voilà ce que nous suggérions à ceux qui devaient patienter. Ils repartaient enchantés, le compte bancaire allégé, mais les yeux pleins d'étoiles.

Je fus le premier cobaye de ma société. J'étais le modèle de tous mes futurs clients. Dès lors, je ne portais que des costumes faits sur mesure en laine de vigogne. Mes chaussures valaient trois mille euros chacune et mes boutons de manchette étaient en nacre ancienne. Au début, j'avais des modèles en ivoire de mammouth, avant que la fonte du permafrost en Sibérie les rendent trop communs.

Je devais être le symbole absolu de la réussite, car la réussite attire la réussite. Je déléguai la gestion de l'entreprise à Laurence, ma directrice générale adjointe, et passais mes journées à recevoir les futurs clients « executive » dans ma suite « royale », aménagée au dernier étage de la clinique. Là, nous discutions du monde, des derniers modèles de chez Bentley, des galas de charité à venir, puis terminions la conversation sur les modalités de l'opération. Les tarifs n'étaient pas un souci pour eux. Les principales questions tournaient autour de leurs craintes infondées et des différentes options de confort.

Sophie, elle, s'occupait de la recherche. Elle voyageait énormément aux quatre coins du globe pour flairer les tendances, dénicher les technologies de pointe qui définiraient l'humanité 2.0. C'est elle qui définissait notre stratégie et la déclinait en offres. Bien qu'éreintant, ce job était fait pour elle. Elle y mettait toute son intelligence, ses connaissances médicales et sa vision. Elle était excellente, comme dans toutes les choses qu'elle entreprenait.

Dix ans plus tard, nous étions devenus très riches. Sophie, baignée depuis la tendre enfance dans l'opulence, ne modifia pas son train de vie. Mais pour moi, quel parcours ! J'avais abandonné mes études de médecine après l'externat pour me consacrer entièrement à cette aventure. J'aurais pu tout perdre, mais j'avais tout gagné.

Au début, je jouais un rôle. Avec mes parents, je n'avais pas été habitué à ce monde de paillettes et de futilités, et encore moins chez mon oncle. Mais l'homme est ainsi fait que rapidement je m'intéressai sincèrement à ce milieu. Le week-end, je suivais les résultats des courses, me renseignais sur les potins des paddocks et assistais même avec plaisir aux défilés de mode à Paris, Londres ou New York. Il y avait dans ce milieu une effervescence magique. L'art, la créativité et les gens se mélangeaient. Au prix de l'Arc de Triomphe, il fallait voir ces hommes et ces femmes hypnotisés par les performances d'une poignée de pur-sang. Devant ce raffinement social insoupçonné, l'humanité me fascinait. Le luxe n'était plus l'ornement vulgaire d'une caste de privilégiés, mais une quête vers l'excellence, une forme d'aboutissement darwiniste. Je comprenais désormais la symbolique des semelles rouges portées par Sophie : l'abandon de l'utilitarisme et le beau pour le beau. Les choses ne sont plus seulement utiles, elles magnifient notre condition et lui donnent ses lettres de noblesse.

Loin de la trivialité des histoires d'argent, mes préoccupations tournaient autour de l'esthétisme sous toutes ses formes. Notre clinique en était le fer de lance et je devais m'intéresser à toutes les autres formes d'art : la gastronomie étoilée, le sport de haut niveau, la peinture contemporaine, la musique classique. Je reniais toute forme de vulgarité et planais dans un monde irréel peuplé de personnes tout aussi déconnectées que moi.

Lors du Dubai Kahayla Classic, je discutai dans la loge de l'hippodrome avec Patrick, le patron d'une célèbre marque de lingerie française. Il négociait habilement le prix de la formule « Audrey » pour sa femme et sa maîtresse, une superbe Vénézuélienne immortalisée dans une de ses « leçons ». Nous avions plaisanté sur le château de Chambord et son ingénieux escalier à double hélice inventé par Léonard de Vinci, permettant à François Ier d'inviter ses femmes sans que jamais elles se croisent. « Je n'ai que des ascenseurs dans ma clinique ! Ne me les envoie pas en même temps ! » lui avais-je rétorqué. Puis la discussion avait glissé sur les grandes écoles françaises desquelles il était fièrement issu.

Moi, je me plaisais à vanter les mérites du courage entrepreneurial, des têtes bien faites et de la futilité des diplômes, apanage d'un système éducatif français à la traîne par rapport à nos camarades anglo-saxons. Je ne voyais pas derrière mon succès la main providentielle de mon beau-père qui avait financé rubis sur l'ongle les investissements démoniaques initiaux. J'étais devenu aussi arrogant que peut l'être le roi du monde, heureux en couple et en affaires. Rien ne pouvait plus m'arrêter et j'avais mille projets en tête pour conquérir le vaste monde. J'étais un puissant, une personne qui compte dans le Who's Who planétaire. J'avais un carnet d'adresses incroyable et mes assistantes faisaient barrage aux multiples sollicitations secondaires.

Cerise sur le gâteau, Sophie et moi filions le parfait amour. Malgré les multiples tentations liées à mon statut, jamais je ne fus infidèle. Je connaissais le prix et la rareté d'une union parfaite. Dans mon modèle de réussite, la fidélité était d'ailleurs la prérogative de l'excellence. L'ultime raffinement dans un monde trop porté sur la médiocrité et le sexe banalisé. De nos jours, beaucoup de gens prétendent s'aimer et vivent ensemble. Mais pour beaucoup d'amours médiocres, combien de véritables ? Quelle dignité accorder aux rencontres d'un soir ?

À vrai dire, débordés par notre clinique, nous aidions un peu la nature.

Démiurges professionnels, nous trichions aussi dans notre intimité. Nous connaissions trop bien la mécanique humaine pour savoir que l'amour véritable n'est qu'une histoire d'hormones.

La première fois qu'un homme et une femme font l'amour, l'ocytocine, dite hormone du bonheur, est produite dans leurs corps. C'est elle qui permet l'attachement d'une mère à son bébé et de l'homme à la femme. C'est l'aimant chimique de l'amour, la glu de Cupidon. L'ocytocine fait que notre être est entièrement tourné vers l'autre, noyé dans un bien-être béat. On retrouve cette hormone chez tous les mammifères monogames... les premiers temps de leur relation. Car peu à peu, la production naturelle s'amenuise. Il suffit alors de changer de partenaire sexuel pour que le phénomène reparte. Un coq s'accouple dix fois par jour avec dix poules différentes. Mais une seule fois s'il est en tête à tête avec la même. C'est le célèbre et désolant effet Coolidge.

Les magazines féminins se gardent bien de révéler ce secret : il est très difficile pour un homme d'enchaîner deux éjaculations avec la même partenaire sans une pause plus ou moins longue. En revanche, il suffit qu'une autre femme soit disponible pour que cette période postéjaculatoire réfractaire soit réduite à zéro. Quelle tristesse.

Certains auteurs ont brodé des romans sur la brièveté de nos passions. Depuis nos trois ans de vie de couple, Sophie et moi, conscients de cette inébranlable vérité, avalions des comprimés d'ocytocine matin, midi et soir. Cela semble artificiel, mais la fin ne justifie-t-elle pas les moyens ? Avec ce complément, dix ans après notre rencontre, notre amour était toujours à son apogée. Nous avions tout le temps envie de l'autre. Nous avions des étoiles dans les yeux et dans le cœur. Nous vivions chaque jour à cent à l'heure, mais le soir venu, dans notre superbe loft du 7e arrondissement, nous étions toujours impatients de nous retrouver sous la couette. Un philtre d'amour que n'auraient pas renié Tristan et Iseut.

Hélas, tant de bonheur n'est pas humain.

Petit à petit, ce trop-plein de félicité finit par déborder.

Il nous fallait transvaser l'excédent. Nous envisageâmes alors notre second projet commun : faire un bébé pour donner du sens à tout cela.

17

Aux trois ans de Léo, je mis mon projet professionnel à exécution et commençai à travailler dans la coopérative agricole de ma tante Brigitte.

C'était une entreprise familiale depuis trois générations. Tout avait commencé avec la vente de légumes sur des marchés pour devenir progressivement une véritable coopérative fédérant des dizaines de maraîchers de la vallée. Brigitte, une petite femme brune pleine d'énergie, dirigeait cette société avec fermeté depuis plus de trente ans et le chiffre d'affaires augmentait de saison en saison.

Suivant notre plan, je devais passer les dix prochaines années à tourner sur les différents postes. Le chemin était ardu, mais j'étais motivée. Mon père m'avait transmis cette force mentale. Depuis toute petite, je savais où aller et comment y aller. La mort de mon père et l'abandon de mon fiancé avaient profondément bouleversé mes plans. Mais désormais, je savais quoi faire. Mon petit Léo avait besoin d'une mère forte. C'était mon nouveau cap.

Mon premier poste fut au tri des fruits et des légumes, le matin dès six heures. C'était une tâche ingrate, sans grand intérêt, et physiquement épuisante. Il s'agissait de se poster devant un tapis roulant et de classer les légumes qui défilaient par gabarits dans une espèce de gros râteau. D'un autre côté, il y avait peu de pression, l'ambiance était bonne et j'étais libre l'après-midi pour réviser mes cours.

Il y avait trois équipes par jour sur ce poste. Le chef de celle du matin, la mienne, s'appelait Mathieu. Au début, je sursautais chaque fois que quelqu'un prononçait son prénom. C'était vraiment bizarre, je me retournais pour bien vérifier que c'était à lui que l'on parlait. Et puis, au fil des jours, je me dis que finalement ce n'était pas plus mal. J'associerais une autre personne à ce prénom, je me déshabituerais en quelque sorte, comme dans un sevrage.

Curieusement, le fait qu'il porte ce prénom me rapprocha de lui. J'avais l'impression de le connaître déjà un peu. Est-ce cela qui influença ma décision de coucher avec lui ? Je ne pense pas. Même si j'aurais sans doute préféré qu'il s'appelle Christophe, Éric ou Marc.

Il habitait à deux rues de chez nous et travaillait comme chef d'équipe depuis quelques années. Mathieu avait une grosse dizaine d'années de plus que moi. Il était marié et père de trois garçons. Nous sympathisâmes rapidement. C'était un gars simple, pas un frimeur ni un dragueur. Au boulot, il était franc et droit dans ses bottes. Jamais un reproche qui ne fût mérité, toujours un mot gentil pour reconnaître les efforts. Il était vraiment apprécié et certaines personnes travaillaient le matin uniquement pour rester dans son équipe.

Grand, les épaules carrées, je le trouvais mignon malgré sa calvitie naissante et son visage émacié. Il passait devant chez moi tous les matins, alors, au bout de quelques jours, nous décidâmes de covoiturer. Nous n'avions pas un long chemin, mais vu que nos horaires étaient rigoureusement les mêmes, faire un quart d'heure de voiture chacun de son côté n'avait pas grand sens.

J'acceptai bien volontiers sa proposition, car je ne ressentais pas chez lui cette tension sexuelle que je percevais dans le regard d'autres collègues. J'étais encore une toute jeune femme, j'avais retrouvé ma silhouette menue d'avant ma grossesse et, malgré mon bleu de travail difforme, de nombreux ouvriers agricoles me reluquaient avec insistance. C'était fort déplaisant. J'évitais de traverser seule les hangars mal éclairés, surtout aux premières heures de la journée. Lui connaissait mon histoire, il avait parlé quelquefois avec mon père, et notre relation démarra de façon purement amicale.

Ces petits quarts d'heure en voiture devinrent rapidement des intermèdes délicieux. Comme des tranches de vie hors-sol, une bulle dans laquelle nous parlions de tout : de la météo, du boulot, des films du dimanche soir, des enfants, de nos lectures et des collègues. J'aimais son recul sur les choses. Il avait une philosophie un brin je-m'en-foutiste qui le mettait au-dessus de la mêlée. Pour autant, il savait voir la beauté silencieuse des choses. Rien qu'à l'entendre parler de ses fils, de leurs jeux, je ressentais une profonde complicité et ce goût pour les bonheurs simples. J'étais à la fois jalouse de cette vie familiale harmonieuse et en même temps fascinée par sa frugalité.

Au bout de quelques mois d'une vraie complicité, je commençai à ressentir de vieilles vibrations oubliées. J'étais contente de le retrouver le matin, quand il m'ouvrait la porte de son break. Sur le parking, je lui parlais de ses fils pour prolonger de quelques minutes la discussion. Il aimait jouer au base-ball avec eux; il voulait en faire des champions et je le taquinais avec cela : « Fais-en des footballeurs ! Qui connaît le base-ball en France ? » « Tu verras, répondait-il, dans quelques années, le base-ball va exploser à la télé... »

À quatorze heures, quand nous avions terminé l'équipe et qu'il me déposait devant chez moi, j'avais envie de le retenir, de l'inviter prendre un café, d'oublier un peu la coopérative, les pommes, les poireaux, de ne plus parler de ses gosses et de rêver à un futur conditionnel.

Bien entendu, je ne laissais rien paraître, je n'osais pas prendre l'initiative. Chez moi, je faisais une sieste et pensais à lui quelques minutes délicieuses avant de m'endormir.

Longtemps je repoussai cette idée folle. Mathieu était mon chef et était marié à Isabelle, une femme blonde et bien en chair, employée de banque. Je la croisais rarement dans le quartier ou en ville et je crois qu'avec le temps j'appris même à l'éviter. Il me parlait peu d'elle. Je ne savais pas comment interpréter cela. À force d'y réfléchir, j'y vis une preuve d'harmonie dans leur couple, car l'homme est d'habitude plus enclin à se plaindre. Ou alors il avait lui aussi une idée derrière la tête et préférait éviter le sujet. De toute façon, je m'étais promis de ne rien faire avec un homme marié. Si je devais me remettre en couple, je voulais une vraie relation sincère, officielle, et pas des rendez-vous bâclés entre cinq et sept. Pour ça, j'avais mes week-ends avec Sarah et très franchement, j'avais passé le cap.

Au bout d'un an à m'illusionner, à résister, à étudier la situation sous tous les angles, je dus me rendre à l'évidence : j'avais des sentiments pour cet homme. Chez elle, après quelques apéritifs, Sarah me posa la bonne question.

— Pourquoi refuses-tu le bonheur quand il se présente ? Profite de l'instant présent. C'est toujours ça de pris.

— Tu me conseilles de tenter ma chance ?

— Je te conseille de vivre. D'arrêter de penser qu'un jour tu seras heureuse. Le bonheur, c'est à toi de le saisir, là, ici, tout de suite. Le bonheur ne se conjugue qu'au présent de l'indicatif.

L'alcool me grisait, tout devenait possible. J'imaginais alors me faire une toute petite place dans sa vie. Cela me convenait. Je ne cherchais qu'un peu de douceur. Je ne pensais qu'à moi, ou qu'à nous. Je ne voulais rien lui demander. Je n'aurais jamais exigé un divorce. Peut-être espérais-je sans me l'avouer que les choses évolueraient naturellement dans ce sens.

Cela faisait presque cinq ans que le père de Léo était parti. Dans mes quelques rencontres d'un soir, aucun homme n'avait tutoyé cette fusion que j'avais ressentie pour mon premier amour, mon frère de lait. Le contact charnel était bien réel, mais les frissons absents. Ils étaient pleins de désir, je n'étais que faux-semblants.

« Ne te fais pas d'illusions », me répétait Sarah. « Les hommes dans cette boîte de nuit ne sont là que pour nous baiser. » Et devant ma mine perplexe : « Ce n'est pas ici que tu trouveras un homme capable de te faire l'amour. »

J'avais désormais envie que les sensations précèdent l'acte. De redevenir ce cerisier qui se réveille après l'hiver et qui timidement déploie quelques bourgeons pour se sentir vivant. Quand je regardais Mathieu, mon chef d'équipe, à la dérobée, ce n'était pas encore la pleine floraison ni la saison juteuse des fruits rouges, mais c'était un début et cela faisait fichtrement du bien.

Alors un jour, ça arrive.

Je vais chez lui pour emprunter une scie à émonder. C'est une excuse, je n'ai aucune envie de me faire émondeuse, mais la conversation glisse sur ce terrain-là et je profite de l'occasion pour prolonger notre discussion. Je pénètre dans son garage. Il fait sombre, un vasistas éclaire modestement. Il n'allume pas le plafonnier. Tandis qu'il farfouille, je reste en retrait et l'observe silencieusement de dos. Il s'agite, déplace des cartons. Il ôte sa veste d'un geste qui m'émeut. Rien de bien extraordinaire, mais de voir cet homme en bras de chemise, dans la pénombre de ce sous-sol, je ressens un appel irrésistible. J'ai l'impression de revivre une scène vécue toute petite. Un « déjà-vu » rassurant et paisible.

Je ne pense plus à rien. Je m'approche de lui et colle ma tête contre son dos. Il s'immobilise. Le silence. Nous restons ainsi quelques secondes puis il se retourne. Je l'embrasse sans même le regarder, pour ne pas lui donner de raison d'hésiter ou de résister.

Puis je baise son cou.

Son odeur m'envahit et un trouble immense me submerge. Plus rien n'existe. Je suis hors du temps, dans un garage, dans un nuage, qu'importe. À cet instant, mon cœur ne bat que pour lui. Folie de l'amour féminin. Je le respire, je veux m'imprégner.

Il m'écarte et me dévisage. Je ne sais comment interpréter son regard. Ses sourcils sont relevés, la bouche est entrecouverte. Je soutiens son regard, attrape ses mains et lui souris. Il se rapproche de moi, me serre dans ses bras et m'embrasse à son tour.

C'est un long baiser, juteux, passionné. Un baiser de garde, un baiser de collection, un de ceux qu'on ne regrettera jamais, un baiser volé à la postérité. Un baiser dont le seul souvenir fera sourire le cœur. Il cherche mon cou, inspire, ses mains s'agrippent à ma taille. Elles remontent, trouvent l'ouverture de ma blouse et tâtent ma poitrine. De ses deux pouces, il frôle mes tétons. Ils sont dressés, prêts pour le délicieux combat à venir.

Il me soulève alors par la taille, je pousse un petit cri de surprise, et il m'assoit sur l'établi. Mes genoux sont à sa hauteur, ma poitrine se soulève, il retire mon pantalon.

Doucement, sa tête plonge entre mes cuisses. Ses mains écartent ma culotte. Je ferme les yeux. La recommandation de Sarah me traverse une seconde : à ce moment précis, j'aime le présent de l'indicatif. J'aime les verbes caresser, effleurer, lécher, câliner, dorloter, frotter, exciter, sucer, serrer, enlacer, posséder, haleter, jouir. Tous se conjuguent parfaitement bien avec mon amant.

Je ressors du garage une demi-heure plus tard, heureuse, pleinement vivante et sans scie à émonder.

À l'heure des mamans, je vais chercher Léo. Il remarque mon sourire et s'étonne. Je passe ma main dans ses cheveux et lui dis que je l'aime. Qu'il est la chose la plus belle dans ma vie.

18

Avoir un enfant devint vite une obsession. Avoir un enfant, c'est faire le choix de la vie, c'est laisser quelque chose de notre passage sur Terre. C'est accepter notre vocation atavique et universelle ; un pari sur l'humanité. C'est prolonger la persistance de l'ADN au travers des générations futures, apporter notre graine dans cette longue chaîne.

En donnant la vie, j'espérais enterrer définitivement ma phobie de la mort.

Mes parents étaient partis trop tôt, mais j'étais né grâce à eux. Leur mort m'avait profondément bouleversé, mais ils avaient fait l'essentiel. Aussi avais-je l'impression qu'une fois ma descendance assurée, ma propre mort ne m'importerait plus. J'aurais rempli ma mission, tout le reste ne serait que bonus. À force d'y réfléchir, je pensais avoir trouvé le sens de ma vie : notre bébé était sans doute la plus belle chose à venir.

Malheureusement, la gestation d'un bébé ne faisait pas partie des services de notre clinique et les dieux ne nous accordèrent pas si facilement cette félicité.

Les premiers mois furent pourtant bien plaisants. Nous faisions l'amour pratiquement tous les jours afin de maximiser les chances de fécondation. Dans le lit conjugal, sur la table de cuisine, dans la chaufferie de la clinique, sur son bureau, à l'arrière de la voiture, dans les toilettes d'un grand restaurant, sur le pont d'une péniche.

Mais au bout de quelques mois, l'euphorie de ces moments complices s'estompa. Le doute s'installa. « Pourquoi ne suis-je pas enceinte ? », « Pourquoi suis-je toujours réglée comme un coucou suisse ? », « Avons-nous des incompatibilités sanguines ? », « Suis-je stérile ? », « Es-tu stérile ? », « Devons-nous faire des tests ? », « Devons-nous songer à une fécondation in vitro ? », « Que penses-tu de l'adoption ? »

La gynécologue nous tranquillisa : « La majorité des couples mettent deux ans à avoir leur premier enfant, le temps que le corps se déshabitue de la pilule. »

Moyennement rassurés, nous fîmes tout de même des tests. Rien à signaler, la qualité et le nombre de mes spermatozoïdes étaient excellents et ses ovules en pleine forme. Il nous fallait juste un peu de patience, comme pour nos patients premier prix « Éva » à qui nous expliquions que cela faisait partie de la magie de l'événement. Quel discours marketing à la con !

Avec un peu plus de culture, j'aurais dû appeler cette formule « Elpis », du nom de la personnification de l'espoir dans la mythologie grecque. Elle est souvent représentée par une belle jeune femme portant une corne d'abondance et une couronne de fleurs. Notre service communication aurait pu en faire une belle iconographie. *Elpis* se traduit parfois par « attente ». L'espoir dans l'attente. Voilà où nous en étions.

Enfin, au bout de seize longs mois à espérer, ma femme se réveilla un matin avec des nausées. Jamais l'odeur du dégueulis ne me donna autant de joie. Je me revois dans l'encadrement de la porte, à écouter ses râles gutturaux comme des trompettes annonciatrices d'une grande nouvelle.

Depuis quelque temps, Sophie était fatiguée, ses déplacements à l'autre bout du monde l'épuisaient rapidement. Tout devenait logique.

J'annulai mon premier rendez-vous pour l'accompagner à la pharmacie. Elle acheta un test de grossesse et nous rentrâmes précipitamment. Un sourire béat aux lèvres, je trépignais derrière la porte en entendant le jet d'urine sur le stylo en plastique.

— Peut-on savoir le sexe de l'enfant avec un simple test de grossesse ?

— Bien sûr que non, s'amusa-t-elle. Le trait est bleu, quel que soit le sexe de l'enfant !

— Encore une discrimination, pourquoi pas un trait rose ?

— Tu sais bien qu'il faut attendre au moins quatre mois...

Mais même après un quart d'heure, aucun trait, ni bleu ni rose, n'apparut dans la fenêtre de lecture. Nous relûmes dix fois le mode d'emploi : « Le test de grossesse est positif si un trait bleu apparaît au niveau de la fenêtre de lecture. Le test de grossesse est négatif si aucun trait n'apparaît au niveau de la fenêtre de lecture. »

— C'est fiable ces trucs?

— La notice dit à 99%. Je ne sais pas. C'est la première fois que j'en utilise un.

Nous retournâmes à la pharmacie acheter deux autres tests de marques différentes. Négatif. Sophie n'était pas enceinte.

«Cela doit être une simple indigestion.» Pourtant, ses nausées continuèrent les jours suivants. Elle n'avait pas de fièvre, pas de gastro.

Elle fit un bilan médical complet.

Ses taux de phosphatase alcaline et de bilirubine étaient bien trop élevés. Le taux d'alpha-fœtoprotéine, le marqueur tumoral du cancer du foie, explosait littéralement. Après six ans de médecine, nous savions tous deux ce que cela signifiait.

Des idées noires envahirent notre nuit blanche.

Le lendemain, une IRM confirma le diagnostic : Sophie souffrait d'un cancer du foie foudroyant à un stade déjà bien avancé. Elle arracha presque les clichés des mains du médecin et s'assit à son bureau. Silencieux, nous savions tous que son espérance de vie se comptait en semaines, peut-être en mois si elle supportait bien le traitement.

Le coup fut rude. Maudits dieux qui se vengeaient de notre ingérence dans leur business. Loin de nos projets de vie, il s'agissait là d'une simple mise à mort. Le destin n'allait pas nous donner une vie, mais en ôter une. Notre univers s'effondra en deux jours. Le rêve de maternité nous sembla soudainement très loin. Elpis quittait définitivement la boîte de Pandore.

Pour l'avoir étudié en cours, Sophie court-circuita le cycle d'acceptation de la maladie. Elle connaissait trop bien la maléfique puissance des cellules cancéreuses pour s'embarrasser du déni, de la peur ou de la colère. Elle sauta directement à la case tristesse d'où elle ne décolla jamais. Avec le recul, je me dis que j'aurais dû la consoler davantage, lui donner quelque espoir, mais je n'étais moi-même capable de rien. Cette nouvelle m'avait fusillé et j'alternais les antidépresseurs et les larmes. J'aurais tant aimé prendre sa place, lui laisser une petite graine dans le ventre et m'éclipser de cette vie qui m'avait déjà tant donné. Mais les dieux avaient voulu qu'elle parte la première et je ne l'acceptai pas. L'IRM en main, je fis le tour des amis oncologues pour dénicher une erreur de diagnostic. En vain.

Les deux premières semaines, avant que son état n'empire sérieusement, elle se balada en ville, visitant les magasins pour jeunes mamans, caressant du bout des doigts les bodies de bébé et les minuscules chaussons de taille dix-neuf qu'elle n'achèterait jamais. Personne ne pouvait imaginer la souffrance dans le cœur de cette femme. Une vendeuse regarda son ventre et lui demanda si c'était pour bientôt. Sophie baissa les yeux et ne répondit pas. Oui, c'était pour bientôt, bien trop tôt. Elle devint un fantôme avant l'heure. Ses grands yeux tristes ne demandaient plus rien. Ils étaient vides et son cœur sec. Elle n'écoutait plus mes discours rassurants, elle ne mangeait plus, elle ne voulait déjà plus de cette vie qui l'avait si tôt trahie.

Son rêve et sa vie venaient d'être foudroyés en plein vol, tel l'oiseau abattu au retour de sa migration hivernale, au tout début du printemps. Son printemps, juste avant de jouir du bonheur d'être mère. Elle connaîtrait la mort avant de donner la vie. Moi, je la suivais partout telle une ombre, l'ombre d'un fantôme. C'est dire si notre compagnie était déprimante.

Ses parents ne comprirent pas. Eux qui pouvaient tout acheter, eux qui considéraient le monde avec des yeux de banquiers furent démunis face à cette fatalité. « Mais enfin, la médecine a fait des progrès ! Regardez ce que vous faites dans votre clinique ! On est capable de guérir plus d'un cancer sur deux... »

Le père était d'une arrogance insupportable. « Laissez-moi trouver de bons spécialistes. Je suis certain qu'elle va s'en sortir. » Et il contactait ses relations haut placées pour avoir des rendez-vous avec des grands pontes parisiens.

Sophie savait que tout cela était inutile. Elle ne voulait plus courir les hôpitaux, enchaîner les examens, nourrir de faux espoirs. Son père était furieux, ajoutant à la peine une colère dévastatrice. Je temporisais, essayais de lui faire comprendre que nous étions bien placés pour connaître la gravité de sa maladie. Il n'en démordait pas. Je compris alors qu'il avait toujours considéré notre clinique comme un investissement financier, mais n'avais jamais reconnu nos compétences. Pour lui, un bon médecin devait avoir au minimum trente ans de carrière, faire partie du Rotary Club et avoir investi massivement dans la pierre.

C'était son refuge, la façon d'exprimer son déni. Rapidement, Sophie ne voulut plus le voir. Elle n'aspirait qu'à du calme et à un peu de sérénité. Alors, je voyais sa mère en cachette et lui donnais quelques nouvelles ; ce qu'elle avait mangé, combien de temps elle avait dormi. Des petits riens qui entretenaient un espoir illusoire.

Progressivement, je glissai à l'étape « colère » du cycle d'acceptation de la maladie. J'en voulais au monde entier, aux dieux, à la vie, à la mort, aux médecins, à son père, aux chercheurs incapables de trouver un traitement, aux voisins, aux arbres, aux oiseaux, aux cailloux, à mon infortune et probablement à moi-même.

J'avais déjà perdu mes parents, le père d'Amandine, bientôt Sophie. De nouveau, je sentis le souffle de mes anciennes angoisses. N'étais-je sur Terre que pour voir mourir mes proches ? J'étais la cause de cette hécatombe. J'étais maudit par une quelconque divinité démoniaque. J'étais ce Midas sépulcral qui transforme tout ce qu'il touche en mort.

Je me reprochais mille choses, mille détails, mille manques d'attention. Je refaisais ma vie à rebours. Je voyais l'amour de ma vie dépérir à mes côtés et j'enrageais, impuissant. La camarde se moquait de moi une nouvelle fois et regardait, narquoise, mes frêles années de bonheur s'écrouler à grand bruit.

Et dire qu'il y a un an, Sophie était épuisée quand elle rentrait. Elle voulait déléguer ses voyages à un de ses collaborateurs. J'avais insisté pour qu'elle continue encore un peu, le temps de lancer notre nouveau concept 2.0. Si je l'avais écoutée, sans doute aurions-nous diagnostiqué plus tôt la maladie.

La clinique continuait à fabriquer du rêve à tour de bras. Je recevais encore des futurs clients, mais le cœur n'y était plus. Un jour, un magnat de la presse vint me voir. Il voulait me payer en publicités dans ses médias. Face à mon refus, il se fit plus vindicatif, « même si la probabilité est mince, je risque de ne jamais me réveiller dans votre chambre». Je vis rouge; j'ouvris la porte et lui dis «ma femme, elle, ne sera plus de ce monde dans trois mois, alors fichez-moi le camp avec vos petites craintes mesquines». Je n'aurais pas dû, la clinique avait sa réputation. Je déléguai alors toutes les opérations à ma directrice générale adjointe et nous prîmes le large.

Nous louons une immense maison en Bretagne, face à l'océan. Son état se dégrade chaque jour. Elle connaît mieux que ses médecins l'irrémédiable conséquence de sa maladie et choisit de ne pas lutter. Elle préfère passer ses journées avec moi, face à l'océan, plutôt que de s'éteindre dans une sombre chambre d'hôpital parisien, noyée sous des tubes et abrutie de médicaments. Je suis à côté d'elle, les yeux embués, incapable de la regarder. Nous souffrons en silence, ensemble, les yeux rivés dans la même direction.

Le cerbère blanc est avec nous. Il trône là, imperturbable et rassurant. Quelques jours avant son départ, elle le regarde, mélancolique, et me dit.

— Je n'ai pas peur de mourir tu sais, le cerbère blanc va certainement me reconnaître, là-haut, et m'ouvrir les portes des champs élyséens...

Je lui prends ses mains froides.

— Il paraît que le cerbère d'Horace avait cent têtes. J'aimerais tant être cette bête-là, avoir dix têtes pour te regarder encore et encore, en avoir quarante autres pour te dire tout ce que je ne t'ai pas encore dit et encore une cinquantaine pour t'embrasser.

Elle sourit.

— Avant de voir le cerbère, il faudra payer une obole à Charon, pour qu'il me fasse passer la rive...

Elle grimace de douleur et ne finit pas sa phrase. Je lui serre les mains. Elles sont glacées.

Quand la souffrance devient trop forte, je lui fais des injections de morphine. Sur la terrasse, je balance doucement son rocking-chair du pied et lui fais la lecture. La brise nous caresse le visage, les odeurs salines montent au rythme des marées. Je lui lis *Guerre et Paix*, le plus gros livre de notre bibliothèque. Dans mon esprit, elle ne peut pas partir avant de l'avoir terminé. Je n'avance que de quelques pages par jour, comme pour retarder l'échéance, mais déjà elle ne peut plus se concentrer et s'endort rapidement. Je ne pourrai plus jamais relire Tolstoï.

Vers la toute fin, elle me parle du futur. Elle me demande le prénom de notre enfant, m'explique que tout va bien se passer, qu'elle va rapidement guérir et me faire un joli bébé. Puis, après une courte sieste, elle retrouve sa lucidité, m'explique qu'il faut que je me remarie, que je dois impérativement continuer à développer Reborn Corpus. Qu'elle est très fière de ce que nous avons accompli ensemble.

« Garde le cerbère blanc. Une tête pour toi, une tête pour ta nouvelle épouse, mais, s'il te plaît, garde toujours une tête pour moi. Garde-moi dans tes pensées, sinon, je mourrai une seconde fois. » Je pleure, encore et toujours.

Sa mort balaye d'un geste froid nos quelques années de bonheur. Notre entreprise, la vie, la famille, l'argent, le succès, la beauté, « l'esthétisme » : tout cela me paraît d'un coup petit, vain et dérisoire. À quoi bon ?

Je lui retire son alliance et la pose délicatement sous sa langue, obole au passeur du Styx. Puis je pleure une heure, une journée, une année, un siècle. Je m'isole du monde, je hurle ma colère et beugle ma peine. Plus rien n'existe, j'ai tout raté. Le monde n'est qu'une vaste plaisanterie dans laquelle quelques dieux hilares se jouent de nous.

Sa mort n'était pas naturelle, elle n'avait pas respecté le cycle de la vie : un arbre fait des feuilles, des fleurs, des fruits et ensuite perd ses feuilles. Ici, la mort avait brutalement tout interrompu, comme la foudre abat le cerisier pendant sa floraison. C'était injuste et inutile.

Sophie fut incinérée. Quelque temps après l'annonce de sa maladie, nous en avions discuté. Au début, je préférais une inhumation, mais elle m'avait répondu : « Avec Reborn Corpus, nous œuvrons pour rendre les corps plus beaux. Ne laisse pas le mien se décomposer. » Je repensai à l'accident de mes parents et aux rites funéraires des anciens. Le feu était souvent la façon noble de partir.

Le jour des funérailles, le père de Sophie ne me salua pas. Pour lui, nous n'avions pas joué tous nos atouts, et si nous l'avions écouté, elle serait toujours vivante. De pures foutaises, des fantasmes d'enfants gâtés. Je m'en fichais, ma peine était bien au-delà de ces inutiles querelles. Je savais qu'avec le temps il comprendrait et finirait par accepter l'inacceptable.

La cérémonie me renvoya à celle de mes parents et les cauchemars reprirent. La nuit, des sorcières maléfiques à l'haleine fétide, des hydres immondes et puantes vinrent me lécher le visage.

Deux semaines plus tard, Claude me rendit visite. Le vin avait le goût du sang et les aliments celui de la cendre. Qui mieux que Claude pouvait comprendre ma peine, lui qui, chaque jour depuis vingt ans, rafistolait des morts pour contenter les vivants ?

— Sais-tu pourquoi j'ai souhaité faire ce métier de taxidermiste ?

— Non. Tu parles rarement de ton passé.

Il hocha la tête.

— Quand j'avais la vingtaine, on était une bande. On volait, on recelait. Quelques cambriolages de quartier, rien de bien fulgurant. On habitait à quatre dans une grande bâtisse à l'extérieur d'un bourg, juste à la lisière des bois. Nous avions des chiens, des chèvres, quelques poules, on formait une sorte de « communauté »…

Claude parlait à voix basse, comme s'il révélait un secret d'État. De temps en temps, il jetait un œil au cerbère qui l'écoutait attentivement.

— Et puis un jour, les gendarmes sont arrivés. Il y a eu du grabuge. Hervé a sorti le fusil de chasse, plus pour se donner une posture que pour s'en servir, mais les gendarmes ont pris cela pour une agression et l'ont abattu. Le fusil était chargé, c'était un cas de légitime défense avérée. Rien à dire. Les faits étaient contre nous.

Il but une gorgée. Je voyais bien que tout n'avait pas encore été dit.

— Les gendarmes nous ont arrêtés. C'était de bonne guerre. Ensuite, ils ont fait le tour de la maison et ont abattu tous les animaux. Nos chiens, nos chèvres et même les quelques poules.

— Pourquoi ?

— Je ne sais pas. Les chiens n'étaient pas agressifs, même si, à la limite, ils auraient pu prétexter que si. Mais les chèvres et les poules ?

Il balança la tête plusieurs fois, fixant son verre.

— J'ai pleuré Hervé, mais c'étaient des pleurs de rage. Par contre, voir ces animaux massacrés inutilement m'a fichu un coup incroyable. À vingt ans, je me prenais pour un dur, un truand, un parrain. Et pour trois poules et cinq chèvres, j'ai chialé toute la semaine comme un gamin, sans trop savoir pourquoi.

Dans la pénombre de la salle à manger, Claude était beau. Les confessions sont toujours plus poignantes à la lumière de bougies.

— Pour cette affaire-là, j'ai passé dix-huit mois en taule. Dans ma cellule, j'ai eu le temps de réfléchir. Eh bien tu vois, la seule chose qui m'a vraiment turlupiné, c'étaient ces animaux inutilement sacrifiés. La mort d'Hervé est rapidement passée au second plan. Je ne dis pas que sa mort n'était pas regrettable, toutes les vies sont précieuses. Mais nous avions déconné, il avait menacé les gendarmes avec un fusil... C'est le jeu, dans la vie, il faut prendre ses responsabilités. En revanche, l'injustice, petite ou grande, ça ne passe pas.

Puis, devant mon silence :

— Putain, je te parle de chèvres et de poules mortes, toi qui as perdu tes parents et ta femme... Je suis désolé, c'est indécent et égoïste.

Je secouai la tête.

— Ne crois pas ça, Claude. Je te comprends. La mort touche tout le monde ; c'est équitable, mais parfois fichtrement injuste. Un chien, une personne, un projet. Finalement, du jour au lendemain on se retrouve démuni et la vie se vide de son sens.

Claude nous resservit du vin.

— Voilà ce que je voulais dire. Derrière chaque animal empaillé, il y a un peu de bonheur solidifié, quelques souvenirs palpables. Si je pouvais faire cela pour les humains, je le ferais.

— Tu l'as fait avec ce magnifique cadeau. Quand je regarde le cerbère, je pense à Sophie. C'est précieux.

Mon médecin me prescrivit de nouveaux antidépresseurs.

Je restai un mois terré chez moi. Stéphane ou Laurence m'apportait deux fois par semaine un compte rendu des activités de la clinique, mais je n'en avais que faire.

Claude venait de temps en temps me tenir compagnie. On buvait un verre en silence. Je voyais bien qu'il ne savait pas quoi dire pour me réconforter. Ce gars était un taiseux. Il me parlait un peu des commandes en cours. Un morse « africain », un lévrier afghan. Pour la forme, et sans doute aussi pour me changer les idées, il me demandait de temps en temps un conseil d'anatomie. Sa seule présence m'apaisait, c'était déjà bien. Je tournais à vide.

Avec Sophie, rien ne pouvait m'arriver. Sa présence solaire avait balayé pendant toutes ces années mes idées noires. Avec elle, tout m'avait réussi. Elle m'avait transporté dans son monde d'idées, de luxe et de succès. Mais sans elle, je perdais ma béquille. Mon univers s'écroulait et les monstres du passé commençaient à pointer le bout de leur nez.

Une nuit, je relus pour la centième fois *La Pensée des morts* de Lamartine.

Quoique jeune sur la terre,
Je suis déjà solitaire

Parmi ceux de ma saison,
Et quand je dis en moi-même :
Où sont ceux que ton cœur aime ?
Je regarde le gazon.

Mais cette fois-ci, je ne ressentis rien.
Je sus alors que j'étais sur une mauvaise pente.

19

Retrouver le goût de l'amour fut une renaissance.

Ma vie était alors bien cadencée : lever à cinq heures, embauche à six. Travail jusqu'à quatorze heures. Repas, sieste, lessives, cours par correspondance. L'heure des mamans, s'occuper de Léo, le bain, le repas. Prendre une tisane avec ma mère, discuter un peu. Dormir.

Mathieu ne chamboula pas cet agenda, mais le rendit plus joli. Quand je faisais le ménage, je pensais à nos précieux moments d'intimité. Quand je m'occupais du linge, je m'imaginais un monde où ses chemises blanches seraient là, sur ma planche à repasser.

Le matin, à l'atelier, je guettais ses allées et venues du coin de l'œil. Lui lançant un signe discret auquel il répondait avec une complicité qui me faisait fondre. Des poireaux, des navets, un clin d'œil. Des oignons, des carottes, des patates, un sourire. Des palettes, des sacs-poubelle, une main effleurée au passage. Finalement, l'amour c'est juste cela et c'est déjà beaucoup. Des petits riens qui embellissent la vie. Des signes qui montrent régulièrement qu'une autre personne pense à vous.

J'aimais tout particulièrement nos trajets en voiture. À l'aller, nous n'avions qu'un quart d'heure. Il démarrait et sa main se posait immédiatement sur ma cuisse. Nous parlions peu, nous préparant mentalement à une nouvelle journée à charger et décharger des caisses, à trier et manipuler des légumes.

Mais en fin d'équipe, quand nous remontions en voiture, l'ambiance était tout autre. Toute la matinée, nous avions joué au chat et à la souris dans les dédales de la coopérative. Des regards, des frôlements, autant de promesses. Nous allions directement chez lui. Ses enfants étaient à l'école et sa femme à son travail. Chez moi, ma mère était là.

La voiture entrait dans le garage, ce qui me permettait une entrée discrète.

À peine descendus, nous nous jetions l'un sur l'autre. Cela commençait par des baisers fougueux dans ce garage où tout avait débuté. Puis nous prenions une douche commune pour nous laver de nos sueurs matinales. C'étaient des jeux, des attouchements, des caresses manuelles ou buccales. Il me prenait dans ses bras et m'emmenait sur le lit conjugal. Au début, cela me refroidit. Mais nous n'avions guère le choix. Je ne nous voyais pas non plus faire l'amour dans les lits simples de ses enfants. La cuisine et le salon étaient bien pour l'expérience, mais rien ne vaut une séance de câlins dans un grand lit.

Alors j'appris à faire abstraction. Abstraction du parfum omniprésent de sa femme, de son pyjama sous l'oreiller, de ses soutiens-gorge sur le valet et de sa boîte de pilules posée sur la table de chevet. Abstraction de leur photo de couple qui trônait au-dessus du lit : quand j'étais à quatre pattes, je l'avais pile en face de moi. Je me demandais ce que lui, accroché à mes hanches derrière moi, pensait de cette photo en plein dans sa ligne de mire. À moins qu'il ne pensât rien. Dans ces moments-là, les hommes ne sont pas réputés pour leur grande capacité de réflexion.

Mais la femme amoureuse a quelque chose d'admirable : cette faculté à occulter temporairement les défauts de son amant. À ne voir que le merveilleux, à mettre un mouchoir sur les indices ou les traces d'une catastrophe à venir.

Longtemps je me suis demandé si pour Mathieu, le premier, celui de mon adolescence, j'avais eu aussi ce filtre dans mon regard. Si j'avais raté les indices de sa lâcheté. Si mon amour pour lui avait occulté des signes avant-coureurs. Sans doute; c'est malheureusement ce qui nous rend vulnérables et facilite le travail des prédateurs. J'ai l'impression que l'amour nous rend naïves alors qu'il rend les hommes fous : fous de rage, de conquêtes, de pouvoir et de domination. Alors ils veulent nous soumettre et nous collectionner.

Je m'emballe très certainement. La rancœur me fait voir les choses plus sombres qu'elles ne le sont, car nous eûmes de vrais beaux moments. Notre idylle dura cinq mois et, malgré toute ma colère envers les Mathieu, je garde en moi ces souvenirs brillants, ces quelques pépites perdues dans mon torrent de larmes. Je suis une orpailleuse de bonheur.

Parmi les innombrables folies de la femme amoureuse, l'une d'elles est franchement ridicule : comment croire que la femme trompée ne devine rien ? Pendant cinq mois, j'ignorai sa présence malgré les traces visuelles et olfactives. Mais une femme sent et sait.

Il était illusoire de croire qu'Isabelle ne se rendrait compte de rien. Voler son homme dans son nid était une erreur grossière, une façon explicite de lui signaler l'adultère. Tout convergeait vers cela. Les serviettes encore humides le soir, les draps froissés chargés de mon odeur et de mon miel, le comportement absent de son mari, sa libido en baisse.

Alors, un mardi, elle déboule pendant le spectacle.

Je me souviens de la porte qui s'ouvre. Je la vois entrer, je suis en levrette, le museau à quelques centimètres de leur photo de mariage. Je vous jure que cela fait un drôle d'effet.

La surprise passée, Mathieu me repousse et me renie sans même attendre le premier chant du coq. Il m'accuse d'avoir voulu le pervertir. Il dit à sa femme que je veux détruire leur couple et que je manœuvre ainsi depuis des mois. Il jure, il témoigne, il certifie, il gesticule, il crache. Qu'il n'a rien voulu. Que je l'ai pratiquement forcé. Que c'est une putain d'erreur. Que je ne suis rien pour lui. Il s'appesantit sur ma jeunesse relative et plaide l'attraction purement physique. Il n'y a aucun sentiment entre nous. Il parle du syndrome du « coup d'un soir », et moi, j'accuse le coup.

Il parle de sa pression au boulot, de cette vie de famille qui s'emballe, trois gamins, c'est épuisant. Et puis la crise de la quarantaine qui pointe son nez. Mais que tout ça, c'est terminé. Cela lui sert de leçon. Il autodéclare notre histoire comme un « avertissement sans frais ». Il comprend. Sa vie est avec sa femme, son amour de toujours. Cet « incident » lui remet les idées en place. Cette « sortie de route » lui permet de distinguer l'important du « futile ». Il ne glissera plus par inadvertance. C'est promis. Il l'aime. Sincèrement. Tout peut recommencer comme avant. On agite tout, on secoue et je disparais comme par magie. Dans l'idéal, je n'ai jamais existé. D'ailleurs, il veut bien lui acheter un bijou. Pas pour compenser, il sait la peine qui lui a été infligée, mais pour renouveler ses vœux. C'est bien, ça, le renouvellement des vœux. C'est un peu comme l'absolution des péchés chez monsieur le curé. Un *Je vous salue Marie* et deux *Pater Noster* et le tour est joué, on ressort tout neuf. « Et si nous partions aux Canaries ? »

Bref. Il fait tant et tant qu'il ressort blanchi.

Je suis la seule et unique coupable. Désignée putain du quartier, aguicheuse, voleuse de mari, passant du statut de fille mère à guère mieux : une femme sans morale, une vraie menace pour l'harmonie du quartier.

Il migre dans l'équipe du soir et ma tante me passe un savon millénaire. Elle me dit qu'il faut que je me tienne à carreau avec les employés. Elle me rappelle que si je veux un jour diriger cette société, il est impensable d'avoir ce genre de comportement. Elle finit par avouer qu'elle a de sérieux doutes sur mes capacités. Que vont penser les autres hommes ? Et les femmes ? Qu'aurait dit mon père ? Elle me regarde longuement puis lâche que l'équilibre fragile de sa coopérative peut très bien être menacé par de telles conneries. Elle se demande ce qu'elle va faire de moi maintenant. Elle monologue comme une maîtresse devant une écolière et je ne sais plus où me mettre.

J'ai toute la vallée contre moi et pour une fois, pas grand-chose pour ma défense.

Je culpabilise. On ne devrait jamais culpabiliser pour une histoire d'amour. C'est enfermer la rare beauté du monde dans une boîte. Être un peu heureuse, est-ce vraiment trop demander ?

Ce fut une période humiliante.

Pourtant, l'histoire était belle et je suis persuadée que Mathieu m'aimait sincèrement. Je l'ai vu dans ses yeux et les phéromones ne mentent pas. Il a juste été lâche, comme le sont les hommes, attachés à leur confort, leurs habitudes et leur sainte Trinité : épouse — boulot — enfants.

On dit que les hommes mariés ne quittent jamais leur femme. Le mien m'a pourtant abandonnée enceinte, mais il est vrai que nous n'étions pas mariés. J'ai l'impression de payer pour les autres. J'ai dû naître avec un mauvais alignement des astres.

Je n'ai même pas ressenti de colère pour ce Mathieu-là. Juste du dégoût et du mépris. Je lui en voulais d'avoir nié l'évidence, d'avoir rejeté le beau. Il s'en sortait bien : il m'avait sautée pendant quelques mois puis avait retrouvé sa bonne femme. Moi, j'avais perdu beaucoup de choses, et notamment cette timide confiance en moi qui germait doucement. Mon renouveau à la vie fut de courte durée. Après un long hiver, une nuit encore plus froide s'annonçait. Les hommes, on en retire plus de souffrances qu'autre chose.

Nous parlâmes peu avec ma mère de cette histoire. Sans doute la pudeur d'une relation mère-fille. Les rares fois où je voulus effleurer le sujet, elle l'éluda d'un geste de la main. « Je ne m'intéresse pas aux ragots, ma fille. L'essentiel, c'est que tu sois heureuse. »

Mais heureuse, je ne l'étais pas. Léo fut un excellent dérivatif à son silence et à ma peine.

J'en parlai à Sarah.

— Les hommes mariés sont tous des salauds. Fallait t'imposer davantage, aller voir sa femme avant qu'elle ne vienne te voir !

— Je n'allais pas foutre en l'air son couple sans son consentement quand même...

Elle leva les yeux au ciel.

— Tu es trop gentille ! Maintenant, c'est toi qui es dans la mouise. C'est toi qu'on montre du doigt. Tu serais allée la voir, c'est elle qui serait partie.

— Je ne pouvais pas faire cela à Mathieu.

— Il s'est gêné, lui, peut-être ?

À vrai dire, je ne savais plus quoi penser. Avais-je été trop gentille ? Aurais-je dû être davantage vindicative ? Je ne me reconnaissais plus. J'étais dans un brouillard. Moi la fonceuse, je laissais les événements prendre les commandes.

Un dimanche soir, alors que j'étais dans le salon, hypnotisé par les flammes de la cheminée, j'ouvris un album de photos de mon enfance. Je tombais sur un cliché de Mathieu et moi, au mariage d'amis de mes parents. Lui, tout sourire dans son joli costume de velours, moi dans ma robe de fête en train de le regarder.

Cette fois-ci, je ne ressentis rien.

Je sus alors que j'étais sur une mauvaise pente.

Deux mois plus tard vint l'épisode des chats et ce fut la goutte de trop. Léo était au CP. Un jour, sa maîtresse nous convoqua. Il s'était passé quelque chose de grave dans sa classe. Un élève, un autre petit Mathieu, avait raconté à ses camarades qu'il capturait des chats et les étouffait dans un sac plastique.

Impressionnés, deux enfants avaient raconté ça à leur mère qui, aussitôt, avait alerté l'institutrice. Cette dernière avait déjà remarqué d'autres troubles du comportement chez cet enfant. Une assistante sociale intervint. Le pauvre garçon vivait dans un contexte social compliqué. Au fond du jardin, derrière un cabanon qui servait à entreposer des outils, les services sociaux trouvèrent les cadavres décomposés d'une dizaine de félins.

Mathieu fut interrogé par un pédopsychiatre et il disparut de la circulation. On raconte qu'il fut placé dans une institution spécialisée du côté de Lyon.

Cette histoire éclipsa les ragots à mon encontre. Les parents s'offusquèrent et trouvèrent une autre mère comme bouc émissaire, une nouvelle responsable de la décadence de notre civilisation. Elles recommencèrent à me parler, comme si ma parenthèse adultérine était absoute par un drame encore plus glauque. Nous vivons dans l'instantanéité : seul le dernier événement fait loi. Nous sommes une civilisation de poissons rouges vivant dans un aquarium grand comme trois rues. À chaque nouveau tour, nous oublions. Après tout, c'est sans doute mieux ainsi.

Sauf que moi, je n'oubliais pas. Je fis mes comptes. Trois Mathieu : deux lâches et un psychopathe.

Curieuse coïncidence, quelques jours après, je tombai sur un article parlant de Reborn Corpus. Une photo de mon ancien amoureux prenait le quart de la page. Il portait un costume trois-pièces bleu foncé élégant et posait dans un bureau richement décoré. Son visage avait mûri et il avait dans le regard cette assurance des puissants. Je ne l'avais pas revu depuis sept ans et je me surpris à balader un doigt sur le papier. Mon cœur s'emballa, je m'assis et restai plusieurs minutes, interdite, devant sa photo, à scruter ce visage à la fois familier et nouveau. J'eus alors une irrésistible envie de le revoir. Devant sa photo, tout redevenait soudainement possible. Je tentai de le contacter.

— Pourriez-vous me passer Mathieu ?

— C'est de la part de qui ?

— Amandine. Une amie. C'est personnel.

Et invariablement la même réponse : « Il n'est pas disponible pour l'instant. »

Je réessayai une dizaine de fois, me faisant passer pour quelqu'un de la famille, pour une journaliste et même pour une future cliente, impossible. Ses secrétaires, tels des cerbères gardant son royaume, finissaient toujours par me raccrocher au nez. À croire qu'elles me reconnaissaient et avaient reçu une consigne. Il ne voulait plus me voir, il avait définitivement enterré son passé. Il fallait que je l'admette.

Alors, progressivement, sournoisement, une rage morbide m'envahit. J'avais déjà supporté trop de chocs. Ma raison ne pouvait en souffrir davantage.

Je compris alors ma mission sur Terre : je me fis Jeanne d'Arc et partis en guerre contre les Mathieu.

20

Je me remis à fumer, libérant cette double folie destructrice : porter à la bouche la cigarette fatale à mes parents et inhaler le tabac, ce grand complice du cancer. On se tue bien mieux avec une arme connue. Je voulais me dérober à la vie, me suicider moralement et physiquement.

La mort avait gagné, mais sans panache : c'est moi qui me livrais à la Camarde. J'étais Vercingétorix déposant les armes devant César : « Vas-y ma vieille, fais ton office. »

L'homme est un être doué pour l'autodestruction : que l'on parle d'un cœur, d'un corps ou d'une civilisation entière, il sait faire. Malheureusement, malgré toute la bonne volonté du monde, cette douleur ne suffit pas à me tuer. Par deux fois, j'essayai d'attenter à ma vie sans succès. Au dernier moment, un je-ne-sais-quoi de divin, un puissant instinct de survie ancestral m'empêcha de finaliser le geste. Las, je sombrai alors dans une profonde dépression, un tourbillon de conneries accentué par la fréquentation de Stéphane, mon directeur financier.

Stéphane était un Don Juan professionnel et je devins son partenaire de chasse.

Le sexe est une excellente thérapie pour oublier notre vaine condition de mortel et s'illusionner sur notre fugace vitalité. Quoi de mieux que de simuler la création de la vie pour oublier le néant de l'au-delà ?

Cela doit remonter du plus profond de notre être, un mode de survie où nos aînés préhistoriques, entourés de dangers et persécutés très tôt par la mort, se reproduisaient frénétiquement pour assurer la survie de l'espèce. Face à la maladie, au deuil, aux accidents de la vie, ce gène ancestral reprend le contrôle pour permettre, égoïstement, l'immortalité de nos gènes fondateurs. Faire l'amour est un gros doigt d'honneur à la mort. Et les premiers mois, cette paillarde condition me fit du bien.

Stéphane était le coq du poulailler. Il incarnait le sombre côté de l'effet Coolidge. Il arrivait au bureau vers huit heures, vérifiait les messages urgents, visait l'agenda de la journée et donnait quelques consignes à son assistante. Puis, il faisait le tour des étages pour saluer ses équipes. Le but inavoué était de saluer ses maîtresses savamment réparties dans la tour. Jamais deux dans le même service, jamais plus de deux sur le même étage. Stéphane a toujours milité pour le cloisonnement de ses amantes : chacune devait se sentir unique et croire à l'exclusivité de ses bons soins. Sans doute devaient-elles se poser quelques questions, se douter qu'un homme si haut placé et si charmant ne se contente pas d'une seule femme. Mais rien dans son comportement, rien dans ses propos ne pouvait justifier le contraire.

Une fois qu'elles étaient enrôlées dans son escouade lubrique, il leur parlait le moins possible de choses personnelles afin d'éviter les nécessaires incohérences liées à une vie amoureuse multiple. Pour cette même raison, il ne choisissait que des femmes mariées, mères et globalement fidèles en couple, afin d'éviter les désagréables supplications de la femme amourachée qui tente de s'incruster durablement dans la vie d'un homme.

Il avait tout plein de théories plus ou moins abracadabrantesques sur le genre féminin. Sa préférée concernait les tranches d'âges propices à la luxure. Selon lui, entre trente-sept et quarante-cinq ans, les femmes étaient des cibles faciles. Généralement désillusionnées par une dizaine d'années en couple, elles avaient élevé leurs progénitures avec tendresse et dévotion. Maintenant que la marmaille était à peu près autonome, elles regardaient la grande Horloge et repensaient à leurs rêves d'adolescentes. Qu'avaient-elles vraiment fait de leur vie ? Que restait-il de leurs délicieux rêves ? Quid de l'Amour éternel ? Que penser réellement de la fidélité ? Pourquoi la passion amoureuse s'était-elle sournoisement transformée en tendresse ? Leurs maris allaient-ils voir ailleurs ? Était-ce pour cela qu'ils les regardaient moins ? Leurs fesses ramollies étaient-elles la cause de tout cela ? Étaient-elles encore capables de plaire ? De séduire ? D'aimer ?

Elles relisaient alors *Anna Karénine*, *Madame Bovary* et *Le Lys dans la vallée* d'un œil différent. Elles trouvaient soudainement des excuses à toutes ces héroïnes. Leur vision des choses avait évolué. Elles envisageaient le monde de façon plus nuancée et moins idyllique. Elles osaient enfin dire non ou dire oui.

Une relation extraconjugale sans conséquence ne pouvait que leur donner l'énergie nécessaire pour supporter le train-train quotidien et les multiples responsabilités familiales que l'homme, dans sa lâcheté quotidienne, leur déléguait bien volontiers. Alors, quand Stéphane, un bel homme, discret et puissant, leur proposait la chose, elles hésitaient pour la convenance puis s'abandonnaient pour ressentir de nouveau ces frissons oubliés. C'était leur jardin secret. Juste une fois ou deux, se disaient-elles. Ce serait le ciment qui consoliderait l'édifice brinquebalant du couple et leur permettrait de supporter leur lourde charge mentale. Le faire tant que c'était encore possible.

« Midi vingt-cinq dans mon bureau » : le lundi, généralement pour une fellation, exécutée de main de maître par son avocate.

« Dans dix minutes aux archives » : la responsable ne travaillait que les après-midi et Stéphane utilisait cette salle au sous-sol comme un lupanar matinal. Les différentes caisses de rangement offraient un décor à géométrie variable, avec des plans de hauteurs différentes, topographie propice à tester mille et une positions souvent impossibles dans un lit conventionnel.

« Dix-neuf heures à la laverie » : c'était l'horaire des quadras qui se défonçaient au boulot et qui pouvaient aisément justifier ces horaires tardifs à leur conjoint par des salaires élevés. Il adorait les prendre sur les larges machines à laver industrielles en leur soufflant quelques grossièretés bien choisies. Ça les défoulait, après une journée stressante. Les mots crus, la chaleur ambiante et le lourd mouvement continu des tambours pimentaient considérablement ces monotones levrettes vite faites, mal faites, le pantalon encore sur les genoux et les deux mains agrippées à leur chevelure ou à leurs hanches.

Constatant ma déprime, Stéphane m'enrôla. Son jeu addictif me fit prendre une, puis deux et pendant quelques mois jusqu'à trois maîtresses simultanément.

Durant son « tour de poulailler », il demandait à voix basse et convenue : « Quelle couleur aujourd'hui ? » Entendez : « Quelle est la couleur de ta culotte ? » Cette question n'était pas du fétichisme ni même un fantasme délicieusement pervers. C'était un passe-temps imaginé par l'esprit libidineux de Stéphane : le jeu des drapeaux.

Vers dix heures, je le voyais entrer dans son bureau, un café à la main. Il se campait, l'air satisfait, devant un large poster représentant les drapeaux du monde. Armé d'un feutre, il dessinait des petites croix sous les drapeaux, dont les couleurs correspondaient à celles des culottes de ses maîtresses.

Il n'avait que des blanches et des noires ? Il rajoutait une énième croix en dessous du drapeau de la Bretagne. Il avait une rouge et une blanche ? Il avait alors le droit de cocher, au choix, un des nombreux drapeaux constitués de ces deux couleurs : le Canada, la Suisse, le Pérou, etc. Si, par chance, trois de ses maîtresses arboraient des culottes bleue, blanche et rouge, alors il gagnait, par exemple, les drapeaux américain, chilien ou français.

Après m'avoir enrôlé, il passait la tête dans mon bureau et me demandait ma récolte d'un hochement de tête convenu. Je me prêtais volontiers à ce petit jeu et il jubilait : ensemble, nous avions trois, quatre, parfois cinq couleurs différentes. On pouvait alors cocher la Corée du Sud ou le drapeau des Seychelles qui, avec ses cinq couleurs, était le Saint-Graal qu'il n'avait jamais pu s'offrir tout seul.

Il y avait encore beaucoup de drapeaux non cochés et paradoxalement cela le réconfortait. Quelque part, il se disait que quand le poster serait terminé, il n'aurait plus grand-chose à attendre de la vie. Une version colorée de la boîte de Pandore où l'espoir restait enfermé dans quelques couleurs improbables.

Stéphane faisait une fixation sur la couleur verte, présente sur la plupart des drapeaux africains et du Moyen-Orient. Mais en France, le vert est malheureusement absent des collections de lingerie féminine. Je parle ici de lingerie fine, arme de séduction massive, délicatement manufacturée en France, pas de ces vulgaires culottes en polyamide fabriquées en Chine au mépris de nos traditions séculaires d'élégance. En conséquence, le ventre mou de son poster restait vierge de croix. De temps en temps, il me demandait mon avis sur la teinte d'un bleu-vert : que de discussions devant un bleu tiffany, un bleu sarcelle ou un bleu paon ! Je finis par lui offrir un nuancier qui devint notre arbitre officiel.

Un jour, Stéphane vint me trouver, l'œil brillant.

— Je sais enfin pourquoi le vert n'existe pas en lingerie.

— C'est à cause de Molière ?

Il me regarda avec le sourcil soulevé de celui qui ne comprenait pas de quoi je parlais.

— Molière est mort sur scène, tout vêtu de vert. C'est pour cela que depuis cette couleur est interdite au théâtre.

Il écarta mon histoire sans même l'écouter.

— Non, ce n'est pas ça...

Intrigué, je levai les yeux de mon dossier.

— Au XVIe siècle, le peintre italien Véronèse a inventé une variante du vert tirant sur le jaune, une sorte de vert d'eau, que l'on appelle d'ailleurs aujourd'hui le vert Véronèse.

Tant d'érudition me surprit de la part de Stéphane. Je posai mon stylo et le dévisageai.

— Rapidement, la bourgeoisie italienne devient dingue de cette nouvelle couleur. C'est un incontournable dans la mode, y compris pour les sous-vêtements.

Stéphane me fit un clin d'œil. Je ne comprenais pas où il voulait en venir.

— Et alors ?

— Il faut savoir qu'en 1570, cette teinte est obtenue avec de l'arséniate de cuivre ou du cyanure, deux poisons très violents. C'est une véritable hécatombe. Les Italiennes, surtout celles dont le tissu est en contact avec les muqueuses, meurent dans une lente agonie.

— C'est horrible !

— Et au printemps suivant, ces pigments sont bannis pour des siècles de l'industrie vestimentaire.

C'était certes intéressant, mais la joie de mon collègue me semblait exagérée. Il ajouta :

— Aujourd'hui, le vert est obtenu à partir de pigments azoïques inoffensifs. Mais le souvenir reste là, enfoui au plus profond de la mémoire des teinturiers. Cette peur gravée à jamais se transmet de génération en génération, comme la peur de la peste ou du choléra.

Je hochai la tête. Effectivement, cela pouvait expliquer pourquoi aucune de nos maîtresses n'avait de string ou de tanga vert. Mais que faire? Renoncer à tous les drapeaux africains et au brésilien? Son œil pétillant me confirma qu'il avait une idée.

— Et alors?

Stéphane fit le tour de mon bureau et me prit des mains le registre des clients.

— J'ai bien réfléchi à la question. Patrick C., le patron de la marque de lingerie, est notre client. Je crois que l'an dernier, on lui a fait un prix pour sa femme et sa maîtresse, non?

— Peut-être.

— Je vais le contacter pour lui demander de créer un modèle vert. Il ne peut pas nous refuser ce petit service, non?

Je regardai Stéphane, ébahi. Sans attendre mon accord, il nota les coordonnées de Patrick et repartit en sifflotant.

Effectivement, quelques mois plus tard, les culottes vert Véronèse commencèrent à apparaître. Dès lors, nous espérions chaque jour, excités comme des collégiens, trouver ce vert dans notre tournée de poulailler.

Vert, couleur de l'espérance.

21

Ce fut une période confuse et sans le soutien de ma mère, je ne sais quelle bêtise j'aurais pu réellement commettre. Elle m'écouta beaucoup, me regarda m'agiter et bâtir des plans sur je ne sais quelle comète. Elle ne me jugea pas. Elle comprenait ce besoin viscéral d'évacuer mon dépit sous forme d'un fiel nauséeux envers les Mathieu. Elle m'entoura de tout son amour, un filet de secours qui m'empêcha d'aller trop loin.

À la coopérative, Brigitte me muta à la logistique. Il s'agissait de planifier les allées et venues des camions venant chercher les fruits et légumes. C'était un boulot de planqués, loin de l'agitation joyeuse des ateliers. L'ambiance était franchement sordide comparée à celle du triage. Je partageais le bureau avec deux autres personnes. Un vieux monsieur à deux ans de la retraite qui avait une productivité d'escargot anémique. Et un ancien routier handicapé suite à un accident qui passait sa journée au téléphone à prétendument « résoudre » des minicrises d'approvisionnement. À l'écouter, la coopérative ne tournait que grâce à lui. Inutile de préciser que je discutais peu avec ces deux-là.

De neuf heures à dix-sept heures, je devais recevoir les prévisions de production de la semaine suivante, les croiser avec les demandes des clients et optimiser au mieux les chargements des camions en fonction des destinations et des produits.

C'était vaguement intéressant le premier mois, mais cela devint très vite routinier. Au bout de trois mois, je maîtrisais mon affaire en quelques heures et pouvais m'occuper à autre chose. Dans d'autres circonstances, j'aurais certainement réclamé plus de travail. J'aurais probablement cumulé ce poste avec un autre. J'aurais montré à ma tante une appétence professionnelle différente. Mais là, j'avais besoin de temps pour moi. J'avais besoin de ronger mon os, de ruminer ma vengeance. J'avais une haine en moi qui paralysait mon énergie positive. Je devais d'abord régler ce problème.

Mon bureau était au fond, face à la porte. Ainsi protégée des regards indiscrets, je passais pas mal de temps sur mon ordinateur à faire des recherches pour ma petite quête vengeresse. J'avais une théorie.

Si je voulais éradiquer les Mathieu de la surface du globe, il me fallait effacer ce prénom des éphémérides. De nos jours, aucun parent ne choisit « Judas » ou « Adolf » pour son bébé. Les forfaits de leurs sinistres représentants ont banni pour des générations entières ces noms de baptême. Voilà mon idée de génie : je devais réussir à faire la même chose pour les Mathieu. Qu'une mère choisissant ce prénom ait à se justifier auprès des proches, qu'elle subisse les regards soupçonneux des voisins et l'indignation de la foule anonyme.

Que l'on écrive des pièces de théâtre sur ce prénom et qu'il soit marqué d'infamie pour les siècles à venir.

Je relus les quatre Évangiles. J'étudiai avec passion les différentes polémiques autour de l'Évangile selon Judas, découvert en 1978 puis perdu, retrouvé, volé, vendu, racheté, reperdu et finalement partiellement restauré et conservé à Genève.

Petit à petit, je me forgeai une conviction. L'apôtre Matthieu n'était qu'un usurpateur, un disciple vénal et cupide. C'était lui qui avait trahi Jésus et fait porter le chapeau à ce pauvre Judas. Voici peu ou prou l'histoire que je racontai un soir à Sarah, qui s'étonnait de me voir si taciturne ces derniers temps.

Elle me servit un deuxième Ginger Leil, notre cocktail préféré (rhum, vodka, miel).

— Avant de rencontrer Jésus, Matthieu était un percepteur des impôts. C'était l'intello de la bande : il parlait parfaitement le grec et l'hébreu.

— Ça ne veut rien dire. J'ai connu un jour un intello, style lunettes rondes et crâne dégarni ; et bien au lit, c'était une vraie affaire, me répondit Sarah en gloussant.

Sarah avait une fâcheuse tendance à tout rapporter aux garçons. Mais je l'aimais justement pour cette fraîche insouciance. Je balayai l'argument d'une main.

— Là, je pense que tu aurais été déçue. Il ne parlait que d'argent. C'était son obsession.

— Pouah !

— Attends ! C'en est même suspect. Dans son Évangile, il est le seul à mentionner les trente pièces d'argent que Judas aurait reçues en récompense.

— Comment le savait-il ?

— Mystère, fis-je en plissant les yeux. Ressers-moi un autre Ginger Leil...

Tandis qu'elle concoctait l'élixir délicieusement ambré, j'ajoutai sur le ton de la confidence.

— Son histoire de Judas n'est pas crédible. Judas avait fait vœu de pauvreté et son désintérêt était total. C'est d'ailleurs pour cela que Jésus lui avait confié le rôle de trésorier !

— Mort de rire ! s'esclaffa Sarah. On dirait que tu parles d'une association...

— Avec ses compétences, Matthieu aurait dû tenir les cordons de la bourse. Mais si Jésus ne l'a pas choisi, c'est qu'il a senti, dans sa grande clairvoyance, sa cupidité. C'est sans doute pour cela que Matthieu a dénoncé Jésus. Par vengeance.

— Attends, juste parce qu'il n'a pas été nommé trésorier de leur association ?

— Parce que Jésus n'avait pas confiance en lui. Par jalousie.

La jalousie, ça lui parlait.

— ... et il a fait porter le chapeau à Judas de qui il était jaloux ?

— Exactement. C'était un gars cupide et rancunier.

Elle regarda en l'air comme pour chercher l'inspiration.

— Attends, ça me fait penser à Benjamin !

— Lequel ? Le grand brun du Touquet ?

— Non, tu sais, le blondinet maître-nageur à la piscine. Celui qui a refusé de me payer mon ticket de bus...

Je lui parlais d'Histoire avec un grand H. Si l'on commençait à passer en revue tous ses ex... Agacée, j'ignorai cette perche tendue et bus une nouvelle gorgée.

Elle avait eu la main lourde sur la vodka, le cocktail était déséquilibré.

— Toujours est-il que Matthieu dénonce Jésus et accuse Judas. Judas, humilié et complètement déprimé par l'arrestation de Jésus, ne trouve rien de mieux à faire que de se pendre.

— Ce qui renforce sa culpabilité aux yeux des autres !

— Exactement.

Elle siffla.

— En fait, ton Judas c'est un peu le Lee Harvey Oswald de la Bible. Le prétendu assassin de JFK, mais qui meurt rapidement pour qu'on ne découvre pas la vérité.

Je terminai mon verre et aspirai bruyamment par la paille.

— C'est génial ça ! Je note…

La tête me tournait. J'étais avec ma copine, entourée de gros coussins moelleux. Nos corps flottaient joyeusement. J'étais bien, mais je la sentais encore sceptique. Elle n'adhérait pas totalement à ma croisade et prenait le sujet à la légère. J'en rajoutai.

— Attends, ce n'est pas fini (ressers-moi un verre, j'adore le miel) : quand il avait vingt ans, Matthieu était amoureux d'une voisine, très belle, de quatorze ans.

— Ah bon ? fit Sarah soudainement intéressée. Elle était un peu jeune. Il a couché avec, ce salaud ?

— Non. Justement. Ses parents l'ont mariée à un riche marchand roux de Cana.

— Qui ? Matthieu ?

— Non, la voisine !

— Oh non ! cria presque Sarah en rigolant. Tu ne vas pas me dire que…

— Si ! Son aversion pour les roux date de cette époque. Judas était roux ; c'est pour cela qu'il l'a choisi parmi les autres disciples : pour se venger.

— C'est n'importe quoi ! Moi j'ai toujours trouvé les rousses très charmantes. Tu te souviens de Caroline en sixième ?

— Non.

— Si ! Caroline ! Une petite rouquine, très fluette. Un jour, elle est venue teinte en brune. C'était naze, surtout avec ses taches de rousseur.

Cette désinvolture m'agaça. Je lui racontais un truc important, une affaire qui me tenait à cœur, et elle rebondissait sur des futilités. Qu'est-ce qu'on en avait à faire de la coiffure d'une camarade de classe de sixième ?

Je mis cela sur le compte de son ivresse.

— N'empêche que sa combine a bien fonctionné, car deux mille ans après, Judas est toujours le coupable officiel.

— Pour ce que ça change ma vie...

Je reposai mon verre et haussai le ton.

— Tu ne peux pas dire ça, Sarah ! C'est important. Si Matthieu a triché, si c'est lui qui a dénoncé Jésus, il faut le faire savoir. C'est une grande injustice ! Il faut que le Vatican reconnaisse toute cette affaire et que l'on raye les Mathieu des calendriers. Que l'on bannisse ce prénom ! Maintenant !

Sarah pouffa.

— Faut aussi bannir les Philippe à cause de Philippe le Bel et les Louis à cause de Louis XI. Enfin, pour ne retenir que les plus barrés...

C'est vrai que ma copine avait fait des études d'histoire. Je n'avais pas choisi la confidente la plus complaisante.

— Pourquoi?

— Louis XI était très cruel. Par exemple, le jour où il décapita le duc de Nemours, il plaça ses enfants sous l'échafaud pour qu'ils soient aspergés par le sang de leur paternel.

— Beurk!

— Et Philippe le Bel enferma ses trois belles-filles soupçonnées d'adultère et écorcha vif leurs amants. Sans parler de l'ordre des Templiers qu'il détruisit.

Sarah m'agaçait avec ses chipotages. Je ne voulais pas recenser tous les méchants de l'histoire, juste les Mathieu. La soirée tournait au vinaigre. Il était évident qu'elle n'avait pas compris l'importance de cette vendetta. J'aurais pu lui répondre que comparer Louis XI à Judas était un travers typiquement franco-français. Une façon de se regarder encore le nombril. Qui, en Australie ou en Argentine, connaissait Louis XI? Alors que la soi-disant fourberie de Judas était mondialement célèbre.

Mais la tête me tournait et les forces m'abandonnaient. Je n'étais plus vraiment en état de soutenir une conversation structurée.

Les jours suivants, j'écrivis une longue lettre expliquant toute ma théorie. Je voulais demander une audience papale, car seul le pape avait autorité pour réhabiliter puis canoniser Judas. Au bout de deux semaines, j'en étais déjà à treize pages plus vingt-sept d'annexes. J'avais tout annoté, tout référencé, les indices, les preuves, les passages compromettants des Évangiles. C'était un vrai bijou. Une minithèse que n'aurait pas reniée un professeur de théologie. Mais que pouvais-je faire toute seule?

Comme je ne pouvais pas compter sur Sarah, il me fallait le soutien actif de ma mère. Elle connaissait parfaitement ma bataille et n'avait jusqu'alors montré que peu d'intérêt pour mes activités. J'avais beau raturer au feutre noir chaque occurrence de Mathieu que je trouvais dans un livre ou dans un magazine, elle ne réagissait pas. Elle considérait que cela faisait partie de ma thérapie.

Je lui proposai maintes fois de relire ma lettre, mais elle avait toujours un prétexte. Elle n'avait pas le temps, elle avait perdu ses lunettes, elle était trop fatiguée...

Et puis un jour, après m'avoir surprise en train de jeter ses disques de Mireille Mathieu, elle mit le holà à cette folie. Elle récupéra ses disques dans la poubelle et me demanda ce que je planifiais exactement.

C'était un samedi soir. D'habitude, elle regardait une émission de variétés à la télévision. Pour la première fois depuis des années, le poste resta éteint. Je lui résumai ma lettre-thèse. Elle posa des questions pendant une grosse heure. Puis, je passai au plan d'action. J'avais déjà le nom d'un hôtel à Rome, pas trop cher, et le parcours en train. Je m'étais renseignée. Aucune chance d'avoir une audience papale avant et pendant Pâques. Je visais donc le mois de mai. À en croire l'anthologie papale de Carlos Jose-Miguel Pilar-Pilar Gonzalez de Benitez, il paraît que c'était la meilleure saison pour cela.

Ma mère prit le temps de m'écouter. Elle ne m'interrompit pas, ne me sermonna pas. Elle ne m'expliqua pas l'inanité de mon entreprise ni ne chercha à me faire renoncer. Elle aurait pu parler de passé, de futur, d'espoir et de pardon, me démontrer la stérilité de ma démarche. Rien. Elle m'embrassa sur le front comme à son habitude, me dit que tout cela était fort instructif. Elle m'emprunta la lettre et partit se coucher. J'étais contente et soulagée de lui avoir raconté tout cela ; j'avais mon alliée.

Au petit matin, elle m'annonça une grande surprise.

— Je n'ai pas d'objection à ton audience papale. Qui ne tente rien n'a rien. Mais avant, si tu le veux bien, je t'emmène en voyage.

— Où ça ? fis-je, étonnée.

Depuis la naissance de Léo, nous n'étions jamais allées plus loin que Chantebrie-les-Remparts. Et, de fait, depuis la mort de mon père, nous n'étions jamais parties en vacances toutes les deux. Elle n'esquissa qu'un sourire, mais l'on connaît la magie qui se cache derrière les sourires de grand-mère.

Tout alla très vite. Ma tante Brigitte garda Léo et nous partîmes, le mois d'après, pour un voyage en train à travers les Highlands d'Écosse.

Le trajet dura huit jours. Sans doute les huit plus beaux jours de ma vie.

22

Je le reconnais aujourd'hui : ce jeu des culottes était parfaitement malsain et cette compétition phallocrate tout à fait débectable.

Du temps de Sophie, jamais je n'aurais imaginé un tel machisme de ma part. Comme quoi, la dualité de l'homme est latente. Les évènements d'une vie et l'influence de l'entourage sont des catalyseurs de perversité.

Je n'en veux pas à Stéphane de m'avoir attiré dans son tourbillon grivois. À cette époque, je subissais le contrecoup de la mort de mon épouse ; le sexe était une drogue comme une autre qui anesthésiait mon âme et soulageait mes peines.

D'ailleurs, ce brillant directeur financier était lui-même l'esclave de ses passions et pour éviter de trop ruminer, il se construisait une logique cohérente. Souvent il me rappelait que toutes ces femmes étaient mariées, consentantes et donc également fautives. C'était ignorer la tentation qu'il générait, les rapports de pouvoir biaisés, les faux espoirs, les blessures morales et les dégâts familiaux qu'il occasionnait chez ses maîtresses. Il était le pompier pyromane qui, en fin de journée, est sincèrement satisfait du boulot accompli.

Je mis plusieurs mois à comprendre qu'il était un véritable prédateur sexuel. Longtemps je me suis demandé pourquoi je l'avais suivi. Moi qui n'avais rien d'un séducteur. Moi qui n'avais jusqu'alors connu que deux femmes, deux passions.

Était-ce la peur de mourir qui avait déclenché cette fureur de survie sexuelle? Avec le recul, il me plaît de citer Blaise Pascal. Je retrouve dans ses *Pensées* la disculpation de mes errances. *D'où vient que cet homme qui a perdu son fils unique depuis peu de mois et qui est accablé de procès, de querelles et de tant d'affaires importantes qui le rendaient tantôt si chagrin n'y pense plus à présent. Ne vous en étonnez pas. Il est tout occupé à savoir par où passera ce sanglier que ses chiens poursuivent. Il n'en faut pas davantage pour chasser tant de pensées tristes. Voilà l'esprit de ce maître du monde tout rempli de ce seul souci.*

C'était tout à fait cela. Le jeu pour se distraire de ses malheurs. Et Dieu sait si j'étais fou de chagrin. Pascal dit tout parfaitement : *De là vient que le jeu et la conversation des femmes, la guerre, les grands emplois sont si recherchés. Ce n'est pas qu'il y ait en effet du bonheur ni qu'on s'imagine que la vraie béatitude soit dans l'argent qu'on peut gagner au jeu ou dans le lièvre qu'on court ; on n'en voudrait pas s'il était offert. Ce n'est pas cet usage mol et paisible, et qui nous laisse penser à notre malheureuse condition, qu'on recherche, ni les dangers de la guerre, ni la peine des emplois, mais c'est le tracas qui nous détourne d'y penser et nous divertit.*

La « conversation » des femmes me détournait de la mort et de ma peine. Je jouais avec elles comme de la vie. Je jouais pour me distraire. Je caressais ces femmes pour ne pas penser à la mienne. Je leur faisais l'amour pour ne pas rêver au mien. Leurs cris de jouissance remplaçaient mes pleurs. Leur vie occultait sa mort.

Je ne voyais pas la détresse derrière l'adultère. Je n'y voyais que du jeu alors qu'elles y mettaient leur cœur, leur vie, leur rancœur et leur destin. Même dans la tromperie, ces femmes restaient entières, tandis que nous n'étions que duplicité. C'est sans doute là une différence considérable entre nos deux sexes. La femme se grandit dans l'amour, tandis que l'homme l'asservit à ses besoins égoïstes.

Je commençais doucement à refaire surface. Le jeu devenait de plus en plus malsain. Un soir, environ huit mois après mon premier drapeau, j'invitai Stéphane chez moi.

Je n'avais pas l'habitude de mélanger vie privée et vie professionnelle, mais nous venions de clore un excellent trimestre financier et l'euphorie du moment me poussa à prolonger la soirée à mon domicile. Pendant que je débouchais une bouteille de champagne, il fit le tour du salon et tomba nez à nez avec le cerbère blanc.

— C'est quoi cette horreur ?

— C'est un cerbère blanc. Il garde le paradis.

Les yeux pétillants de Sophie me revinrent alors en mémoire. Sa façon de le contempler avec un mélange d'admiration et de gratitude. J'en eus instantanément les larmes aux yeux. Je détournai le regard de mon collègue qui tripotait l'animal.

— Ne le touche pas, s'il te plaît.

— Il a trois têtes !

— Une pour regarder la femme aimée, une pour lui parler et une autre pour l'embrasser, dis-je presque machinalement, tout imprégné du souvenir de ma défunte femme.

Il eut alors un rire putassier.

— Je préférerais avoir trois queues pour baiser trois nanas en même temps !

Cette vulgarité me tira instantanément de la bulle onirique dans laquelle flottait Sophie. Ce fut une claque. Comme si ma conscience se réveillait après plusieurs mois d'absence. Mais qu'est-ce que je foutais avec ce gars ? N'existait-il pas autre chose pour lui que son putain de sexe ? La finesse et l'amour lui étaient-ils à ce point étrangers ? N'avait-il donc aucune dignité ?

J'abrégeai la soirée en prétextant une soudaine migraine. J'avais grand besoin d'être seul et de réfléchir à son influence et à toute cette folie.

Dès le lendemain, je dis à Stéphane que j'arrêtais tout. J'avouai humblement à mes deux maîtresses que mes remords m'empêchaient de continuer l'aventure. Que j'étais encore sous le choc du deuil et que tout cela ne nous mènerait nulle part. Je dus paraître sincère et fragile, car les deux acceptèrent sans trop d'efforts mes conditions. Avec davantage de finesse, j'aurais dû comprendre que ces femmes ne recherchaient pas tant le sexe dans notre relation qu'une tendre complicité. Faire l'amour était pour elles un moyen et non une finalité.

L'amour est un feu qui s'alimente par des activités communes : des voyages, des enfants, des projets.

Poussent alors des stalactites, de véritables fossiles-souvenirs, condensés de passions amoureuses que le couple contemplera au temps futur de la tendresse.

Le sexe, lui, est une passion qui s'évapore, des stalagmites de fumées évanescentes à la lumière du petit matin. C'est du plaisir instantané qui n'imprime rien sur la pellicule de la vie. C'est comme rouler à vive allure sur l'autoroute : une fois arrivé à bon port, que nous reste-t-il du voyage ?

De mes quelques mois de lubricité frénétique, il ne me restait rien. Aucune stalactite à contempler. J'étais vide de passion et d'entrain. Le sexe pour le sexe n'était tout simplement pas la réponse.

Cette période agitée se termina par une sévère remise en question. J'étais toujours inconsolable et, en plus de ma culpabilité, j'avais un nouveau problème sur les bras : que faire de Stéphane ? Pouvais-je cautionner son comportement abject ?

Professionnellement, je n'avais rien contre lui. Un licenciement pour comportement inapproprié ne tiendrait pas deux minutes aux prud'hommes, étant moi-même complice des faits. Je n'avais par ailleurs aucune plainte de harcèlement sexuel le concernant. Laurence, ma directrice adjointe, avait l'air de tout ignorer. J'étais bigrement embarrassé.

Je n'étais pas vraiment en état de décider. Je gardai la question sous le coude en me promettant de la régler dès que j'irais mieux. Je pris quelques jours de repos pour me changer les idées.

Je fis de longues promenades le long de la côte bretonne. C'était plat. Les forêts vallonnées de Chantebrie me manquaient.

Un soir, fourbu par une marche de trois heures, j'ouvris un bourgogne et feuilletai sans conviction des revues, bercé par le bien-être cotonneux de cette côte de Beaune. Un grain de beauté, un détail, une coiffure et le visage d'Amandine surgit alors d'un passé poussiéreux. L'enfance est un radeau sur lequel bien des naufragés de la vie s'accrochent. Qu'était devenu mon amour de jeunesse ? Était-elle mariée ? Était-elle heureuse ? Se souvenait-elle encore de moi ?

De l'eau avait coulé sous les ponts depuis le jour de mon départ. Mais curieusement, son image me revint avec une vive intensité.

Avec les années, j'avais relativisé mon abandon. J'avais même déformé un peu l'histoire pour qu'elle ne blesse pas trop ma conscience. Oui, j'avais fait une connerie et j'étais parti sur un coup de tête. Comme beaucoup de jeunes, j'étais rongé par l'ambition.

De fil en aiguille je songeai à ma vie d'alors, là-bas, dans la vallée. Mes parents, l'école, le collège. Les vacances avec nos deux familles. Nos parents ivres les soirs de banquet et nos moqueries d'enfants. La complicité d'Amandine, son regard amoureux, nos trajets en voiture, cachés sous une couverture sur la banquette arrière. Nos premiers baisers maladroits, nos années lycée passionnées et tumultueuses. C'était le bon temps, celui de l'insouciance.

L'alcool ou la nostalgie me firent monter les larmes aux yeux. Une bouffée de mélancolie me submergea. Je me servis un double whisky. Me prit l'envie soudaine de la revoir. De retrouver celle avec qui j'avais partagé tant de choses.

C'était sans doute la solution. Fermer cette parenthèse parisienne et rentrer enfin au pays. Comme la première fois, choisir l'exil pour fuir mes problèmes. Retourner vivre simplement là-bas, dans la vallée, et renouer avec mon oncle. Ces dernières années, j'avais même abandonné mon coup de fil annuel. Que devenait-il ? J'étais vraiment un cuistre d'avoir ainsi coupé les ponts. Les vapeurs de whisky aidant, je m'excitai sur cette idée : Oui ! J'allais rentrer. Retrouver Amandine sans appréhension, aller simplement vers elle, poser un genou à terre et lui demander pardon. M'excuser d'être parti, d'avoir fui mes peurs et de l'avoir lâchement abandonnée. Dans mon esprit masculin égocentré, il n'était sans doute pas trop tard. Je me voyais tel Ulysse revenant chez lui après une odyssée de vingt ans.

M'attendait-elle ?

Dans l'ivresse nocturne, je m'illusionnais. Un coup de baguette magique suffirait pour faire renaître notre puissant amour adolescent. Encore un whisky.

Je devais retrouver Amandine, me reconnecter à elle et rattraper toutes ces années perdues. Elle avait été mon premier amour, elle serait aussi le dernier. Je m'endormis sur le canapé, bienheureux, souriant à cette belle image, un filet de bave dégoulinant de ma bouche.

23

Je ne savais pas qu'il existait encore des trains semblables à ceux de nos rêves. Des trains mus par une locomotive à vapeur d'époque, rutilante, toute de cuivre et d'acier, qui souffle et qui siffle à l'entrée de chaque tunnel. Une locomotive qui rejette son nuage de vapeur blanche, que l'on observe dans les longues courbes, par la fenêtre.

Ce train n'a que huit wagons. Tous portent un nom délicieux. Le nôtre s'appelle *The Lonely Dragonfly*, la libellule solitaire, celle qui virevolte sur les étangs de lait.

Chaque wagon se compose de trois grandes cabines, chacune d'elle est organisée autour de trois parties.

La nôtre, tout en bois, a des tentures en velours rouge, une table en acajou patinée, des appliques murales Tiffany, deux fauteuils en cuir qui se font face et une large fenêtre par où nous voyons défiler les paysages sauvages d'Écosse. C'est notre coin séjour.

Derrière le rideau, une salle de bains dotée d'une baignoire. Prendre un bain dans un train, la nuit, avec comme seul vis-à-vis la Voie lactée, est une expérience magnifique. Je n'ose fermer les yeux, de peur de rater l'enchantement. Mais je les ferme quand même, lovée dans un bien-être absolu.

La troisième partie de notre wagon est la chambre à coucher. Chez nous, deux lits simples dans le sens de la marche. Le roulis nocturne nous berce, je n'ai jamais aussi bien dormi de ma vie.

Je m'émerveille devant un tel luxe. La voiture-restaurant est un véritable restaurant, service à table avec des jeunes hommes en gants blancs et costume noir. Menus légers et délicieux. Nous sommes immergées au milieu d'autres voyageurs, plutôt des personnes âgées d'un certain standing qui viennent revivre ici un passé idéalisé.

J'adore immédiatement cette ambiance raffinée, le calme, les paysages, le mouvement uniforme, le bruit de fond sourd et rassurant. Moi qui n'ai jamais le temps de lire, je ressens l'envie de prendre un livre, de me laisser entraîner par une autre histoire que la mienne.

Ce train a réponse à tous nos désirs ; le premier wagon est une bibliothèque. Tout en bois, elle dispose d'un rayon de livres français, des classiques. Je choisis un peu par hasard *L'homme qui plantait des arbres* de Giono, mais ne l'ouvre pas encore. Je le serre contre moi et mon esprit s'évade à travers les paysages. Avec de la neige, je me serais presque crue dans le Transsibérien. Un jour peut-être...

Nous partons d'Édimbourg, direction Keith, puis Kyle of Lochalsh, Carrbridge, Rothiermurchus, Dunkeld, Fort William et Arisaig.

En journée, nous nous arrêtons dans quelques petites villes. Les gares sont à l'image du train, hors du temps. Avec des citernes d'eau perchées au-dessus de la voie, des horloges en fer forgé sur les quais. À croire qu'elles ne sont rouvertes que pour notre épopée touristique. On s'attendrait presque à voir des employés en costume d'époque descendre nos valises.

Nous visitons de véritables châteaux de contes, dégustons du whisky d'anthologie dans des distilleries de renom. Ma mère est rapidement pompette, ce qui nous met d'humeur joyeuse. Dans la plateforme d'observation du train, au milieu des tissus écossais et des chaudes boiseries, un guide nous raconte l'histoire fascinante des Highlands. Nous rions, nous frissonnons. De temps en temps, je regarde ma mère à la dérobée. Elle est tout aussi attentive que moi. Elle hoche la tête à chaque ponctuation de notre guide. Ce voyage, c'est son rêve. Je suis reconnaissante envers Brigitte qui nous a offert ce beau cadeau, je suis contente pour ma mère. Je suis contente tout court.

Pendant les haltes, nous sillonnons des ruelles à la rencontre de maisons victoriennes gothiques. Nous buvons du thé dans la *drawing* d'un château hanté. Nous traversons le *Firth of Forth*, le fleuve noir, qui, selon la légende, absorbe les cauchemars et nettoie des sombres pensées. Je pense essayer, mais finalement mes souvenirs, même tristes, me sont précieux. Mes cicatrices font partie de moi. Qu'elles soient douloureuses ne change rien, elles me constituent.

Le soir, nous regardons le soleil se coucher sur ces paysages féeriques. Je souris à la lune. Je prends plaisir à fermer les yeux et ressentir le parfum des boiseries, sentir vibrer en moi les oscillations sourdes de la machinerie, cette locomotive-buffle qui pénètre la nuit de sa monolampe antédiluvienne. Je regarde attendrie ma mère assoupie sur son siège. Je me demande à quoi elle rêve. C'est le moment d'ouvrir *L'homme qui plantait des arbres.* Je lis d'un souffle ce court récit. Je pleure en découvrant les prouesses d'Elzéard. D'une terre aride, il réussit à faire une forêt. Plutôt que de se désespérer de la désolation, il choisit de réenchanter les lieux. D'y planter des arbres et d'y ramener la vie.

Je me lève en pleine nuit, pour marcher toute seule dans ce train en mouvement. Je suis ce fantôme, pieds nus et en robe de nuit, qui arpente dans un sens puis dans l'autre les couloirs vides, qui cherche son équilibre comme une artiste sur un fil et qui réveille sans le vouloir un maître d'hôtel qui s'étonne à moitié de me trouver là. Je ris toute seule dans l'obscurité des couloirs.

Je redeviens petite fille. J'évolue dans un décor de conte. Le lendemain, je prends plaisir à m'habiller élégamment pour un concert de piano où les hommes sont en costume trois-pièces et les femmes en robe de soirée. J'aime sentir le regard courtois de ces vieux messieurs sur mes épaules dénudées, cette admiration nostalgique envers une jeunesse qui ravive le souvenir d'un grain de peau oublié, de cheveux attachés ou d'un sourire volé.

Le soir est un instant privilégié. Nous découvrons le goût subtil de thés blancs écossais, de ceux que l'on déguste à la nuit tombée, accoudé au bar du train, à cette heure où les confidences perlent sans gravité.

Dans la pénombre, j'interroge ma mère sur mon père, sur leur histoire, sur mon enfance. Avec une grande pudeur, dans cette intimité que seuls les lointains voyages savent créer, elle me raconte des choses. Des récits de femmes. Un tableau fait de touches de culpabilité, d'amour et de tendresse. Je découvre naïvement, les larmes aux yeux, que ma mère a aussi été jeune femme. Instants rares. Instants précieux. J'emmagasine les odeurs, les sons, les images. Je déguste mon thé par petites lampées. La fatigue nous prend. Nous traversons en titubant le wagon-restaurant, sans savoir qui, du roulis ou de l'ivresse des confidences, nous déstabilise le plus.

Les rideaux ne sont pas très occultants. Nous nous réveillons tôt.

Le matin, nous prenons le petit déjeuner dans notre wagon. Le soleil est bas, la lumière magnifique. Assis dans nos fauteuils, nous laissons le temps opérer. Et toujours le bruit sourd de la locomotive. Un bruit qui nettoie, qui détache les impuretés des parois, qui vous secoue le ventre comme des vibrations salutaires. Cela fait remonter à la surface des images sépia.

— J'aime cette photo où vous êtes sur le perron de l'église, le jour de votre mariage.

Maman sourit et plonge son regard dans la campagne qui s'effiloche.

— Et dire que ce beau mariage a failli ne pas avoir lieu.

— Comment cela ?

Ses rides s'animent. Les souvenirs, même amers, se polissent avec le temps.

— Quelques mois avant, ton père est allé aux asperges. En plongeant la main sous un buisson, une vipère l'a mordu à la cheville.

— Mon Dieu !

— Il était seul. Il a paniqué. Il s'est mis à hurler. Heureusement, un promeneur dans le coin a accouru.

— Il l'a aidé ?

— On peut même dire qu'il lui a sauvé la vie. Il lui a fait un garrot avec son foulard et l'a porté sur son dos jusqu'à la pharmacie. Si le venin avait atteint le cœur, tu ne serais pas née.

Elle marque une pause.

— Le pharmacien lui a injecté un sérum et il a rapidement été remis sur pied.

— J'imagine que vous avez remercié ce randonneur.

Maman fait la moue.

— C'était Barnabé.

— L'oncle de Mathieu ?

— Oui.

La vie est une canaille. Elle prend parfois un malin plaisir à contredire l'ordre établi. Je n'aime pas Barnabé et je lui en veux pour la disparition de Mathieu. Mais sans lui, mon père serait mort jeune et je ne serais pas née. Quel sens donner à cela ?

— Vous êtes restés en contact ?

— Non, pas vraiment. Même quand tu étais petite et que tu étais tout le temps fourrée chez Mathieu, on ne le voyait pas souvent. C'est un rustre. Un ours. Je l'ai toujours trouvé un peu bizarre. D'ailleurs, il n'a pas cherché à renouer avec nous à la naissance de Léo. Ce n'est pas un comportement normal...

— La vie est parfois cynique, non ?

Elle me regarde, mais ne répond rien.

Derrière nous, les plaines se succèdent et les poteaux téléphoniques rythment le paysage. Une certaine lassitude m'envahit. Je plonge mon nez dans ma tasse de thé et trouve le courage de confesser quelque chose.

— Maman, je sais que je t'ai déçue avec mon aventure amoureuse au travail. Les gens ont parlé...

Elle secoue la tête.

— Il faut être deux pour danser le tango, ma fille. Ce monsieur était tout autant responsable que toi. Mais c'est sûr qu'il était plus commode de te faire porter le chapeau ! Quelle bande d'hypocrites ! Quand ton père était gendarme, il en apprenait des vertes et des pas mûres à propos de tous ces gens. Il n'a jamais rien dit. Il avait une certaine dignité, lui.

Je comprends que cette affaire l'a touchée. Elle poursuit son monologue.

— Ce n'est pas toi qui m'as déçue. Tu es une belle femme et personne n'a le droit de juger ton comportement. Non. C'est l'hypocrisie de toutes ces voisines qui couchent à droite à gauche et jouent aux vierges effarouchées. Si je disais le quart de ce que je sais, ça en ferait du grabuge, crois-moi...

Elle veut ajouter quelque chose, mais finit par tourner la tête. Je vois le reflet de son visage dans la vitre.

— On fait tous des bêtises un jour ou l'autre, ma chérie. La vraie question est : que fait-on avec ses boulets ? Doit-on les traîner toute notre vie ou, un jour, prendre un marteau et les briser en petits morceaux pour passer à autre chose ?

— Ça dépend des bêtises...

— Ça dépend de beaucoup de choses. Ton père aussi a fait sa part de conneries. Crois-moi, ce n'était pas un saint. Moi non plus. Toi non plus. Et alors ?

Elle lève la tête et observe les luminaires de notre compartiment.

— Regarde, il y a une ampoule grillée là-bas depuis le début de notre voyage. Un employé a oublié de la changer. C'est grave ? Est-ce que ça empêche notre train d'avancer ?

Effectivement, une des cinq lampes Tiffany est éteinte.

Je secoue la tête et lui souris. Immédiatement, son visage se transforme. Deux fossettes se creusent et elle redevient jeune. Je lui prends le bras et, sereinement, mère et fille se blottissent l'une contre l'autre.

J'éprouve un plaisir diffus qui me réchauffe. « Le monde est trop laid. Je dois m'attarder sur les quelques parcelles de beauté. » Je repense au livre de Giono, à cet homme qui plantait des arbres. Je souhaite être comme Elzéard. Ne pas en vouloir continuellement au destin, à la terre, au passé, mais me prendre en main et embellir le futur. Je veux consacrer mon énergie à faire le bonheur de ceux que j'aime ; ma mère et mon fils. Voilà mon projet, voilà ma forêt.

Huit jours plus tard, le train retourne à Édimbourg d'où nous reprenons l'avion pour Paris.

Je rentre dans la vallée apaisée, sereine. Sur le bureau de ma chambre traînent les dossiers sur le Vatican, le formulaire des audiences papales et l'Évangile selon saint Luc. Tout cela me paraît si loin.

Je jette le tout à la poubelle. Je suis guérie de ma croisade, Léo n'a que sept ans et nous avons toute la vie devant nous.

24

Au petit matin, j'informe Stéphane et Laurence de ma décision de faire un break. Nous nous organisons, je convoque mes lieutenants et leur délègue mes tâches. Je compte prendre trois mois, peut-être davantage. La clinique tourne bien, le carnet de commandes est plein. Je suis confiant.

Je pense à mon oncle Barnabé. Cela fait tant d'années que je ne l'ai pas revu. Avant, je l'appelais une fois au Nouvel An. J'ai honte.

Je lui passe un coup de fil, son timbre de voix n'a pas changé, mais son débit est celui d'un vieil homme. « Je rentre dans la vallée. » Il n'en revient pas, il pousse des petits cris, me pose mille questions, ne me laisse pas y répondre. Je lui explique que ce n'est qu'une pause, que je compte les revoir, lui et Amandine. Un blanc. Il se racle la gorge et me demande de venir le voir d'abord, il a des choses importantes à me dire. Ça a l'air sérieux, mais il ne veut rien lâcher au téléphone. D'accord, je passerai le voir en premier. J'aurai bien le temps, ensuite, d'aller chez elle. Je ne sais pas ce qu'il a à me dire, mais je suspecte des histoires d'héritage. Il se fait vieux, il doit commencer à y penser. S'il connaissait ma richesse, il ne s'inquiéterait pas.

Je prends mon cabriolet jaune et file sur l'autoroute. Je gamberge. Ça me fera plaisir de le revoir. Je repense à quelques souvenirs, à ses fioles de distillats. A-t-il complété sa collection ? Quand il sera parti, que ferai-je de ses bocaux ? Et de sa vieille maison perchée en haut du village ?

Je roule pendant six heures. Je repense à Amandine, aux premiers mots que je vais lui dire. Je suis impatient. Je repense à notre enfance, à sa tante, à sa coopérative de fruits et légumes. Existe-t-elle toujours ? J'aurais pu me renseigner avant de partir... Je suis trop curieux, tant pis, je change mes plans et décide d'aller voir Amandine avant mon oncle.

J'arrive dans la vallée de Chantebrie en toute fin d'après-midi. Le village n'a pas trop changé. Ici, un rond-point a été emménagé, là, une maison rénovée. Un terrain de foot a poussé et des platanes ont été arrachés. Les volets de Mme Hurette, la commère de mon enfance, sont fermés. Est-elle toujours en vie ? Je fais un bond de vingt ans dans le passé.

Je me gare devant la maison d'Amandine. Tout est encore là, à sa place : la balançoire, le cerisier, la haie de thuyas, la petite niche transformée en cabane. Elle habite toujours ici, cela se voit. Gipsy, le vieux labrador, n'est plus là. M'aurait-il reconnu ? Je me prends pour Ulysse, de retour de son odyssée, après tant d'années retenu dans les bras de Circé. Pénélope m'a attendu. Je le devine, je le sens. Quelque part, je me dis que je l'ai toujours su.

Je frappe trois coups en rythme comme quand je

venais la chercher pour une promenade vespérale. Elle ouvre la porte. Diable! Elle n'a pas changé, ou si peu. Je la reconnais sans difficulté malgré ses cheveux plus courts et sa silhouette amaigrie. Mais son regard est toujours le même, entouré désormais de ridules tout à fait charmantes.

Elle porte un tablier de cuisine sur lequel elle s'essuie prestement les mains. Elle m'accueille en esquissant un très léger sourire, comme si je ne m'étais absenté qu'une petite semaine.

— Entre, je t'attendais.

Sa remarque me surprend.

— Comment ça, tu m'attendais?

L'oncle Barnabé l'a-t-il informée de ma venue?

— Je me doutais qu'un jour où l'autre tu allais revenir. Assieds-toi.

Elle s'efface pour me laisser passer. Je hausse les épaules, entre et prends la chaise qu'elle me désigne. Je m'installe devant cette vieille table en bois, complice de nos goûters mémorables : deux biscuits bruns soudés par une épaisse couche de beurre que nous trempions gaillardement dans de grands verres de lait. S'en souvient-elle? Je souris.

— Je te sers un café?

— Volontiers.

Malgré mes nombreuses répétitions en voiture, je ne sais plus trop quoi dire. La route m'a fatigué. Je regarde, hébété, cette cuisine qui n'a pas changé. Les rideaux à carreaux, les poutres apparentes, les attrape-mouches au plafond. Cette douce quiétude provinciale m'apaise. Ici, le temps s'est arrêté et ma vie parisienne tumultueuse ressemble à un simple rêve. Je suis soudain très las, j'ai besoin de ce café.

Elle fait couler de l'eau, range quelques tasses, prend un couteau de boucher, s'approche de moi et me tranche la gorge d'un geste vif et précis.

« Alors, un doux sommeil tomba sur ses paupières, profond et tout pareil au calme de la mort. »

25

Il me plaît de croire que Léo a eu une belle enfance. Sa grand-mère l'a protégé de mes faiblesses et je l'ai entouré de tout l'amour qu'il me restait.

Enfant, il se contentait d'une réponse évasive, mais à huit ans, il me demanda de lui parler de son père. Je me souviens de son petit air sérieux, de celui qui s'applique à faire des pleins et des déliés, mais en même temps gêné, instinctivement conscient d'effleurer un tabou familial. Je m'étais préparée à cette question qui devint récurrente.

— Ton père était un grand marin. Un des rares qui pouvaient livrer une caisse aux quatre coins du monde, bravant la tempête, les icebergs et la solitude.

— Il a rencontré des pirates ?

— Il en a certainement rencontré... Qui sait ? Il passait de temps en temps par les Caraïbes.

— Il s'est battu ? Il avait un sabre ?

— Non. Il était de la marine marchande. Son métier consistait à livrer des colis par bateau. Mais tu sais, cela demande beaucoup de courage et de mérite, car les océans sont des endroits très dangereux.

Léo me demandait alors de lui montrer les cartes. Je sortais l'atlas illustré et il pointait de son index les routes maritimes que j'imaginais.

— Il partait de Bretagne, il remontait tout le long, là, vers l'Islande, contournait le Groenland par la mer du Labrador...

— Pourquoi ? Il y avait des chiens ? me demandait-il de ses grands yeux étonnés.

— Non, c'est juste le nom donné à la mer. Là, il livrait plein de colis dans toutes ces îles puis il naviguait jusqu'au nord du Canada et arrivait en Alaska.

— Il voyait des baleines ?

— Oui. Il me racontait souvent des histoires de baleines solitaires qu'il croisait sur sa route.

— Il devait avoir froid !

— Il se couvrait bien. Gants, bonnet, écharpe, comme toi l'hiver quand mamie t'emmène à l'école. Mais il faisait aussi des voyages dans les pays chauds.

— Montre-moi !

— Une fois, il m'a écrit d'Indonésie. Tu vois ? C'est ici.

— C'est plein de petites îles aussi...

— Oui. Il n'y a pas de trains. C'est pour cela que ton père y allait en bateau pour leur livrer des paquets. Personne d'autre ne pouvait le faire. Les gens l'aimaient beaucoup parce qu'il leur apportait des cadeaux qu'ils attendaient souvent depuis des semaines.

— Comme le père Noël ?

— Exactement. Sauf que lui, il venait toute l'année. Parfois, il devait aller jusqu'à ces minuscules îles, où il n'y avait que quelques personnes qui habitaient.

— Il n'y avait pas d'école alors ?

— Je ne sais pas. Peut-être pas. Qu'en penses-tu ?

Là, Léo exultait.

— Non, il n'y a pas d'écoles sur ces petites îles. Les enfants apprennent à naviguer sur des pirogues et jouent toute la journée.

Puis, se faisant plus grave :

— Maman, raconte-moi encore une fois le dernier voyage de papa.

— Ton père avait reçu une mission très dangereuse. Il devait livrer un colis très important pour le roi d'un pays. Tout le monde avait refusé, mais lui avait accepté. C'était juste avant ta naissance, mais il devait absolument aller là, sur cette île.

— C'était loin ?

— Oui. Et pour s'y rendre, il devait franchir le cap Horn, tout en bas du Chili. Entre les quarantièmes rugissants et les cinquantièmes hurlants.

— Ça fait peur...

— On appelle ainsi cette route maritime à cause des vents violents qui déchaînent l'océan.

— Et son bateau a chaviré ?

— On ne sait pas. Probablement. Sa dernière position était ici. Mais après, il n'a plus jamais donné signe de vie.

— Il est peut-être encore vivant ?

Léo m'avait déjà posé la question cent fois. Je lui caressais les cheveux.

— C'est possible. Mais très peu probable, tu sais. Cela fait huit ans et il y a beaucoup d'accidents de bateaux dans cette zone. On retrouve parfois des bouts d'épaves des années plus tard.

En général, il ignorait ma réponse.

— Ou alors il s'est échoué sur une île comme Robinson Crusoé et il attend qu'on vienne le chercher ?

Léo se couchait avec des images plein la tête. Il s'imaginait dans son ciré jaune, affrontant les éléments pour découvrir une île déserte, à la recherche de son père.

Je l'ai sans doute, à ma façon, conditionné. Je m'accrochais, moi aussi, à cette belle histoire, pour masquer une réalité bien plus triviale. Mais que pouvais-je dire d'autre ?

Léo attrapa le virus de la voile vers dix ans. Le premier stage fut une révélation. Il fallait le voir sur sa coquille de noix, fier comme s'il était capitaine d'un pétrolier. Il m'en parla toute la soirée pour y retourner, dès huit heures, motivé comme un beau diable.

Il apprit les nœuds dans les livres, les cartes, les courants marins. Il était incollable sur les exploits des grands marins français : Tabarly, Riguidel, Moitessier (dont il avait lu les livres), Gilard, Arthaud, et j'en passe. Une mappemonde ornait un mur entier de sa chambre. Sur les autres murs, des photos de catamarans et de voiliers.

Petit à petit, sa bibliothèque se remplit de récits de navigation. Il ne vivait que pour les rares moments où il naviguait. Le reste du temps, il surnageait en apnée, loin de cet élément qui l'appelait. Il en profitait pour bosser la théorie, l'histoire. Il était incollable.

Cette passion nous amusait, sa grand-mère et moi.

Hélas. Nous avions oublié que les passions consument nos hommes. Et que sourds au confort du cocon familial, ils rêvent d'aventures et d'absolu. Quel besoin ont-ils de monter dans des fusées, de rouler avec des bolides ou d'embarquer sur des coques en bois ?

Il avait beaucoup d'ambition. Mais que pouvait-il faire dans la vallée de Chantebrie ? Nous étions à quatre heures de route de la mer. Il ne pouvait s'entraîner que sur les lacs de la vallée. Nous parlions de déménager en Bretagne, comme ces rêves de fortune ou de gloire que l'on aime à remâcher à la fin des repas sans trop y croire.

— Un jour, peut-être qu'on s'installera là-bas.

— Je sortirai en mer tous les jours.

— Tu sortiras en mer tous les jours.

À partir de la quatrième, il commença dans son club les compétitions en dériveur, sur des lasers et des 420. Il était bon. Il se classait régulièrement dans le trio de tête. Les moniteurs hochaient la tête et me disaient qu'il avait ça dans le sang. Il leur parlait de son père, ce grand marin.

Alors, en seconde, il partit en sport-études dans une structure spécialisée, à Saint-Pierre-Quiberon, au sud du Morbihan.

L'inscrire dans cet établissement fut un crève-cœur. Mais que peut faire une mère contre la volonté d'un fils ? Dans la vallée, il dépérissait.

Dans cette école, il passa probablement les trois meilleures années de sa vie. Il nous écrivait régulièrement des lettres remplies de petits détails dont nous nous délections. Il nous revenait chaque fois plus épanoui. Il avait forci et ressemblait de plus en plus à son père. Il nous parlait de ses sorties, de ses compétitions, de ses camarades et de ses premières amours.

Lorsqu'il repartait, il nous laissait, sa grand-mère et moi, avec un mélange aigre-doux de sentiments. Nous étions malheureuses de le voir partir, mais contentes pour lui. Ce genre de montagnes russes qui font le sel de notre condition de mère.

C'était un samedi soir de juin. Le cerisier donnait déjà. Nous étions dans le jardin à l'heure de l'apéritif, profitant de l'extraordinaire douceur de cette fin de journée. Ma mère me parlait d'une nouvelle recette de confiture aux coings que lui avait donnée la responsable de la bibliothèque. Je l'écoutais d'une oreille, déjà grisée par un premier verre de vin blanc. Le téléphone sonna. C'était inhabituel. Dans ce petit village, pas grand monde ne nous téléphonait, et encore moins à cette heure-ci.

Je rentrai.

« Allô ? »

C'était la gendarmerie de Saint-Pierre-Quiberon.

À mon retour dans le jardin, ma mère se leva. C'est incroyable comme les mauvaises nouvelles se ressentent. Elle n'avait pourtant pas entendu la voix gênée du commandant. Elle n'avait pas vu mon visage se décomposer et ma gorge muette reposer le combiné. Mais elle s'était levée, mue par un invisible pressentiment, une sorte d'intrication maternelle.

Je me souviens de ses mains crispées, agrippées à son tablier, et de son regard affolé. Elle vit s'avancer un fantôme. Elle me fit asseoir. « Raconte. »

Cela s'était passé pendant une compétition, un jour de fort vent. Son bateau avait démâté, sans doute était-il mal gréé. Les hélicoptères avaient retrouvé la coque retournée à deux kilomètres à peine de la côte. Mais aucune trace de mon fils. Ils cherchaient toujours.

Au petit matin, je pris la voiture et roulai toute la journée pour atteindre Saint-Pierre-Quiberon en milieu d'après-midi. La gendarmerie me refit un topo. Les recherches se poursuivaient, mais les chances de le retrouver vivant s'amenuisaient d'heure en heure. Ce furent les deux jours les plus pénibles de ma vie. Le lundi soir, plus de quarante-huit heures après le sinistre, je signai le procès-verbal : « Mort par noyade. »

L'être humain est une poupée pétrie de passion et de raison. Quand l'une flanche, l'autre vole à son secours. Il me fallait trouver une excuse, une raison, un coupable à cette noyade. Pourquoi était-il allé dans cette maudite école ? Pourquoi voulait-il faire le tour du monde ? Pourquoi était-il tellement passionné par ces marins ?

Je repensai à toutes ces sornettes sur son père que je lui avais servies plus jeune. La culpabilité s'ajouta à ma peine. Mais une voix intérieure protesta : « Si tu as inventé un père aventurier, c'est que celui-ci était absent. Si Mathieu avait été là, s'il ne nous avait pas abandonnés, Léo n'aurait jamais eu l'idée de devenir marin. » Le coupable était désigné. Celui à cause de qui mes mensonges avaient revêtu leurs habits de mort.

Après plusieurs années d'efforts, j'avais réussi à oublier sa fuite et sa trahison. Voilà que Mathieu revenait sur le banc des accusés pour le meurtre de son fils. Mathieu, l'homme de ma vie, qui m'aura fait connaître l'amour, l'enfantement, la solitude, la haine, l'indifférence et le néant. Je me fis le serment de ne jamais lui pardonner d'avoir tué mon fils.

Après ça, la vie devint monochrome. Sous tranquillisant, le monde n'a guère de saveur. J'étais cet automate qui se lève, qui mange, qui travaille et qui s'endort péniblement. Une femme qui se demande chaque matin pourquoi elle se réveille.

La seule raison de ne pas en finir était de veiller sur ma mère, la seule personne qu'il me restait. En quelques mois, elle avait pris dix ans. Elle ne parlait plus guère. Elle restait de longues heures sur son fauteuil. À cette époque, j'étais devenue la comptable de la coopérative. Je m'efforçais de lui raconter ma journée, même si celle-ci n'était pas vraiment passionnante. Je la poussais bien malgré elle devant ses fourneaux. Là, un semblant de vie la reprenait. Elle était concentrée sur sa tâche; nourrir sa fille, une mission qu'aucune mère n'abandonne vraiment.

Quand à mon tour je restais au lit plus que de raison, elle grattait à ma porte et réclamait que j'aille acheter du pain. Nous nous épaulions maladroitement, comme deux estropiées solidaires.

Je me suis souvent demandé comment ça s'est passé en 1919. Après la guerre, quand les mères ont pris conscience de la mort définitive et irréversible de leurs fils.

Perdre un enfant est une chose contre-nature, monstrueuse. Une mère ne peut jamais s'en remettre. J'imagine l'ambiance d'un village quand la majorité des fils ne reviennent pas. La peine, la jalousie, la neurasthénie, la dépression, la colère. Toutes ces choses que l'on garde normalement pour soi et qui se trouvent là, partagées entre toutes, victimes d'une mondialisation énigmatique.

Pendant la guerre, des pères sont partis au combat avec leur fils. Tous les hommes de vingt à cinquante ans furent mobilisés. J'espère que ces pères ont eu la décence de mourir avant leur fils. Je suis persuadée qu'au moment de l'assaut, la plupart sont partis en première ligne, se sacrifiant, non pas pour la patrie, mais pour leur enfant.

Sinon, j'imagine la colère de la mère voyant revenir le mari seul : « Pourquoi n'es-tu pas mort à sa place ? Il était jeune, il avait la vie devant lui. Regarde-toi maintenant : une poche à vin. À quoi vas-tu me servir avec ta gueule cassée et ta jambe amputée ? »

Quand je rumine la disparition de mon Léo, je pense à tout cela. Mais dans cette régate, son père n'aurait pas pu mourir à sa place. Il l'avait déjà abandonné bien avant ; avant même sa naissance. Et ni l'un ni l'autre ne sont rentrés à la maison.

Et puis un jour, à peine quelques mois plus tard, Mathieu se pointa chez moi, à l'improviste. Maman était à la bibliothèque. J'étais encore pleine de colère. Je ne sais pas ce qu'il imaginait, je ne voulus même pas l'entendre débiter des excuses ou des regrets. Il débarqua, bien habillé, avec un air arrogant, dans une voiture de sport. Je l'ai vu se garer de ma fenêtre. Il jeta un œil dédaigneux au jardin, à la balançoire sur laquelle nous avions tant joué. Il s'assit dans ma cuisine, en conquérant, déjà certain que je lui pardonnerais. Il mit les pieds sous la table et, sans rien dire, attendit que je lui serve un café.

Il était parti depuis vingt ans ! Je ne suis pas Pénélope et Léo n'était pas Télémaque. Je n'avais plus rien à perdre.

Et si ?
Aurais-je pu lui pardonner ?
Tout recommencer ?
Serait-il resté cette fois ?
La vie offre-t-elle réellement des secondes chances ?

Les questions ne sont là que pour s'illusionner.

Dans la vraie vie, il n'y a pas de si. Il n'y a que des faits qui avancent inexorablement. Les si ne sont que des pansements à l'âme.

Dans la vraie vie, Mathieu est arrivé et je l'ai saigné comme un vulgaire cochon.

26

« Mon Dieu, mourir, être au ciel, n'est-ce que ça ? »

Les premières choses qui frappent sont le silence et le blanc.

On s'imagine à tort que l'au-delà est un monde lugubre, obscur et noir. C'est tout le contraire. La mort est blanche, lumineuse, presque aveuglante. Si j'avais su cela enfant, cela m'aurait évité bon nombre de cauchemars.

Cela dit, blanche ou noire, cela ne fait pas grande différence. On ne voit strictement rien. Au début, mon agonie a été multicolore. J'ai d'abord vu le rouge dans mes yeux injectés, puis mes paupières sont tombées et j'ai vu noir. Enfin, à la seconde où je mourus, je me transportai dans ce monde uniformément blanc et silencieux. Mais il me fallut quelques instants pour prendre conscience de ma pleine lucidité. Où étais-je ? Que s'était-il passé ? Étais-je dans un rêve ? Étais-je dans un hôpital ? Combien de temps s'était écoulé depuis ma « mort » ?

Manifestement, j'avais encore toute ma tête, ou du moins tout mon esprit. Ma tête, elle, allait sans doute bientôt pourrir dans un cercueil du côté de Noisy-le-Grand.

Je rassemblai mes idées.

J'avais roulé toute la journée pour retrouver Amandine. Elle m'avait ouvert la porte, je m'étais assis à sa table, elle m'avait préparé un café. J'avais senti la lame du couteau et elle m'avait égorgé comme un vulgaire poulet.

Un réflexe m'incita à me tâter la gorge comme pour vérifier la présence d'une cicatrice. Bien entendu, mes actions restèrent à l'état de limbes diffus.

Elle m'a tué. Donc je suis logiquement mort... Mais alors, pourquoi puis-je encore penser? Où suis-je, bordel? Au paradis? En enfer? Au purgatoire?

Ce que je voyais ne ressemblait aucunement aux images d'Épinal de l'au-delà. Pas de diablotins à la Jérôme Bosch, pas d'anges unisexes aux cheveux blonds bouclés, pas de marmite bouillonnante, pas de vieux barbu débonnaire, pas de fourches, pas de nuages cotonneux, pas de cornes, pas de vierges appétissantes.

À moins que je ne sois dans le *refrigerium*, ce *no man's land* décrit par les premiers chrétiens comme le lieu où les petites âmes (celles qui n'ont pas eu la chance d'accéder directement au nirvana) attendent leur résurrection.

Où que je sois, la mort n'était que «ça». S'il fallait tenir l'éternité dans cet univers morne et cotonneux, cela promettait d'être mortellement ennuyeux.

Sans aucun repère spatial, la notion du temps devient floue. Est-ce que le temps s'écoule à la même vitesse que sur Terre?

Je mis un certain temps à m'habituer à mon nouvel environnement qui se révéla beaucoup plus subtil que celui initialement perçu. Tout d'abord, on n'est pas seul ici. On ne voit rien, on n'entend rien, on ne touche rien, mais on perçoit des choses. C'est difficile à décrire. Quand quelqu'un s'approchait de moi, je sentais comme une sorte de chaleur diffuse chargée d'informations. Une intuition géniale comme lorsqu'on joue à colin-maillard et que l'on reconnaît la personne malgré les yeux bandés. C'est une sensation très curieuse, qui n'a pas d'équivalent chez les vivants. Est-ce de la télépathie ? Non, car je percevrais les émotions des âmes qui m'entouraient sans comprendre leurs pensées. Je définirais plutôt cela comme de l'empathie à distance : la télé-empathie.

Progressivement, je me mis à palper, à ressentir presque physiquement cette télé-empathie. Des choses bougeaient autour de moi, tournoyaient, me frôlaient, comme pour mieux me renifler et savoir qui venait de rejoindre le grand bal des fantômes. Je repensai à ma promesse de retrouver un jour mes parents ; ce moment semblait enfin arrivé.

Deuxième surprise, le déplacement. Oubliez notre monde en trois dimensions. Ici, le mouvement est intuitif. Je pense à bouger et mon âme volette comme l'âme papillon de la légende irlandaise. Il n'y a toujours pas de repère spatial, mais les lieux familiers créent une sorte de résonance empathique que l'on ressent au plus profond de soi.

C'est tout aussi difficile à décrire avec des mots, car c'est une perception entièrement nouvelle. Un septième ou un huitième sens peut-être ? C'est comme si ma position géographique m'était intrinsèquement connue sans avoir reçu aucune information. Comme si le lieu et moi étions fusionnés dans un grand tout et que ma pensée pouvait changer le lieu à son gré. Un peu comme les véhicules gyroscopiques fonctionnent : on penche le corps et on avance, on se tourne et le véhicule tourne. L'impression que notre corps devient le prolongement de sa pensée ou que le corps, l'espace et le temps ne forment qu'une seule dimension. Je suis le monde et *vice versa*. Mon âme et l'espace sont fusionnés dans une sorte de mélasse intuitive.

Au bout d'une heure, un jour, un siècle, je ne sais pas, j'étais capable de me déplacer et de percevoir la chaleur émotionnelle de mes camarades. Avant de retrouver mes parents, je devais comprendre pourquoi j'avais atterri ici. Je virevoltais dans la vallée de Chantebrie dans l'espoir d'y glaner quelques informations. Mais pourquoi m'avait-elle tué ? Après tout ce temps, m'en voulait-elle toujours de m'être enfui ? Nous étions des gamins ! Cela ne pouvait pas être ça... N'avait-elle pas refait sa vie ? Était-elle jalouse de mon succès ? Vexée de n'avoir reçu aucune nouvelle de ma part pendant toutes ces années ? Était-ce lié à la mort de son père ?

Et surtout, pourquoi ne pas en parler ? Pourquoi m'accueillir si naturellement et puis me trancher la gorge sans me laisser l'opportunité de m'expliquer ? Sont-ce là des manières ? Sans doute avait-elle dû planifier son geste depuis fort longtemps. Chaque jour, elle vivait dans cet espoir de me voir franchir sa porte et de me saigner.

Non ! Ce n'était pas possible. Pas l'Amandine que j'ai connue. Pourquoi ? Il y avait forcément une raison, une explication logique...

Alors que je me torturais les méninges, une âme vint se coller à moi. Je la sentis parfaitement, mais ne pus y associer un nom. C'était quelqu'un de très proche de moi, mais j'étais incapable de dire s'il s'agissait de ma mère, de mon père ou de Sophie. Je savais au plus profond de mon être que j'étais un intime de cet ectoplasme sans réellement savoir qui il était. C'était à la fois magique et décevant. Peut-être me fallait-il plus de temps pour apprivoiser la télé-empathie et reconnaître cette âme?

Dans la grande famille des catabases, j'étais visiblement le seul à ne pas savoir qui je cherchais. Orphée était descendu aux enfers pour rechercher sa femme, Énée y retrouvait son père et Ulysse parlait avec sa mère. Moi, je n'étais même pas foutu de savoir avec qui je frayais. Pourtant, à sa chaleur univoque, il était évident que cette âme m'avait reconnu. Pourquoi, moi, je ne pouvais pas l'identifier? La culpabilité qui m'avait pesé sur Terre m'envahit de nouveau; j'étais responsable de la mort de tant de gens proches que je ne les reconnaissais même pas. Je ratais vraiment tout. Quelle amertume de constater qu'ici ou ailleurs je ne serais jamais en paix.

À partir de cet instant, mon funeste compagnon ne me quitta pas d'une semelle, sans pour autant se démasquer. J'alternais entre la conviction de ressentir Sophie, puis mon père ou ma mère. Curieusement, certains frôlements me faisaient penser à Amandine, mais cela était impossible, sauf si, après m'avoir tué, elle s'était suicidée. Je réfutais cette sombre hypothèse. En vérité cette chaleur était un mélange de ceux que j'aimais. Privé de ses sens, qu'il est difficile d'écouter son cœur.

Cette chaleureuse compagnie ne changea pas le fond du problème, la même question me hantait : « Où étais-je ? Peut-être au purgatoire ? » Je devais sans doute accomplir quelque chose pour sortir de cette situation kafkaïenne. Mais quoi ?

Je me souvins alors de mes longues discussions avec une infirmière du service oncologie entièrement tatouée que j'avais connue lors d'un stage en quatrième année. « Je suis mon passé », me disait-elle. Je lui montrai une baleine ou une rose délicatement dessinée sur son avant-bras. « Nessie, raconte-moi cette rose... » Elle plissait les yeux comme pour extraire la substantifique moelle du récit et commençait alors une histoire extraordinaire, parfois dure, mais toujours magnifique. Des histoires d'amants, des récits de patients courageux, d'enfants malades, des déceptions, des succès. Cette femme illustrée était un almanach de vie, la mémoire de ce siècle.

Le tatouage sur sa cuisse droite représentait la mort qui attendait, appuyée sur sa faux. « J'ai remarqué une vérité, me confia-t-elle. Quand un patient est en phase terminale, la famille me demande souvent combien de temps il lui reste. Je réponds alors invariablement : "A-t-il vu tout le monde ?" Chaque fois, il suffit d'attendre que le dernier frère, la dernière sœur ou le dernier petit-enfant — celui qui restait à voir avant le grand départ — quitte la chambre pour voir le patient s'éteindre. Comme si la mort attendait que le malade ait vu "tout le monde" avant de faire son office. »

Cette histoire m'avait marqué. Peut-être que dans mon cas, la mort attendait quelque chose pour régler définitivement mon sort. Une personne ? Une action de ma part ? Oui, mais quoi ?

Le nœud de l'affaire tournait forcément autour d'Amandine. J'étais mort par sa main dans des circonstances incompréhensibles. Pour aller plus loin, il fallait élucider ce mystère. Peut-être que Dieu lui-même n'avait pas compris son geste et attendait une information capitale afin de peser mon âme et de m'expédier dans le bon service. Ou alors le cerbère blanc, n'ayant trouvé aucune obole dans ma bouche, m'avait lâchement abandonné sur les rivages du Styx, âme errante entre la vie et la mort, pour des siècles et des siècles.

Il y avait mille explications possibles. Mais comment démêler cette histoire d'ici ? L'esprit des vivants m'était tout autant inaccessible que celui des morts.

D'ailleurs, la communication avec les autres fantômes (je ne sais pas comment appeler autrement ces ectoplasmes, camarades d'infortune, autour de moi) était très limitée. Le spectre présumé de Sophie ou de mes parents était muet comme une tombe malgré l'empathie positive que je percevais.

Mon enquête était au point mort. Tant que je resterais ici, je ne pourrais élucider le mystère de mon assassinat. Il me fallait redescendre sur Terre, redevenir vivant parmi les vivants. En un mot, ressusciter.

Malheureusement, le secret de la résurrection est bien gardé. Peu d'élus bénéficient de ce passe-droit. N'étant pas le rejeton de Jupiter, n'ayant aucune relation d'influence au Vatican, ni chez les protestants, ni chez les musulmans, ni chez les juifs, ni sur l'Olympe, ni chez Thor, ni chez les chevaliers Jedi, ni ailleurs, il me fallait me débrouiller par moi-même.

C'était le moment de repenser à toutes mes lectures passées. Toutes ces histoires de morts-vivants, de revenants, d'immortels qui avaient enchanté ma triste adolescence. Ainsi, je pris le temps de recoller les morceaux. Débarrassé des contraintes corporelles, mon esprit tournait à une vitesse hallucinante et je fis mentalement la synthèse de toutes mes connaissances universitaires ou littéraires.

Tout s'emboîta alors avec une logique et une simplicité magiques, signe que j'approchais de la vérité. L'évidence émergea : notre âme est un objet quantique qui file à la vitesse de la lumière. Dans la théorie des cordes, notre univers contient onze dimensions, dont les trois spatiales et le temps. Comme l'âme est un objet quantique sans masse, elle peut se mouvoir à travers les autres dimensions en empruntant des raccourcis spatiaux. C'est le principe des trous de ver illustré dans les films de science-fiction avec les voyages dans « l'hyperespace ».

Concrètement, cela expliquait mon pouvoir de me propulser là où mon esprit l'envisageait.

D'un autre côté, comme l'âme n'est qu'informations quantiques, la télé-empathie n'est finalement rien d'autre qu'une forme d'intrication : cette propriété qu'ont deux photons à communiquer instantanément leur état, même géographiquement séparés. Deux âmes profondément liées par la vie ressentent ainsi les émotions de l'autre dans l'au-delà.

Cette théorie se tenait; avec elle, j'arrivais à expliquer qui j'étais, comment je me déplaçais et pourquoi je ressentais des choses vis-à-vis de mes camarades.

Je souris intérieurement en pensant au fameux chat de Schrödinger, simultanément mort et vivant dans une expérience bien connue. Peut-être étais-je moi-même dans cet état quantique de mort-vivant !

Tout cela semblait grisant : aller rapidement là où l'on veut, sentir les émotions des autres, mais la contrepartie était sévère. Sans masse, sans enveloppe charnelle, pas d'œil pour voir, pas d'oreille pour entendre, pas de nez pour sentir, pas de bouche pour goûter, pas de peau pour toucher. Notre âme existe en l'absence d'un corps physique et tangible. Voilà pourquoi mon univers était devenu silencieux et uniformément blanc.

Ceci compris, je m'attaquai au second problème : comment ressusciter ?

Je me souvins alors de la fabuleuse découverte du boson de Higgs en 2012. Cette particule est comme la neige qui vient se coller sous vos skis pendant votre descente : elle donne de la masse aux autres particules et les ralentit. Ainsi se crée la matière, d'où son surnom de « particule de Dieu ».

L'idée était donc de me frotter à elle, pour qu'elle me « donne » de la matière, histoire d'enrober mon âme d'un peu de gras, de retrouver mes os, mes organes, mes tissus. Bref, de me tremper dans un champ de Higgs pour me redonner une enveloppe charnelle.

Pour cela, je savais très exactement où aller : l'accélérateur de particules de Genève, un endroit sympathique où poussent les bosons de Higgs.

Je me tournai vers mon ectoplasme ami et pensai très fort : « On y va ? »

27

Je regardais ce corps inanimé sur le sol. Le sang sillonnait dans l'interstice des carreaux. Une heure après, je tremblais encore de tout mon corps. Tout cela avait été si imprévisible, rapide et brutal. J'aurais dû prendre mon temps, ne pas l'égorger si vite. Mathieu m'avait fait souffrir pendant vingt ans, il m'avait empêché de déployer mes ailes, il avait saboté ma vie. En était-il au moins conscient?

J'aurais dû lui poser quelques questions, comprendre pourquoi il était parti. Où s'était-il caché quand j'étais monté à Paris? Pourquoi n'avait-il jamais donné de nouvelles? Ses secrétaires avaient-elles sciemment filtré mes appels? Savait-il qu'il était le père de Léo? Connaissait-il même l'existence de Léo? Pourquoi était-il revenu?

Désormais, qui pouvait répondre à ces questions? Après m'avoir torturée vingt ans, allaient-elles encore me poursuivre jusqu'à ma mort? Quelle conne j'étais de l'avoir saigné si tôt! J'étais en colère contre moi. Ces questions resteraient lettre morte, jamais je ne comprendrais pourquoi ma vie avait dérapé de cette manière.

Et s'il était venu se faire pardonner ? Et si, soudainement, il s'était rendu compte du mal qu'il m'avait fait ? S'il avait décidé de quitter Paris et de venir s'installer avec moi ?

Cette pensée m'horrifia. Étais-je encore amoureuse de lui ? Comment pouvais-je encore imaginer de telles histoires ? Une partie de moi voulait y croire, l'autre était furieuse, condamnant cette naïveté incroyable.

Et s'il avait rédigé une lettre d'excuses ? Une lettre d'amour ? Devant le cadavre de Mathieu, je m'inventais de folles réalités. « Il a appris la mort de Léo par son oncle. Il regrette. Il ne savait pas. Il vient me voir pour se faire pardonner. Tout peut recommencer. On déménagera à Paris, je quitterai cette maudite vallée, là-bas on aura un autre enfant. Il n'est pas encore trop tard. Nous rattraperons le retard. Je lui pardonnerai. Ne lui ai-je pas déjà pardonné ? »

Encore plus fébrile et tremblante, je m'agenouillai sur lui. Son sang imbiba mon pantalon. Je fouillai ses poches intérieures. Rien, hormis son portefeuille. Dedans, une photo de mariage, lui et une femme. Elle sourit bêtement et lui pose fièrement. Une vilaine photo. Je me levai en trombe et vomis dans les toilettes.

Ma rage décupla. Cette photo, odieux témoignage de mon délire, devait disparaître. Je la jetai dans la cuvette encore sale. Je tirai la chasse. Impossible à faire partir. La photo flottait irrémédiablement malgré les turbulences et les remous de l'eau. J'essayai deux ou trois fois sans succès. Elle ne partirait pas. Cette photo sur le perron d'une église était là pour me hanter, elle aussi. Non seulement il ne m'avait rien écrit, mais il était marié et heureux. Toutes ces années à attendre un homme qui m'avait définitivement oubliée. Quel gâchis ! Quelle tristesse ! Quelle honte !

Je mis des gants de vaisselle pour récupérer l'objet de ma rage. Il me fallait la détruire, elle était le symbole vivant d'un mort coupable.

Je la séchai tant bien que mal avec de l'essuie-tout, espérant ensuite pouvoir la brûler. Mes larmes tombaient, les allumettes s'éteignaient au contact de la photo humide. J'étais folle. Je tapais du pied, mes mains tremblaient, je serrais les poings jusqu'à sentir mes ongles pénétrer ma paume. Je hurlais d'impuissance et de désespoir.

C'est alors que ma mère rentra.

D'un coup d'œil, elle jaugea la situation. Le corps de Mathieu allongé au milieu de la pièce et moi, hystérique, devant l'évier.

Elle s'approcha de moi, regarda la photo, me la prit des mains et la posa sur un des feux de la gazinière. Elle alluma le feu. Les flammes bleues léchèrent le bord du papier. Ce spectacle m'hypnotisa instantanément. Lentement, l'image se cloqua, les couleurs pâlirent, la photo se recroquevilla comme une vieille personne. De minuscules flammes jaunes l'envahirent par les bords. Un anneau noir commença à dévorer le mur de l'église, le perron, les pieds des mariés. Soudain, le centre de la photo s'embrasa, déjà on ne reconnaissait plus rien. Encore quelques secondes et il ne resta plus que quelques fragments noirs de papier brûlé et une légère odeur de plastique calciné. Cette image infamante venait de disparaître à jamais. Je haletais, mais je ne trépignais plus.

Ma mère m'enlaça par-derrière sans rien dire. Elle me serra fort et je sentis le froid de son manteau. Je fermai les yeux, me concentrai sur ma respiration et sur les battements frénétiques de mon cœur. Je soufflais lentement. Elle posa un doigt sur mon avant-bras et fit de légers mouvements. Elle savait comment m'apaiser.

Dans une danse muette, nous nous mîmes en mouvement. Laver, nettoyer, faire disparaître les traces. Avec nos éponges et nos seaux, nous étions deux fées virevoltant en silence, nous croisant et décroisant, mêlant nos sentiments et nos pensées. Elle me comprenait, je la comprenais. Inutile de poser des mots sur l'indescriptible. De temps en temps, j'esquissais un sourire maladroit d'excuse, elle me répondait par un sourire maternel.

Cela me fit penser à mon accouchement. Sans mari, sans père, sans ami, elle était la seule personne présente. Elle avait bien voulu rester pendant mon travail. Je me souviens, elle avait posé le même doigt sur mon front, avait fait les mêmes mouvements circulaires pour me détendre. Elle m'avait lancé ce même regard compréhensif à chaque contraction.

Finalement, que je donne la vie ou la mort, ma mère était toujours là à mes côtés.

Nous enroulâmes Mathieu dans une grande couverture et le glissâmes à l'arrière de sa voiture. Je conduisis la voiture là-haut, à la déchetterie. Comme prévu, un samedi soir, la place était déserte. Je jetai un dernier coup d'œil à la banquette arrière. Cela me rappela nos jeux, quand nous partions en vacances, nos deux familles réunies. Je voulais toujours monter dans sa voiture. Pendant le trajet, nous jouions, chantions, discutions. Nous dormions tête contre tête. Une fois, nous avions même fait Chantebrie-Bordeaux sous une couverture, dans notre cabane improvisée. Armés de lampes de poche, nous n'avions pas vu les trois heures passer, remplis de nos aventures secrètes. C'était une couverture semblable à celle-ci, marron foncé, un peu rêche, qui gratte la peau.

Je soulevai la couverture et le regardai une dernière fois. Son visage était inexpressif. Il avait bien changé en vingt ans. Le Mathieu de mon souvenir avait un visage de gamin. Là, j'avais devant moi le cadavre d'un homme mûr, avec les traits marqués et une pilosité certaine. Je le trouvai beau.

Les yeux embués de larmes, j'arrosai d'essence la couverture puis le reste de l'habitacle. Les fauteuils, le tableau de bord, le sol, le coffre, le moteur.

« Pardonne-moi, Mathieu, mais tu vas subir le même sort que tes parents. »

Je ne sais plus si j'ai prononcé ces mots ou si je les ai simplement pensés.

Je jetai une allumette par la fenêtre.

Rien ne se passa. Elle s'était éteinte. J'essayai plusieurs fois, sans succès. J'ouvris la boîte à gants et fis une torche avec les papiers de la voiture. Cette fois-ci, l'intérieur s'embrasa dans un soufflement sonore.

Je m'éloignai d'une centaine de mètres. Une épaisse fumée noire monta. C'était une chose commune, ici, à la déchetterie. Personne ne s'en alarmerait. Si tout se passait bien, le corps calciné serait découvert le lendemain, quand l'employé municipal viendrait prendre son poste.

Je montai dans les bois et m'arrêtai sur une pierre. Je ne savais plus quoi penser. Deux courants contradictoires me traversaient avec fracas. Devant moi, un bouleau. Je me mis à le taper sauvagement. J'avais une rage incontrôlable. Mes poings cognèrent l'écorce blanche jusqu'au sang. Je tapai jusqu'à ce que le feu s'éteigne. La nuit tombait. La voiture était un brasier rougeoyant. La carcasse laissa apparaître la silhouette abominable d'une momie calcinée.

J'avais les mains en sang, le visage en pleurs et le corps éreinté. J'aurais tellement aimé souffrir davantage, ressentir une douleur physique aussi puissante que mon désespoir. Mais non. Mes mains étaient endolories et mon corps absent. J'étais un spectre dans cette forêt, une ombre perdue qui ne savait où aller. J'étais maudite, j'étais folle, j'étais ma victime et mon assassin, j'étais une criminelle, une mauvaise mère, une mauvaise fille, une mauvaise femme, une quantité négligeable et abandonnée.

Je ne sais même plus comment je retrouvai le chemin de la maison.

Je me réveillai à onze heures du matin dans mon lit, les deux mains emmaillotées dans de gros bandages. Ma mère était à mon chevet, elle tricotait.

— Les gendarmes sont déjà là-bas, j'ai vu la voiture de Michel partir tout à l'heure.

— Et alors ?

Elle haussa les épaules.

— Alors tu te lèves et nous allons au marché comme tous les dimanches matin.

L'enquête piétina, tout avait été parfaitement calciné. Mathieu ne fut identifié que trois semaines plus tard grâce à ses dents. J'appris par les journaux qu'il était veuf. Je repensai à la photo et je me sentis nulle. Je ratai décidément tout dans ma vie.

Deux jours après le drame, l'oncle Barnabé vint nous voir.

J'étais sur la terrasse en train d'essayer vainement de lire un livre. Je l'aperçus au loin et l'observai pendant toute la descente. Une boule se forma dans mon ventre. J'appelai ma mère.

— Bonjour mesdames. Comment allez-vous ?

Je ne répondis rien. Je n'avais rien à lui dire. Ma mère s'en chargea.

— Comme ci, comme ça. Depuis la mort de notre petit, tu sais, ça ne va pas très fort...

Il secoua la tête. Nous ne l'avions pas vu depuis fort longtemps. Je le trouvai vieilli, encore plus maigre que dans mon souvenir.

« Je suis désolé. Je ne suis pas venu à l'enterrement du petit. Je n'ai pas osé. Rapport à... vous savez... »

Ma mère me regarda. Il avait l'air piteux, l'oncle Barnabé, en face de nous. En contrebas de la terrasse, il nous parlait en soulevant la tête, avec son béret serré dans ses deux grosses mains et ses vieilles chaussures déglinguées sans lacets. Je le toisai sans aucune compassion.

— J'ai vu que tu avais mis une plaque pour Léo.

— Oui. Mais elle a disparu aussi sec.

— C'est moi qui l'ai retirée, fis-je brutalement. Toi et ton neveu n'avez joué aucun rôle dans sa vie, je ne vois vraiment pas pourquoi vous en joueriez un dans sa mort... cette plaque n'avait pas sa place sur sa tombe.

Ma mère osa un geste d'apaisement, mais il approuva.

— Non, laisse, elle a raison. C'est juste que je ne sais toujours pas où est Mathieu. Je sais que ça a été difficile pour toi, Amandine, toutes ces années...

— Tu ne sais absolument rien !

Il baissa le regard et, tel un devin, murmura :

— Mathieu va revenir.

Je sondai du regard ma mère. Elle était toute pâle.

— Ah bon ? Quand ? fis-je doucement.

— En fait, il aurait déjà dû venir. Il m'a téléphoné samedi matin. Il m'a dit qu'il descendait.

— Tu ne nous as pas averties ?

Il se dandina. Lui aussi était mal à l'aise.

— C'est-à-dire que je voulais lui parler de certaines choses avant qu'il vienne vous voir. Mais il veut vous voir, enfin, surtout toi, Amandine, il me l'a dit.

Je ne répondis pas. Un immense trouble m'envahit. Les « si » recommencèrent à se bousculer. Il insista.

— Amandine, il n'est peut-être pas trop tard.

Je fermai les yeux, luttant contre ces vaines hypothèses.

— Si c'est pour voir son fils, c'est trop tard.

Il avança.

— Je suis sincèrement désolé, Amandine, crois-moi.

— Quand doit-il venir ?

— Justement, c'est ce qui m'embête. Depuis son coup de fil de samedi, plus rien. Je me demandais s'il n'était pas passé vous voir...

Ma mère était derrière moi, muette comme une tombe. Je croisai les bras.

— S'il était venu, je m'en souviendrais. Cela fait vingt ans que je l'attends ton neveu. J'ai deux ou trois choses à lui dire, vois-tu...

Il murmura « Oui, bien sûr » et remit son béret.

— Voilà ce que je voulais vous dire. Il va peut-être passer. Peut-être pas. Si ça se trouve, je n'ai pas compris ce qu'il m'a dit. Mais le premier qui le voit informe l'autre, d'accord ?

Cette fois, c'est ma mère qui réagit.

— Barnabé, pars s'il te plaît. Tu fais de la peine à la petite. Comment peux-tu dire des choses pareilles ? Cela fait des années qu'elle l'attend ton Mathieu !

L'oncle hocha la tête et repartit.

Soudainement, je me souvins de ce jour où j'étais monté voir Barnabé, enceinte de quelques mois. Je me souvins de cette humiliation quand il m'avait parlé du fils Mathevet et sous-entendu que Mathieu n'était pas le père de Léo.

Je l'apostrophai.

— Barnabé ?

Il se retourna.

— Est-ce que tu t'intéresses à son retour maintenant qu'il a sa clinique et qu'il est riche ? Est-ce pour lui mendier de quoi rénover ta masure et t'acheter des chaussures neuves ?

C'était de la méchanceté à l'état pur. Mais j'avais besoin que cela sorte. Vingt ans plus tard, je tenais ma vengeance, froide, mesquine et macérée.

Il me dévisagea un instant et je vis dans ses yeux une profonde blessure. Je l'avais touché et cela me désola. Quelle sorte de femme étais-je devenue ?

Il regarda ma mère avec des yeux impuissants et éteints. Il haussa les épaules et murmura quelques mots sans haine que je n'entendis pas. Nous le vîmes traverser le jardin, ombre parmi les ombres, et monter par le chemin de la source. Ses chaussures fatiguées soulevaient un petit nuage de poussière.

Quand il ne fut qu'un point, ma mère me dit « Tu n'aurais pas dû lui parler comme ça », et elle rentra.

Je restai seule sur la terrasse à regarder la vallée.

Tout cela n'avait plus aucun sens.

Je n'étais qu'une âme perdue, flottant dans un monde hostile.

28

Quand les deux âmes quantiques entrèrent dans l'accélérateur de particules du CERN, à Genève, les dieux sortirent de leur léthargie. Il se passait enfin quelque chose d'héroïque sur cette planète abandonnée.

Du haut de l'Olympe, Phœbus considéra Mathieu et murmura dans la langue des immortels *sors tua mortalis, non est mortale, quod optas*, « Ton sort est celui d'un mortel, mais ton désir est immortel ».

Alors le monde divin s'arrêta et contempla cette créature insignifiante qui accomplissait son odyssée. Tantale ne chercha plus à saisir l'eau qui lui échappait ; la roue d'Ixion s'arrêta ; les vautours ne déchirèrent plus le foie, les Danaïdes laissèrent leurs urnes et Sisyphe s'assit sur son rocher.

Les dieux se penchèrent sur Mathieu et, l'espace de deux résurrections, ils retinrent leur souffle divin. L'épopée des héros avait-elle trouvé son héritier ?

Il paraît que le soir, lors du festin, Hercule, la bouche pleine et l'œil pétillant, commenta la scène qu'il avait jadis lui-même expérimentée : *Mulciber abstulerat, nec cognoscenda remansit Mathaei effigies, nec quicquam ab imagine ductum matris habet, tantumque Iouis uestigia seruat. Utque nouus serpens posita cum pelle senecta luxuriare solet, squamaque nitere recenti, sic ubi mortales Chantebrius exuit artus, parte sui meliore uiget, maiorque uideri.*

Le feu l'avait consumé et l'apparence de Mathieu n'était plus reconnaissable : il n'avait plus rien des traits qu'il devait à sa mère. Et, de même qu'un serpent se dépouille de son ancienne peau, se renouvelle, plein d'exubérance et d'éclat, dans ses jeunes écailles, ainsi celui qui vient de la vallée de Chantebrie retrouva son enveloppe mortelle, prit de la vigueur dans la meilleure partie de lui-même, parut soudain plus grand et une auguste noblesse le rendit vénérable.

L'espace d'une soirée, l'Olympe revêtit ses habits antiques, tous se prirent alors à rêver de l'âge d'or où le miel doré tombait goutte à goutte de l'yeuse verdoyante. Où les mortels ne connaissaient point d'autres rivages que les leurs, où l'on n'abattait pas encore les pins, dans leurs montagnes. Ni casques ni épées ; n'ayant nul besoin d'armées, les populations vivaient tranquilles, dans la douceur et les loisirs. Les hommes s'asseyaient à la table des dieux et partageaient leur banquet. La bravoure de Mathieu rendait les dieux joyeux, Hercule s'enivra de vin et les blanches nymphes soupirèrent.

Seul Jupiter, en bout de table, restait pensif. Il avait en tête l'*hybris* de Prométhée et le savoir donné aux hommes. Pour lui, cette trahison avait déclenché la longue et lente chute de l'humanité. Donner aux Terriens le secret de l'immortalité était une faute bien plus grave encore.

En temps normal, Jupiter ne s'occupait pas des vermisseaux ; une pichenette aurait suffi à démolir cet homme. Mais son pouvoir de ressusciter le mettait désormais au rang des titans et il retrouva dans cette rébellion la perfide trahison du voleur de feu.

Jupiter regarda autour de lui et vit combien ses amis s'amusaient de cette folie. Il sonda le cœur de Mathieu pour connaître ses motivations. Alors il comprit qu'il n'avait rien à craindre. Cet homme n'était pas une menace ; il n'était qu'un pauvre humain de plus, rongé par les regrets, les remords, victime du poison du savoir.

Apaisé, Jupiter ferma les yeux et sourit.

29

Nous arrivâmes dans l'antre régénérateur du synchrotron à Genève. Ici, les bosons de Higgs tournaient à la vitesse de la lumière, nous heurtant des milliards de fois, autant de cycles qu'il fallait pour reconstituer, atome après atome, molécule après molécule, une enveloppe charnelle digne de ce nom.

C'était comme si une râpe grattait mes os, comme si de minuscules insectes rouges rongeaient mes jambes. Il se passait des choses désagréables, mais je sentais les éléments s'assembler. Mes souvenirs tournoyaient autour de moi. Je m'imaginais arbre, un pin géant aux aiguilles immortelles, chacune d'elles étant un fragment de mémoire. Je voyais des visages, des lieux, des sourires, des yeux, des bouteilles de vin, un chemin qui monte, une forêt sombre, des animaux empaillés et le rire d'une petite fille. Je remontais un sablier à l'envers composé d'aiguilles-grains accrochées aux branches du conifère, la sève unissait mes souvenirs comme une colle mémorielle, une fourmi millénaire bloquée dans un morceau d'ambre. Au bout d'un certain temps, le blanc devint translucide, les formes colorées se mirent à danser devant moi. Des picotements m'embrasèrent le corps et une odeur âcre me démangea de l'intérieur. Dans une vaste polyphonie de bruits, d'odeurs et de sens, nous devînmes de chair et d'os.

Je découvris mes bras, mes jambes, mon sexe, je touchai mon visage : j'avais réussi. J'étais de nouveau homme parmi les hommes. Un ressuscité. Deux mille ans après lui, j'étais le nouveau Jésus, en moins barbu, en moins prophète et en moins saint. Je renaissais sur Terre, non pas pour enseigner aux hommes, mais pour comprendre une femme. Vaste programme.

Je levai la tête et vis un jeune homme allongé quelques mètres devant moi, nu comme un ver. Il ne s'agissait ni de Sophie ni de mes parents. Qui était-il ? Comment avais-je pu faire une erreur d'appréciation si grossière et partir avec un inconnu ? Pourtant, là-haut, j'étais persuadé que c'était l'âme d'un proche. Mais étais-je qualifié pour juger de tout ça ? J'avais passé ma vie à perdre ou abandonner des gens ; je n'étais pas un homme, mais un estropié du cœur.

Je rampai à son côté et m'aperçus qu'il ne bougeait pas. Je mis mon doigt sous son nez et perçus un souffle léger. Il n'était pas mort, sans doute évanoui. J'observai ce visage. La forme du menton et les yeux me rappelaient quelqu'un. Mais qui ? J'étais en tout cas certain de ne jamais l'avoir rencontré.

Je regardai autour de moi. Les gyrophares tournaient toujours et il se dégageait de cet endroit une ambiance industrielle austère et effrayante. Il nous fallait sortir urgemment de là. Quitte à ressusciter, autant ne pas mourir tout de suite.

Je pris le garçon par les épaules et le tirai le long du couloir central. L'anneau était immense et j'avançais lentement. J'avais la nausée, mes pieds me faisaient mal, mes oreilles bourdonnaient, j'étais gelé et mes nouveaux muscles se réveillaient douloureusement. Retrouver la terre ferme est toujours une gageure pour les marins, les astronautes et les ressuscités.

Le jeune homme devait avoir la vingtaine, et avec cet angle de vue, il ressemblait un peu aux photos de mon père jeune. Troublé, je me demandai un temps si ce ne pouvait pas être lui. Après tout, notre corps se reconstituant à partir d'une âme, pourquoi reprendrait-il exactement le même état qu'au moment de notre mort ?

À force de l'observer, je trouvai qu'il ressemblait aux visages de mon enfance : à celui de mon père et à celui du père d'Amandine. Je me dis alors que la culpabilité de leur mort me troublait l'esprit et que ce visage était, si ça se trouve, tout à fait quelconque.

Une sirène me sortit de mes pensées. C'était visiblement une sonnerie d'urgence, notre présence avait probablement été détectée. Je fis un effort surhumain pour le soulever et le porter sur les quelques mètres qui nous séparaient d'une lourde porte. Je sentais sa peau contre la mienne et chaque pas faisait cogner ses bras contre mon dos. Une odeur âcre nous enveloppait ; j'inspirai plusieurs fois, essayant de savoir si elle provenait de nos corps métamorphosés ou de l'endroit.

J'ouvris péniblement la porte et entrai dans une salle composée de deux pièces : un sas et une douche collective. Il y avait un banc, des porte-manteaux sur lesquels étaient accrochées trois combinaisons antiradiations jaunes. Les efforts, la chaleur moite et l'odeur métallique me firent vomir une substance grise indéfinie. Je restai un moment à quatre pattes, épuisé, essayant de retrouver mes esprits. J'avais mal à la tête, la gorge sèche et un goût désagréable dans la bouche. Je transpirais abondamment alors que la température ne devait pas dépasser les vingt-cinq degrés. Je sentais les battements de mon cœur et tout cela m'affola. Je m'assis contre la porte et respirai lentement. Je comptai dans ma tête jusqu'à cent.

J'avais fait un truc incroyable et tous ces désagréments devaient être normaux. Ne pas paniquer et rester concentré sur mon objectif : sortir de là.

Dans un coin de la pièce, un écran affichait une alerte de sécurité : un objet non identifié avait perturbé l'expérience. En haut à droite, la date du jour : seulement quarante jours après ma mort. Le temps ne filait pas si vite que cela dans l'au-delà.

Je jetai un rapide coup d'œil à mon camarade : il était toujours inconscient. Je me levai maladroitement et tâtai mon corps. Dans le miroir, je me reconnus. J'étais globalement le même qu'avant mon opération. Logique, les opérations de chirurgie esthétique de Reborn Corpus n'étaient pas gravées dans mon ADN. Je me trouvai maigre et globalement mal fagoté. Une mèche de cheveux blancs zébrait curieusement ma frange.

Je passai les mains devant le capteur infrarouge de la douche pour ouvrir le robinet. En vain. Le système automatique ne me détectait pas, comme si je n'étais qu'une ombre. Étais-je vraiment vivant ? Il n'y avait qu'une seule façon d'en être sûr. Je tapais un grand coup dans le mur ; la douleur fut immédiate, aiguë et rassurante ; celui qui souffre ne peut être que vivant.

Du sang perla sur mes phalanges. J'avançai de nouveau ma main devant le robinet qui, cette fois-ci, s'actionna. Mon sang, preuve tangible de ma matérialisation et de ma vitalité, était détecté. Je restai une bonne minute à faire couler l'eau sur ma plaie, puis sur tout mon corps. Cela me fit un bien fou, une seconde renaissance.

Une fois requinqué, j'enfilai une combinaison jaune et tirai mon compagnon sous la douche. De l'eau ruissela sur son front et il ouvrit les yeux. Il s'assit et resta une bonne minute muet, sous le jet d'eau. Visiblement, cela lui faisait aussi beaucoup de bien.

Enfin, il leva la tête et me vit. Son regard me transperça ; je connaissais ce regard. Nous nous dévisageâmes pendant des secondes qui parurent des heures. Comme pour rompre un charme, je secouai la tête et lui tendis une serviette. Tout en me regardant, il se sécha, fit quelques pas à reculons comme s'il n'osait me tourner le dos et enfila très lentement la combinaison que je lui avais montrée.

Enfin, il s'approcha de moi et doucement il me demanda : « Tu es vraiment venu me chercher là-haut ? »

Curieuse question. J'allais répondre quand nous entendîmes des jappements. Sans doute une patrouille de sécurité qui cherchait les intrus. J'imagine qu'une myriade de caméras de surveillance nous avait repérés.

Il fallait faire vite. Sur un des murs, une bouche d'aération d'environ quatre-vingts centimètres de côté alimentait la pièce en air conditionné. Je fis comme dans les films ; je montai sur le banc pour y accéder et dévissai la plaque avec le zip de ma fermeture éclair. Je grimpai dedans et fis signe au jeune homme de me suivre en silence. Une fois à l'intérieur, je repositionnai la plaque et nous avançâmes de quelques mètres dans les dédales métalliques pour nous éloigner de la pièce. Ça puait une odeur de fréon mélangée à de la graisse industrielle. Il y faisait un froid de canard; heureusement que nous avions des combinaisons isolantes.

Les sons nous parvenaient en résonnant : deux personnes venaient d'entrer dans la salle. Les chiens reniflèrent la combinaison abandonnée et les restes de mon dégueulis. Ça parla allemand, le sas fut ouvert, j'entendis les bottes faire le tour de la pièce, la porte se refermer et un cliquetis électronique : sans doute l'activation de l'alarme.

Nous étions allongés l'un derrière l'autre, prêts à ramper. Une position pas vraiment idéale pour discuter. Je murmurai : « On va attendre la nuit. D'ici là, essayons de dormir. » Ma voix se noya dans une multitude de petits échos métalliques. Je penchai la tête pour le voir, il acquiesça.

Impossible de m'endormir. Les questions affluaient par centaines. Je n'arrivais pas à croire en cette résurrection, et puis il y avait cet inconnu que j'avais ramené de là-haut. Qui était-il?

Finalement, je dus m'endormir d'épuisement, car je me réveillai en sursaut. Le laboratoire était silencieux, aucune lumière ne me parvenait au travers des interstices. Un temps, je crus être de nouveau dans les limbes. Mais non, ici tout était noir. Je me tordis le cou pour voir le jeune homme. Il dormait encore. Je lui donnai un coup de pied amical sur l'épaule pour le réveiller. « On va avancer pour trouver un endroit où descendre. »

Nous rampâmes ainsi au hasard des embranchements des conduits pendant un bon quart d'heure.

Nous arrivâmes au-dessus d'une salle faiblement éclairée : le local poubelle. J'ôtai la grille et sautai.

Le garçon fit de même. Malgré la pénombre, je distinguai dans ses yeux une lueur d'admiration. J'étais une sorte de James Bond qui allait nous sortir de là. Effectivement, j'avais un plan. Je mis mon index sur la bouche pour l'inciter à garder le silence encore un petit peu. Ce n'était pas le moment de se faire remarquer : je n'avais aucune envie de me retrouver face à la police et d'être obligé de décliner mon identité.

De grandes bennes de toutes les couleurs étaient alignées dans la salle. Je hasardai ma tête dans chacune d'elles. Mon idée était de nous cacher dedans dans l'attente du ramassage. La verte était pour les déchets alimentaires : trop dangereux, on risquait d'être broyés dans le camion des éboueurs. La jaune était pour les cartons et plastiques : on risquait ici d'être comprimés. La rouge était remplie de rebuts en métal et en composites. Je soulevai délicatement quelques tôles et nous nous glissâmes dessous.

Je crois bien que nous nous rendormîmes, car je me réveillai d'un coup, à l'air libre. Le camion roulait sur une route départementale et une pièce oblongue me meurtrissait le dos à chaque secousse. Je fis signe à mon camarade et soulevai la plaque. Au prochain stop, il faudrait faire vite et sauter de la benne.

Voilà comment nous nous retrouvâmes en rase campagne, vêtus de combinaisons antiradiations jaunes avec un symbole radioactif dans le dos. Pas franchement discret, mais me retrouver à l'air libre fut une joie indescriptible. Un beau ciel bleu, des oiseaux, des arbres, une odeur printanière, les Alpes au loin. On a beau dire, le monde est peut-être un enfer, mais on s'y sent bien.

Revigoré par ce spectacle, je fis le tour de la situation. Aucun arrêt de bus, peu de voitures. Comme nous étions à la lisière d'un bois, nous nous assîmes sur un tronc d'arbre pour faire le point. Je n'avais pas vraiment de plan, mais il était temps d'avoir une petite discussion tous les deux.

Il me regarda intensément et passa sa langue sur ses lèvres. Je voyais bien qu'il voulait dire quelque chose, mais ne savait pas par où commencer. Je pris les devants.

— On se connaît ?

Aussitôt son sourire se figea, il ouvrit la bouche puis la referma comme un poisson manquant d'oxygène. Ce n'était visiblement pas la bonne question. À cet instant précis, il eut les mêmes mimiques que mon père. L'envie me démangea de lui demander si c'était lui, mais je n'osais pas, par peur du ridicule.

— Je suis désolé, après ce que l'on vient de vivre, je crains de ne pas avoir toute ma tête. On se connaît de...

Je laissais ma voix traîner sur cette voyelle comme une ouverture. Il murmura.

— Non, on ne se connaît pas.

Je fronçai les sourcils, je ne comprenais plus rien. Il se reprit.

— Enfin, on ne s'est jamais rencontrés... sauf là-haut, bien sûr. Je veux dire, jamais sur Terre. Mais j'ai beaucoup entendu parler de toi...

Était-il un de ces aspirants entrepreneurs, admiratif de ce que j'avais réussi à faire avec Reborn Corpus ? C'était tout de même étrange.

— Je m'appelle Léo, je suis le fils d'Amandine. Ton fils.

Ces deux mots me firent l'effet d'un direct en plein foie. À mon tour de rester bouche bée, privé d'oxygène. Je n'avais pas d'enfant, pas de fils, pas de fille. Par ricochet, l'image insupportable de Sophie sur son lit de mort me revint immédiatement. Ne pas avoir réussi à lui donner un enfant était le plus grand regret de ma vie. Une sourde tristesse m'enveloppa, je regardai ce Léo sans pouvoir lui répondre.

Il déglutit et ajouta :

— On ne s'est jamais rencontrés, car je suis né orphelin de père.

Je voyais qu'il était suspendu à ma réaction et son visage portait à ce moment la même tristesse que moi. Nous étions les deux reflets semblables d'un même miroir, deux orphelins désenchantés par de vaines espérances. Il fit un geste et c'est alors que je me reconnus ; Léo avait cet air de malice qui agace les professeurs, il avait cette expression soucieuse qui plisse mon front et inquiète les amis. Là où je pensais voir mon père, je me découvrais. Là où je voyais Philippe, c'était Amandine. Léo était mon portrait à son âge.

J'eus la tentation d'y croire une fraction de seconde, mais non, mon esprit s'égarait. Tout cela ne pouvait qu'être une chimère. Ce n'était pas possible.

Lentement, je relevai les yeux, regardai ce jeune homme qui me fixait intensément. Je me vis à vingt ans, la même physionomie, la même tempête sous le crâne. Déstabilisé, je bredouillai mollement :

— Que racontez-vous, je n'ai pas de fils !

Il se trémoussa sur le tronc d'arbre et parla d'un ton haché, visiblement très ému lui aussi.

— Quand tu es parti pour ton dernier voyage, pour livrer des colis et que tu as franchi le cap Horn, une tempête a fait chavirer ton bateau. Tu es mort noyé alors que maman était déjà enceinte. Je suis né quelques mois plus tard.

Il me regarda les yeux mouillés. Je ne comprenais pas un traître mot à son histoire. Quel bateau ? Quel colis ? Quelle tempête ? Il faisait visiblement erreur et me prenait pour quelqu'un d'autre. Mais comment connaissait-il Amandine ? Il ne pouvait qu'être son fils, né d'un autre père.

— Amandine est ta mère ?

Il fit un signe de la tête.

— D'accord. J'ai bien connu ta mère, c'est vrai, mais je ne peux pas être ton père.

Il secoua la tête.

— Ce n'est pas vrai. Tu es Mathieu, tu es mon père. Maman m'a montré des photos. Tu es un putain d'aventurier, tu as affronté les quarantièmes rugissants et tu es venu me sauver des enfers pour revenir sur Terre. Tu es un héros. Tu as toujours été un héros pour moi.

Et il se jeta dans mes bras. Je sentis ses épaules tressauter. Il posa sa tête contre mon épaule et ne dit plus rien. Je le serrai alors contre moi tout en essayant de recoller les morceaux. Avais-je ressuscité dans un monde parallèle comme ceux décrits dans les romans de science-fiction ?

C'était troublant. La télé-empathie, ce regard connu que je reconnaissais enfin... Je calculai dans ma tête. J'étais parti il y a vingt ans et il devait avoir à peu près cet âge-là.

Je m'écartai doucement de lui et le pris par les épaules :

— Léo, raconte-moi ton histoire depuis le début, tu veux bien ?

Je me levai du tronc d'arbre et m'accroupis face à lui, pour être à son niveau.

Il sécha ses larmes du revers de sa manche, renifla et commença.

Dehors, la forêt était silencieuse et majestueuse. De temps en temps, quelques oiseaux se frayaient un chemin entre les arbres. Seuls leurs froissements d'ailes dérangeaient cette cathédrale végétale. Le spectacle était grandiose, mais je n'avais d'yeux que pour ce gosse. À travers les branches, le soleil jouait à cache-cache : le clair-obscur lui donnait parfois les traits d'Amandine, parfois les miens.

Il m'expliqua sa naissance, les histoires pour compenser ce père absent. Des histoires de marins, de héros, d'aventuriers, une mère et une grand-mère qui font ce qu'elles peuvent. Il me raconta sa jeunesse dans la vallée de Chantebrie. Les Noëls à espérer le retour d'un papa mystérieusement envolé. Les élèves qui se moquaient de ce demi-orphelin et se vantaient des prouesses de leurs pères. Sa tante à la coopérative qui n'avait que de la pitié à lui offrir. Jamais un sourire, toujours des « pauvre gamin » en guise d'au revoir, seulement des regards mouillés qui lui collaient un passé dont il ne voulait plus. Sous des sourires francs, il cachait ses blessures et cherchait à être un garçon normal. Mais l'étiquette d'orphelin colle toujours plus que les autres.

Il raconta aussi ce grand-père gendarme dont seul le képi attestait la véracité de sa légende. Une famille sans homme avec lequel pisser contre un arbre, sans personne à qui demander comment réparer une roue ou poser des collets. Une famille rongée par deux tragédies un peu taboues qui ressassait son malheur chaque fois qu'elle le voyait. Sur son visage, il portait deux insondables mélancolies.

Une voiture passa au loin et le bruit fit envoler une poignée d'oiseaux. Mais nous restions dans notre bulle, mutuellement hypnotisés. Léo continua son récit : l'absence de pierre tombale où se recueillir, un cerisier planté quand il avait sept ans pour mieux penser à moi, mais qui mourut quatre petites années plus tard à cause d'un champignon. Il eut un vrai faux sourire quand il évoqua son dégoût des cerises né ce jour-là. Puis sa vaine espérance dans la voile comme moyen de communier avec le grand Absent. Des études sportives à Saint-Pierre-Quiberon pour se rapprocher encore plus de lui. Et ce démâtage fatal par jour de grand vent.

Puis le blanc, le coton, jusqu'à mon arrivée. Nous nous étions retrouvés.

Il me racontait son enfance, et je voyais la mienne, celle des réussites sans parents, des solitudes silencieuses, des vides jamais comblés. Orphelin de père et de mère, j'avais moi aussi abandonné mon fils et l'avais privé de cette confiance tacite que les parents donnent à leurs enfants.

Au fur et à mesure de son histoire, le brouillard se dissipait, révélant implacablement le fil de cette tragédie : Amandine était déjà enceinte quand je m'étais enfui de la vallée, ce jour où son père eut cet accident de voiture. Comment n'avais-je jamais été au courant ? À mon arrivée à Paris, je n'avais pas vraiment donné de nouvelles à mon oncle. Même lui ne savait pas où je logeais. Mais après ? Une fois que Reborn Corpus était lancée, ils avaient bien dû entendre parler de moi ? Pourquoi Barnabé ne s'était-il jamais manifesté ? Et Amandine ?

Je repensai alors à l'armée d'assistantes qui faisait barrage à toutes les sollicitations. Ma position était telle qu'elles filtraient drastiquement tous les appels. J'imagine qu'une femme prétendant être la mère de mon fils n'avait eu aucune chance de me joindre.

Je revis le visage d'Amandine et n'osai imaginer la souffrance qu'elle avait dû endurer. Être une fille mère dans cette vallée reculée, accoucher pendant le deuil de son père, abandonner ses études et attendre le retour de l'amant introuvable. Un vertige me prit, je comprenais maintenant toute sa rancœur accumulée et ses raisons de m'assassiner. Et moi, pauvre cornichon égoïste, me pointant chez elle comme une fleur, dans l'espoir d'un pardon rapide et opportuniste. Comment avais-je pu être aussi naïf ?

Je m'en voulais, j'en voulais à mon oncle Barnabé. Il devait couvrir mon départ et ma lâcheté, pas me cacher l'existence de mon fils !

La culpabilité me tomba dessus une nouvelle fois. Mais cette fois-ci, je me soumis à cette pénitence, car je méritais pleinement mon infortune.

Pendant toutes ces années, un petit être avait eu besoin de moi, et je n'en avais rien su. Pire, je n'avais rien pressenti. Ce gamin, cet orphelin, comme moi, m'avait cherché pendant toute son enfance. Et dire qu'avec ma fortune j'aurais pu en faire un prince.

Il avait dû se poser mille questions, s'imaginer des histoires, m'idéaliser. Il avait choisi la voile comme symbole de résilience : « Si je maîtrise les éléments, je vaincrai la fatalité qui a emporté mon père. » La mer comme un Œdipe paternel. Mais Neptune ne se laisse pas manipuler ainsi : en recherchant mon immortalité, Léo a trouvé la mort. Et Amandine, par son mensonge destiné à protéger son fils, l'a conduit à sa perte. Nous avions conçu cet enfant et nous l'avions tué. Dans ses

Métamorphoses, Ovide n'aurait pas fait mieux. Quel type de monstres étions-nous ? Ou plutôt, quel type de monstre étais-je ? J'avais tué le père d'Amandine par ricochet et son fils par omission. Que de jolies excuses pour qualifier l'inqualifiable.

Serais-je ce cerbère noir qui de sa première tête tue le père, de la deuxième noie le fils et de la troisième blesse irrémédiablement la femme ?

Je n'étais que confusion. J'avais ressuscité pour comprendre une femme, et voilà que la vie m'offrait le plus beau des cadeaux : un fils. Ma respiration s'apaisa, le clair-obscur des arbres se fit plus chaleureux. Il posa sa main sur mon avant-bras, son geste déclencha un torrent de larmes impossible à contrôler. Mon fils était dans mes bras sans que je sache comment. Jamais de ma vie je ne m'étais senti aussi vide, aussi lâche, aussi bête, mais paradoxalement aussi heureux que ce jour-là. J'étais déboussolé. Je ne savais plus si je devais rire ou pleurer : mon fils était là, à côté de moi. Un fils qui pleurait comme moi dans un mélange d'émotions inimaginables.

Un fils à qui je devais toute la vérité.

30

Je me rendis au cimetière. Comme d'habitude, je m'assis sur la tombe de Léo. Son corps n'ayant pas été retrouvé, il n'était pas enterré là, mais symboliquement, c'était mon lieu de recueillement. Le deuil est impossible sans ce genre d'artifice. Je caressai la pierre blanche. Que lui dire ? N'était-il pas temps de lui avouer toute la vérité ? De lui expliquer que son père n'était pas cet aventurier marin, mais un homme comme tous les autres, qui avait tracé sa route sans se poser trop de questions ?

Depuis le meurtre de Mathieu, je ne dormais plus.

Les yeux fermés, je revoyais son corps sur le carrelage, j'entendais encore le crépitement de sa voiture en flamme et je ne pouvais plus nettoyer quelque chose sans que l'odeur de javel me rappelle ce jour-là. Inconsciemment, j'évitais ma mère, nous étions les deux fantômes de la maison qui se croisaient le moins possible. J'ignorais si elle avait compris mon geste ; tuer celui que j'attendais depuis si longtemps, sans préavis ni discussion.

En vérité, je n'étais pas certaine de me comprendre moi-même. Pourquoi avais-je fait cela ? Tout me semblait irréel, une histoire du passé qui hantait mon présent et qui tourmenterait sans doute mon futur, si j'en avais un...

Je posai ma main sur la pierre tombale et époussetai machinalement quelques feuilles. J'avais un goût de terre dans la bouche et le ciel était d'un gris terne. Je secouai lentement ma tête. « Mon pauvre Léo, je ne sais pas trop quoi te dire. Par où commencer... »

Depuis ce jour fatidique, je m'affalais sur une chaise longue et je laissais mon esprit s'envoler, là-bas, très haut. Je me perdais dans des dédales de conjectures, toutes plus bancales les unes que les autres. Je refaisais le monde depuis sa création, depuis mon enfance, depuis le jour maudit où son cabriolet s'était garé dans notre cour.

Et si je ne l'avais pas tué ? Et si j'avais pris le temps de discuter avec lui ? Nous aurions pu nous expliquer, nous dire ce que nous avions sur le cœur. En brûlant son corps, un tas de questions et de réponses s'était également volatilisé à jamais.

La vérité m'obsédait et je sus que je ne serais désormais jamais plus en paix. Je connaissais trop bien la suite. Une douce folie m'entraînerait au rythme d'une petite voix intérieure. Chaque geste, chaque action serait pesée sous une autre perspective : et si je n'avais pas cédé à mes pulsions ?

Je considérai mes mains flétries par le froid. C'étaient des mains assassines. À quoi bon poursuivre ces élucubrations ? Le mal était fait, et bien fait. Je soupirai. Autant tout lui dire avant que la folie déforme à jamais cette vérité vacillante.

« Mon petit Léo, il est temps que tu saches… Ton père t'a bien abandonné, mais pas en mer, à Paris. Au fond, quelle différence ? »

Je lui racontai par bribes son histoire, notre histoire, qu'il soit au moins témoin avant que je disparaisse.

Un corbeau traversa l'allée en rase-mottes. Il s'arrêta à quelques mètres de moi et picora quelque chose sur l'allée. J'étais déjà une ombre, il n'avait pas peur de moi.

Je détournai mon regard et continuai : « S'il t'avait connu enfant, je suis certaine qu'il t'aurait aimé. Mais le conditionnel, c'est comme les si. Ce n'est pas la vraie vie. »

Puis, en guise de conclusion : « En tout cas, moi, j'ai aimé ton père et je t'ai aimé. Voilà ce que je sais. Et ça, c'est bien réel. » Notre souffrance tire ses racines de ce genre de réalité. Je rajoutai dans un souffle : « Je crois que je n'ai jamais cessé de vous aimer tous les deux. Voilà le drame de ma vie. »

Je me tus, étonnée moi-même par cette confession crue et imprévisible, soudainement recrachée du plus profond de moi.

Léo ne répondit rien. Il posait sur la photo de la plaque funéraire, tout sourire. C'était une photo prise à Pâques, quelques mois avant sa mort. Il était revenu bronzé et galvanisé. Il avait insisté pour nettoyer le garage et désherber tout le jardin. Il était plein d'énergie, il avait la vie devant lui. C'était le portrait craché de Mathieu. Quand il rentrait aux vacances, sa grand-mère et moi étions transformées. Nos vies reprenaient et la maison se réveillait. La veille au soir, je lui mettais des tranches de pain sur le poêle pour qu'elles soient bien chaudes à son réveil. Il se régalait de nos confitures que nous faisions uniquement pour lui. Il en amenait des cartons entiers à son internat. Il adorait celle aux figues.

Le corbeau s'envola, je le suivis du regard et sa silhouette se confondit bientôt avec les noires montagnes de la vallée. Finalement, si j'avais inventé une histoire de père montagnard, Léo serait-il toujours en vie ? Pourquoi avais-je imaginé cette légende de héros marin ?

La vallée de Chantebrie fut mon berceau. Mon univers s'étendait de Frazne-le-Haut à La Voulze-sur-Brie. Je n'avais jamais rien connu d'autre que ces paysages de sommets, cette vallée verte, l'ancienne manufacture d'armement, l'ancienne carrière et la coopérative agricole de ma tante Brigitte. La mer et l'océan représentaient l'autre face d'un monde inconnu. Si Mathieu avait disparu, c'était forcément là-bas, dans un royaume antinomique au mien. Finalement, mon inconscient avait projeté un fantasme : me sortir de ce carcan montagnard, m'aider à imaginer un autre possible, un monde dans lequel j'aurais pu être heureuse et libre de mes choix. Je n'avais jamais réussi à m'extraire de la vallée, mais j'avais envoyé mon fils loin d'elle. Alors, pour se venger, les éléments l'avaient tué. La terre est cette ogresse jalouse des enfants qu'elle engendre. Personne ne peut lui échapper.

Je restai encore quelques minutes, les yeux rougis par le froid, les larmes, les remords et les souvenirs. Ces vérités étaient une soude caustique que mon cœur épongeait malgré lui. Quelques écureuils roux sautèrent devant moi d'arbre en arbre dans un silence monacal. Je considérai un temps la rivière qui serpentait dans le cimetière.

Une idée morbide me traversa la tête. Mais il restait ma mère. Tant qu'elle serait en vie, je devais résister à cette douce délivrance.

Je me levai et rentrai docilement chez moi. Mon ombre, elle, resta sur la tombe.

31

Nous marchâmes le long de la nationale, le pouce levé, jusqu'à ce qu'un combi Volkswagen rouge et blanc s'arrête. Un barbu à lunettes rondes, l'archétype du post-soixante-huitard, nous ouvrit la porte en rigolant. « On vous repère de loin avec votre combinaison. Vous cherchez quoi sur le bord de la route, des traces du nuage de Tchernobyl ? »

Nous plaisantâmes sur le sujet, le gars n'était pas un fouineur, tout au plus un curieux ; nous n'avions rien à craindre de lui. Tout en conduisant, il m'expliqua où se trouvait un stock de surplus américains dans Genève. Il faisait de grands gestes avec ses mains et lâchait régulièrement le volant comme pour mieux se faire comprendre. Mais le minivan traçait sa route avec une parfaite indolence.

Le patron du stock de surplus nous dévisagea de la tête aux pieds. Il trouva les combinaisons à son goût et nous proposa en échange deux tenues militaires beiges de l'armée polonaise ; un pantalon de treillis et un T-shirt assez passe-partout. Il ajouta une poignée de billets que je fourrai dans ma poche sans vraiment les compter. Il me fit un clin d'œil et me pria de revenir aussi souvent que je le souhaitais. Avant de quitter la minuscule boutique, je jetai un coup d'œil dans le miroir : nous ressemblions à un capitaine et à sa jeune recrue.

Nous restâmes silencieux tout en cheminant vers la gare. Les rues étaient animées et les choses importantes ne peuvent être dites en marchant. Là, j'achetai deux billets de train.

Nous primes le rapide « Genève-Vallée de Chantebrie » qui met huit heures à relier les deux villes. C'est un direct qui s'arrête à Bourg-en-Bresse, Mâcon, Crêches-sur-Saône, La Chapelle-de-Guinchay, Villié-Morgon, Belleville, Saint-Georges-de-Reneins, Arnas, Villefranche-sur-Saône, Grandris, Thizy-les-Bourgs, Cours-la-Ville, Chassigny-sous-Dun, Iguerande, La Voulze-sur-Brie, Beaumigny, Frazne-le-Haut, Frazne-le-Bas, Landau-les-Mulets, Bersille-Espinasse-Gare TGV, Chantebrie-les-Remparts, Chantebrie-Ville et enfin vallée de Chantebrie, terminus du train.

Nous aurions pu prendre l'autre ligne, via Lyon, mais ça nous faisait un changement.

La vérité, c'est que nous n'étions pas pressés.

Le train était quasi vide. De temps en temps, une vieille passait la tête dans notre cabine, attestait notre présence par un grommellement discret, puis claudiquait vers un compartiment voisin.

Nous nous faisions face, assis à côté de la fenêtre. Les sièges étaient encore habillés de velours râpé rouge et noir, de ces vieilles cabines mal isolées qui parsèment encore les trains de nos régions. Il s'assit en face de moi et nous nous contentâmes de sourire. J'avais plein de choses à lui dire, mais j'attendais curieusement que le train parte. Léo était un beau jeune homme, je revoyais Amandine à son âge. Il tourna sa tête pour regarder les quais et son visage de profil fit remonter une foule de souvenirs.

Quand le train s'ébranla, il me fixa et me demanda d'un souffle :

— Tu restes avec moi ?

Je le rassurai d'un sourire :

— Oui, nous avons un long trajet à faire ensemble.

Alors, il parla très vite, comme une nécessité, comme pour rattraper le retard :

— Maman va être super contente de nous retrouver ! Tu l'as avertie ? Raconte-moi ! Comment as-tu fait pour nous ressusciter ?

Je regardai le quai s'éloigner pour masquer une bouffée d'émotion. Le compartiment était vide, il nous fallait discuter sérieusement. Mais que répondre ? Je gagnai du temps en lui expliquant le concept du boson de Higgs. Au fur et à mesure de mes explications, il fronçait les sourcils, mais nous savions tous les deux que l'important n'était pas là.

Enfin, je me lançai :

— Je n'ai pas été un bon père.

Il me regarda sans rien dire. Il ne voulait certainement pas commencer par un mensonge. Il fit craquer ses doigts.

— Disons que tu nous as beaucoup manqué...

C'était une belle façon de dire la même chose.

Et, sans me laisser le temps de répondre :

— Quand j'étais petit, maman me parlait souvent de toi. Comment tu distribuais les colis dans les îles du

Pacifique. Au début, je croyais que tu étais une sorte de père Noël.

Il sourit et, par mimétisme, je fis de même.

— Je tremblais chaque fois qu'elle mentionnait les quarantièmes rugissants. Je voulais qu'elle change la fin de l'histoire, un peu comme pour la chèvre de monsieur Seguin. Faites que cette fois-ci elle ne se fasse pas dévorer par le loup ! En vain. J'ai compris plus tard que le loup n'existait pas, mais que son pouvoir sur les enfants était énorme.

Il me fixait intensément :

— Je m'étais promis d'être un grand marin pour prendre ma revanche sur les éléments. Je voulais te venger. Je n'ai pas eu de père, mais je l'ai admiré. Ce n'est déjà pas si mal, tu sais...

Pauvre gamin. Il était encore loin de la vérité. Je m'accoudai sur la tablette pour m'approcher de lui. Il y avait dans ce compartiment une odeur de poussière, sans doute le vieux velours imprégné par des années de bons et loyaux services.

— Léo, la vérité n'est pas exactement celle-ci.

Il cligna des yeux. Derrière la fenêtre, la campagne bourguignonne défilait à un rythme monotone, propice aux confidences.

— Tu n'es pas mort au cap Horn, c'est ça ? Tu as survécu ? Au Chili ? Tu as refait ta vie ?

Ce gamin avait une soif de comprendre légitime, il était suspendu à chacun de mes mots, prêt à rebondir dessus comme un lynx. Je secouai la tête.

— Je ne suis pas mort au cap Horn, car je ne suis jamais monté sur un bateau de ma vie. J'ai embarqué une seule fois sur une péniche de la Seine et j'ai vomi tout mon repas.

Là, c'était autre chose. L'immensité du mensonge fit l'effet d'une vague scélérate. Je le vis osciller de droite à gauche, le regard interrogateur. Était-ce le jeu d'ombres, les arbres qui filtraient la lumière, ou l'émotion ? Toujours est-il qu'il pâlit subitement.

— Ne t'évanouis pas tout de suite, je vais t'expliquer. C'est une longue histoire dont je ne suis pas particulièrement fier.

— Mais maman...

— Ta mère t'a raconté une belle histoire, mais la vérité est aussi noire que ce tunnel.

Nous traversions effectivement un tunnel. Dans l'obscurité, je vis qu'il fronçait les sourcils et serrait les mâchoires. Je perçus une colère tue envers sa mère.

— Tu ne peux rien reprocher à ta mère. Elle a été parfaite. C'est moi qui ai merdé de A à Z.

— Tu l'as abandonnée à ma naissance ?

— Laisse-moi te raconter... Ce n'est pas aussi simple que cela. Tout remonte à notre enfance, à ta mère et moi.

Je devais la vérité à mon fils. Une vérité simple et honnête. Je lui parlai alors de notre délicieuse enfance, de l'accident funeste de mes parents, de ma responsabilité autoproclamée et de mon obsession pour la mort. Je lui avouai comment, à l'adolescence, je tombai fou amoureux de sa mère, de sa façon de repositionner sa frange que je trouvais hyper sexy, de toutes ces petites choses plantées depuis notre naissance et qui venaient enfin d'éclore. Dans un sourire gêné, je lui confiai ce jour de Noël où nous avions franchi le pas. Puis, je lui expliquai mon rôle dans l'accident de son grand-père, ma culpabilité étouffante qui avait précipité ma fuite à Paris. J'enchaînai avec mes difficiles années de médecine, ma jolie rencontre avec

Sophie et ma volonté de prendre un nouveau départ dans la vie.

Il tiqua sur le «jolie», je lui expliquai qu'il venait de naître, mais que je n'en savais rien. Je mentionnai le rôle ambigu de l'oncle Barnabé qu'il ne connaissait visiblement pas ou très peu. Je lui racontai la construction de la clinique et son succès.

— C'était toi le patron de Reborn Corpus?

Je hochai la tête sans passion, presque résigné. Lui avait des grands yeux, allant de surprise en surprise.

Puis vinrent l'envie d'un bébé et la mort soudaine de Sophie, ma dépression.

Je fis une pause d'abord dictée par l'émotion, puis par l'inévitable question de mon retour dans la vallée. Devais-je vraiment tout lui raconter? Comment j'étais parti sur un coup de tête et comment sa mère s'était vengée?

Il me regardait sans rien dire. Il attendait la suite. Ses deux mains étaient vissées sur les accoudoirs; pauvre gamin, en quelques heures, toutes ses croyances s'écroulaient. Son père, héros idéalisé, devenait un sinistre goujat mal dégrossi. Devais-je l'enfoncer encore plus en dénonçant une mère criminelle? Bien sûr que non; je ne voulais pas faire de tort à Amandine et j'estimais que j'avais mérité mon sort. Ce n'était pas à Léo de souffrir de ma lâcheté.

— Et puis un jour, au sommet de ma gloire, une personne qui m'en voulait m'a poignardé. Je suis mort en un clin d'œil, sans vraiment m'en rendre compte.

— Tu veux dire que tu as été assassiné! Mais par qui?

Je fis un geste vague de la main.

— Qu'importe. Dans le milieu où j'évoluais, il y avait pas mal de requins, de bandits et de puissants.

— Tu vas porter plainte?

Il avait dit ça si spontanément que je ne pus réprimer un sourire.

— Tu veux que je porte plainte parce que je suis mort, mais en fait pas complètement?

Il se rendit compte de l'absurdité de sa question et éclata de rire. Puis, en une fraction de seconde, son sourire se figea, il se mordit la lèvre inférieure et posa sa main sur la mienne. Il murmura : «Merci, papa.» Instantanément, une bouffée de larmes m'anéantit. Mon premier «papa». Je dégageai ma main uniquement pour sécher mes yeux. J'arrivai péniblement à terminer mon récit :

— Et puis la suite, tu la connais... Je suis monté là-haut et je t'ai trouvé.

Il me dévisagea sans répondre. Son visage était curieux, un mélange de tristesse, d'étonnement, de regret et, peut-être, de joie.

Il toucha le carreau de la fenêtre comme pour se connecter avec la réalité. Tout cela était donc bien réel. Sans me regarder, il murmura : «En une heure, je découvre que mon père n'était pas un marin, mais un millionnaire qui vivait à quelques centaines de kilomètres de chez nous. J'apprends qu'il est mort assassiné et qu'il m'a quand même reconnu là-haut sans même savoir que j'existais. Et le plus fort, c'est qu'il nous a ressuscités!»

Il éclata de rire, sans doute par réflexe de protection. Je rentrai dans son jeu :

— Un scénariste se ferait virer en moins de deux, s'il osait proposer une telle histoire, non?

Il hocha la tête et regarda les vaches filer à grande vitesse.

— Finalement, tu es un héros, mais pas celui que j'imaginais. Tu n'as pas bravé les océans, mais la mort.

Il se pencha en avant, les coudes sur ses genoux, et observa ses chaussures. Il méditait cette dernière phrase. Sans doute que ça se bousculait sévèrement là-haut et qu'il refaisait en silence le film de ces dernières années. En tout cas, c'est ce que je faisais.

Le train s'arrêta à Frazne-le-Haut, mais aucun voyageur ne monta dans notre compartiment. Nous étions comme hors du temps, hors sol, hors de la réalité. Nous avions besoin de digérer les faits. Dehors, le monde s'agitait, les êtres s'articulaient et les vaches paissaient. Malgré l'énormité de cette histoire, le monde, insouciant, tournait encore rond. Finalement, un fils était mort pour retrouver son père, et un père avait ressuscité pour retrouver son fils. Belle symétrie. Un conte que n'auraient pas renié les anciens.

Au sommet de l'Olympe, on devait jubiler. Dans le temple de Vénus, les dieux se racontaient l'histoire de ce père sans enfants qui rencontre son fils, orphelin de père. Un nouveau mythe créé sans l'aide de Jupiter ou de Neptune; une dernière métamorphose oubliée.

Nous étions deux miraculés et, sans ma propre expérience, jamais je n'aurais cru un traître mot de cette histoire. Mais il suffit d'accepter un miracle pour que les autres s'enfilent comme des perles.

Le contrôleur nous tira de nos pensées. Il ouvrit brutalement la porte et cria comme si nous étions à cent mètres :

— Contrôle des billets, s'il vous plaît!

Je lui tendis les deux bouts de papier. Il les observa avec suspicion, les retourna comme s'ils cachaient le plus grand des secrets.

— Billet moins de vingt-cinq ans. Vous avez une carte d'identité pour le jeune homme ?

J'interrogeai Léo du regard. Il tâta ses poches plus par réflexe qu'autre chose, car il n'avait pas récupéré ses effets personnels auprès de saint Pierre en quittant les lieux.

— Non, je n'ai rien sur moi.

— Et vous ? me demanda l'agent.

Situation embarrassante. J'étais officiellement mort, je me voyais mal exhiber une pièce d'identité, qui aurait plutôt été un passeport pour des emmerdes titanesques. Comment expliquer à un fonctionnaire de police que vous êtes officiellement mort, mais que vous faites du rab chez les vivants ? L'administration française n'est pas prête pour ce genre de cas. Je désarmai l'agressivité soupçonneuse du contrôleur avec un large sourire :

— Je suis désolé, monsieur l'agent. Nous sommes partis de chez nous à la hâte. Mais nous pouvons payer le supplément si vous doutez de notre bonne foi.

Je sortis les billets froissés qui me restaient.

Le contrôleur me regarda. Il tordit la bouche de droite à gauche puis, dans un geste royal, il poinçonna nos deux tickets :

— C'est bon pour aujourd'hui. Mais la prochaine fois, pensez bien à prendre vos cartes d'identité avec vous.

Cet incident me fit réfléchir. Nous n'avions plus d'identité. Le cas de Léo était facile ; son corps n'avait jamais été retrouvé, on pourrait broder un truc qui expliquerait son retour. Mais pour moi ? Je ne savais même pas si on avait retrouvé mon corps. Étais-je déclaré mort ou disparu ?

Comme s'il lisait dans mes pensées, mon fils me questionna :

— Papa, qu'est-ce que tu vas faire après ?

Je gagnai du temps en lui parlant de sa grand-mère. Je pris des nouvelles et, de fil en aiguille, je lui racontai des anecdotes sur son grand-père. Nos balades en forêt, notre complicité, l'affaire des collets à lapins. Les petites histoires sur Philippe l'intéressèrent vivement et il me posa une foule de questions. Visiblement, ils ne parlaient pas beaucoup de lui à la maison et encore moins de notre complicité. Puis je lui appris qui étaient ses grands-parents paternels, Serge et Christine. Il n'avait quasiment jamais entendu parler d'eux. Pour lui, c'étaient des personnes âgées, déjà mortes à sa naissance. Il fut surpris d'apprendre qu'ils étaient morts à la quarantaine. Tout cela le touchait. Il se redressait, en profitait pour renifler ou s'essuyer les yeux en vitesse.

— Est-ce que ça t'aurait aidé de savoir que ton père avait été orphelin comme toi ?

— Je ne sais pas. En tout cas, j'aurais bien aimé le savoir. Pourquoi maman ne m'a rien dit ?

Je haussai les épaules.

Nous approchions de Bersille-Espinasse-Gare TGV. La correspondance avec La Clouderie allait sans doute nous apporter de nouveaux voyageurs. Il réitéra sa question :

— Qu'est-ce que tu vas faire après ?

Je fouillai le quai du regard, à la recherche d'une réponse satisfaisante. Je soupirai.

— Je ne sais pas ; il y a Sophie qui m'attend là-haut et beaucoup de culpabilité ici...

— Moi, je ne t'attends plus, tu sais. Je t'ai retrouvé.

C'était une phrase uppercut, de celles qui ne laissent aucune chance aux autres options. Mais avant même que je puisse répondre, une mère et ses deux enfants s'installèrent à nos côtés. Un garçon et une fille d'environ cinq et sept ans. Ils sortirent immédiatement une artillerie de feuilles et de feutres et colorièrent des personnages de Disney. Régulièrement, ils se disputaient bruyamment les feutres rouge ou bleu et la mère arbitrait fermement, non sans nous jeter un regard embarrassé. « Ils sont tout excités ; ils retrouvent leur papa après une semaine de vacances », finit-elle par se justifier.

Elle ne pouvait pas deviner l'incongruité de cette excuse. Nous dire cela à nous...

Nous passâmes la dernière heure à observer le paysage. Léo s'assoupit. Moi, je le regardais tout en réfléchissant à sa dernière phrase et à mon avenir. Qu'allais-je faire ? La réapparition de Léo ne m'inquiétait pas tant que ça, mais la mienne ? Au fond, était-ce la bonne question ? Dans le pire des cas, une identité, cela se trouve ou s'achète. La véritable question, celle que j'évitais inconsciemment, était autrement plus difficile. Où voulais-je aller ?

Il n'y a pas si longtemps, je serais resté l'éternité avec Sophie. Mais après sa mort, les souvenirs d'Amandine et de notre enfance avaient brouillé mes sentiments. J'avais alors mis tant d'espoir dans mon retour, une idée sans doute naïve, mais joliment teintée de toute la nostalgie de notre adolescence. Se pouvait-il que demain, malgré toutes mes erreurs, malgré sa colère et malgré son geste, nous puissions redevenir comme avant ?

Je secouai la tête, l'émotion me brouillait l'esprit. Comment pourrait-elle pardonner à celui qu'elle avait assassiné ?

Assis dans ce train, j'étais coincé. Je levai les yeux et vis mon fils, perdu lui aussi dans ses pensées. Désormais, il y avait Léo, et une troisième option se dessina : je pourrais rester ici uniquement pour lui. M'installer chez l'oncle Barnabé, par exemple, pour voir mon fils régulièrement, prolonger nos discussions, nous promener en forêt, partager des moments que je n'avais jamais connus.

Tandis que je ruminais, les gamins meublaient le silence du compartiment. En vérité, cela nous convenait parfaitement. Nous avions besoin de mâcher tout cela, de digérer ce nouveau monde dans lequel nous avions atterri. Léo aurait besoin de temps pour reconstruire son univers par petites touches. De mon côté, j'étais incapable de réfléchir davantage. Mon cerveau était comme ce déménageur embarrassé par les cartons à évacuer et ceux à déposer.

Par moments, le petit garçon braillait, je levais la tête et trouvais cela beau. Une symphonie du monde des vivants. Une ode chantée par des enfants qui allaient retrouver leur père. Quelle belle simplicité.

Enfin le paysage changea et nous arrivâmes progressivement dans la vallée de Chantebrie. J'étais collé à la fenêtre, redécouvrant ce décor si familier.

Nous arrivâmes au terminus, la poignée de voyageurs se dispersa rapidement. Je savourai la descente du train, scrutant chaque pierre de cette gare qui n'avait pas vraiment changé. Nous restâmes tous les deux, sans bagages, sur le quai.

La gare est en dehors du village. Pour aller chez Amandine, il y a deux chemins. L'un par l'avenue Gaston-Poujol et l'autre, direct, à travers la forêt.

Sans nous consulter, nous prenons la seconde option. Il est dix-huit heures. La lumière rasante et douce magnifie les couleurs des feuilles. La poésie suinte de chaque chose. Mon cœur bat à cent à l'heure.

Léo marche à côté de moi dans cette forêt que nous avons sillonnée jadis tant de fois séparément. Un coup d'œil vers lui. Lui aussi a le cœur gros. Il renifle par intermittences, gorgé d'émotions et d'appréhension. Régulièrement il me regarde et esquisse un sourire ; sa façon à lui de gérer son anxiété. Dans quelques minutes, il va revoir sa mère, sa grand-mère. Je n'ose imaginer leur joie.

Comme moi, il touche les feuilles, les branches, pour s'assurer que tout cela est bien réel. Quand on est sorti du CERN, je l'ai vu cligner des yeux et regarder les montagnes à l'horizon. Quand on est mort une première fois, retrouver la nature est une vraie bénédiction.

Parvenu au sommet de la colline, je m'arrête. Je regarde la vallée, ému. Nous cherchons la maison et soudain nos regards se figent. Amandine est allongée dehors. Elle est encore une minuscule tache, mais sa robe blanche se distingue bien sur l'herbe. Elle doit lire ou tricoter avant le dîner. Léo amorce un signe de la main, mais je lui retiens le bras. Nous avançons encore, je m'arrête de nouveau. J'ai peur et je sens que lui aussi.

Je secoue la tête. Je murmure un « je ne sais pas ». Je ne sais toujours pas quoi faire, tout est allé trop vite, tout est trop confus. Jamais je n'arriverai à me décider.

Je fais mine de rebrousser chemin. À son tour de me retenir par le bras.

J'hésite, mais chaque pas qu'il m'arrache nous rapproche un petit peu plus de la maison.

Je m'arrête. Je songe à Sophie. Je pense à Amandine. Je regarde Léo.

Mes trois amours, les trois têtes du cerbère blanc.

S'il était là, il observerait, il m'écouterait puis il déciderait.

La lisière des hêtres n'est plus qu'à quelques mètres.

ÉPILOGUE

Ce soir-là, maman veut manger une salade verte. Je sors dans le jardin en cueillir une. Depuis que nous ne sommes plus que toutes les deux, nous dînons de façon très frugale. Je la pose dans la cuisine puis retourne dehors profiter des dernières heures de la journée.

J'aime particulièrement la fin de l'après-midi. Je m'installe dans mon fauteuil en osier et je lis ou je tricote. Les noisetiers me font l'ombre qu'il faut et je jouis d'une vue magnifique sur la forêt. La lumière est très belle et je m'attends à voir surgir une biche ou un cerf. C'est totalement idiot ; je n'en ai jamais vu en quarante ans. Mais je continue de guetter.

Je tricote un pull. J'avance sans grande conviction. J'en ai déjà une armoire pleine, mais il faut bien s'occuper l'esprit. Un éclair lumineux me fait lever la tête. Là-bas, au loin, une chose a bougé. Ou plutôt deux personnes. Deux hommes, manifestement.

Ils sont encore loin, ils viennent juste de passer la crête et leurs silhouettes se détachent à peine sur le chemin de la gare. Je ne sais pas pourquoi, mais leur démarche, pourtant lointaine, m'intrigue. Je pose mes aiguilles sur ma robe blanche et observe leur descente.

L'un paraît plus âgé que l'autre. Les deux marquent régulièrement des pauses, comme s'ils étaient épuisés ou hésitants.

Ce sont peut-être les fils des Randan qui reviennent de la ville par le train de dix-huit heures trois.

À environ un kilomètre de la maison, ils s'arrêtent franchement. Visiblement ils ne sont pas d'accord. Le plus grand semble vouloir faire demi-tour. Ce ne sont pas les fils Randan, ils sont bien plus gros. Ceux-là sont habillés en vert et sont plus minces. Je reconnais vaguement leur allure sans pouvoir l'associer à un nom. C'est rageant.

Ils se rapprochent encore. Je plisse les yeux pour mieux les distinguer. Maman m'appelle.

— Où as-tu mis le saladier?

Je l'ai rangé ce matin sur le buffet du salon pour y mettre des fruits. Je me lève avec regret et rentre dans la maison : il faut bien s'occuper du repas.

Manger. Depuis la mort de mon fils, c'est le dernier petit plaisir qu'il nous reste ici-bas.

Je m'installe à table.

Je déplie ma serviette sur mes genoux.

Je me sers de la salade. Je grimace. J'ai mis trop de vinaigre.

Maman se verse un verre de vin rouge.

Je tends mon verre, elle me le remplit machinalement.

Je le goûte du bout des lèvres. Je ne sais pas dire s'il est bon.

Je prends un bout de pain.

Soudain, on toque à la porte.

« Qui ça peut être à cette heure-ci ? » me demande maman.

Je hausse les épaules et me lève pour ouvrir.

NOTES

La citation qui termine le chapitre 24 est tiré de *L'Odyssée* — XIII, 80, Homère, dans la traduction de Philippe Jaccottet.

Certaines phrases françaises ou latines du chapitre 28 sont inspirées des *Métamorphoses* d'Ovide, dans la traduction de Danièle Robert, éditions Babel, 2001.

Création graphique de la couverture
et de la mise en pages intérieure :
Hokus Pokus Créations.
Le texte est composé en Andada, un caractère dessiné
par Carolina Giovagnoli pour Huerta Tipográfica.

PAPIER À BASE DE
FIBRES CERTIFIÉES

Stock s'engage pour l'environnement en réduisant l'empreinte carbone de ses livres. Celle de cet exemplaire est de :
1,1 kg éq. CO_2
Rendez-vous sur
www.editions-stock-durable.fr

Composition et mise en pages
Nord Compo à Villeneuve-d'Ascq
Achevé d'imprimer en Italie en février 2020 par Grafica Veneta
35010 Trebaseleghe
Dépôt légal : mars 2020 – Édition : 01
78-52-2354/2